1

Marton Somogy era molto soddisfatto quella sera; aveva
girato tre locali diversi, aveva bevuto e cantato in compagnia
di altri avventori occasionali e di qualche bella e irraggiungibile
ragazza, poi era uscito all'aria aperta, nella gelida serata di
gennaio, per smaltire i fumi dell'alcol e delle sigarette.

Marton era un bel ragazzo di ventitré anni, originario di
Debrecen; era biondo, aveva gli occhi azzurri e un sorriso
accattivante. Era alto più di un metro e ottanta e aveva un
fisico scolpito; si era trasferito a Budapest a soli sedici anni, al
seguito di Istvan Nemeth, un boss della mafia locale, che
aveva voluto fare il salto di qualità, trasferendo la sua centrale
operativa nella capitale e diventandone, in quattro anni, il
boss incontrastato.

Gli piacevano tanto quei drink bar, gli permettevano di fumare
liberamente e di bere quanto voleva; poi c'erano le ragazze:
bellissime, ma un po' care e lui quella sera non era proprio in
grana.

Guardò l'orologio e sospirò; le due del mattino, la serata era
finita e lui odiava andare a letto da solo. Pensò che si trattava
di aspettare solo tre giorni, quando avrebbe cominciato il suo
giro e incassato le tangenti, che riscuoteva regolarmente nei
locali dell'Andrassi utca per conto di Istvan. Era bello lavorare
per il boss, aveva tre o quattro giorni di fuoco, nei quali
guadagnava abbastanza per vivere bene per un mese, poi

poteva riposare e dedicarsi alla boxe, che era la sua vera grande passione. Combatteva da peso medio massimo e aveva avuto buoni risultati, a livello regionale, vincendo quindici incontri su diciotto. Escludendo i tre giorni dedicati alle riscossioni, passava in palestra tre ore al giorno e si allenava con grande passione.

Era un peso medio massimo naturale, di un metro e ottantatre di altezza per settantanove kg di peso, un fisico possente ma agilissimo, con un destro veramente notevole e un gran gioco di gambe. Il suo sogno era quello di diventare professionista, ma era giunto alle soglie dei ventitré anni e si rendeva conto che la cosa diventava ogni giorno più improbabile. Lui continuava comunque a metterci il massimo impegno e aveva in programma per la primavera successiva, una sfida per il campionato assoluto regionale.

S'incamminò sull'Andassy per tornare all'auto, che aveva lasciato in sosta regolarmente vietata nei pressi dell'Oktagon, poi cambio idea e si diresse verso uno dei tanti ristorantini, aperti fino a tarda notte, della Franz List ter. Mangiò una ottima zuppa di cipolle, una sontuosa anatra arrosto, importunò senza successo, un paio di ragazze presenti nella sala e poi finalmente soddisfatto tornò all'auto, strappò la solita contravvenzione infilata sotto il tergicristallo e si mise alla guida. Il problema ora era schivare le pattuglie della polizia, che erano in agguato munite di alcol test, anche se poi sapeva che Istvan avrebbe sicuramente sistemato tutto. Si avviò per tornare a Budaors, un paesino appena fuori

Budapest, ormai praticamente inglobato nella città, dove aveva preso in affitto una piccola villetta.

Giunse al semaforo dell'incrocio con il Korut, il viale che circonda il centro di Pest; era rosso e quella volta pensò bene di fermarsi. Notò una bella ragazza che attraversava velocemente sulle strisce pedonali, lui fece finta di investirla ridendo, forse la serata poteva essere recuperata in extremis; scese dall'auto, cercando di sfoderare il suo sorriso migliore e l'avvicinò dicendo.

"Cosa ci fa una bella ragazza come te, sola in strada a quest'ora di notte?

Lei aumentò l'andatura e non rispose.

"Dai non ti arrabbiare, era solo uno scherzo" insistè lui, correndole dietro.

Lei senti la sua voce schietta e non aggressiva e decise di fermarsi.

"Ti piace investire la gente?" chiese voltandosi.

"Te l'ho detto, era solo uno scherzo"

"Divertente!" disse lei e riprese a camminare.

"Che ci fai tutta sola alle tre di mattina?" chiese lui, guardandola bene per capire se aveva che fare con una prostituta.

Lei si fermò nuovamente e rispose.

"Ero a cena da amici. Ci siamo divertiti ma purtroppo abbiamo fatto molto tardi. A quest'ora i mezzi pubblici passano ogni due ore e adesso sto cercando di tornare a casa" disse tutto d'un fiato.

"E dove abiti? Se vuoi ti posso accompagnare io"

Lei lo guardò con aria dubbiosa e poi disse.

"No, meglio di no"

"Guarda che io sono un bravo ragazzo" mentì lui spudoratamente.

Lei non avrebbe voluto accettare, ma era tardissimo e doveva camminare per almeno altri quattro chilometri per arrivare a casa, non aveva i soldi per un taxi ed era veramente stanchissima.

"Mi posso fidare?" azzardò.

"Certo, dai salta su" disse lui, cercando di assumere la sua aria più rassicurante.

"Va bene, ti ringrazio, mi fai un grandissimo favore, ma ti avverto, non sono quel tipo di ragazza che va con il primo venuto"

"Non l'ho pensato neanche per un attimo" rispose lui "dai vieni che andiamo"

Lei finalmente si decise a salire in auto.

Partirono, attraversarono il Ponte delle Catene e si diressero verso la periferia ovest della città.

"Come ti chiami?" chiese Marton.

"Eva Farkas e tu?" rispose lei, che cominciava avere qualche perplessità per aver accettato quel passaggio.

"Marton Somogy, sono di Debrecen. Posso chiederti che cosa fai nella vita?"

"Lavoro in un'azienda che commercializza piastrelle, a Torokbalint e tu?"

"Io faccio il rappresentante di commercio, giro parecchio per tutta l'Ungheria e sono fuori molti giorni la settimana" mentì lui tranquillamente "a tempo perso faccio anche un po' di pugilato"

"Pugilato? Quella cosa dove si danno e soprattutto si prendono pugni?" chiese lei, inorridita.

"Sì proprio quella" rise lui "ma se devo dire la verità, io non ne ho presi mai troppi"

"Finora!!" esclamò lei.

Lui rise e la guardò più attentamente, era una ragazza simpatica.

Era anche molto carina Eva; mora, con gli occhi azzurri, piuttosto alta e un bel fisico, ma soprattutto un sorriso aperto e invitante.

Lui si vedeva già nel suo grande letto di Budaors, a fare follie con lei.

"Quanti anni hai Eva?"

"Ventidue, li ho compiuti il mese scorso e tu?" domandò lei, che cominciava a sciogliersi.

"Io quasi ventitré" ed era la prima cosa vera che diceva, oltre al suo nome.

Quando arrivarono davanti a casa di lei, lui aveva ancora più di tre chilometri per arrivare a Budaors. Cercò nel suo vasto glossario le parole giuste per farsi invitare a salire in casa, ma per la prima volta tutto gli sembrava inappropriato. Con un grande sospiro, scese dall'auto, le aprì la portiera, l'aiutò galantemente a scendere a sua volta e molto a malincuore, le disse.

" Beh allora buonanotte, dolcissima Eva"

"Buonanotte a te Marton e grazie per il passaggio. Sei stato davvero gentilissimo"

Si, gentile e anche un pò stupido, pensò lui, ma non era riuscito ad approfittare di quella ragazzina così fiduciosa e simpatica.

"Vorrei chiederti solo una cosa, potrei avere il tuo numero di telefono?"

"È il minimo che possa fare, per ricompensarti della tua cortesia"

Si scambiarono i numeri di telefono, ci scappò anche un casto bacetto sulla guancia, poi lui prosegui verso casa; per un conto si sentiva un idìota per non aver approfittato di quella ghiotta occasione, ma nello stesso tempo era stranamente contento di aver rispettato quella splendida ragazza; era una bella sensazione, che non provava da molto tempo, abituato com'era alle prostitute dei bar.

Arrivò a casa e non ci pensò più, mangiò ancora un po' di frutta e guardò stancamente le notizie in tv, poi sì butto sul letto e prese a dormire beatamente; poteva alzarsi a mezzogiorno.

Tre giorni dopo cominciò il suo solito giro, per riscuotere il pizzo dai commercianti della Andrassy utca e non ebbe grosse difficoltà, volò soltanto qualche schiaffo ma niente di importante, anche perché nell'organizzazione non era compito suo convincere gli indecisi e alla fine tutti pagarono senza discutere più di tanto.

Quella volta ci volle un giorno in più per finire il giro, Istvan aveva ampliato negli ultimi tempi il proprio raggio di azione, accaparrandosi anche alcuni esercizi commerciali del Korut. Alla fine si ritrovò con più di dodici milioni di fiorini in tasca, di cui il venti per cento era il suo compenso.

Duemilioni e cinquecentomila Fiorini!! Lo stipendio di un anno di un impiegato e naturalmente esentasse! Fosse andata sempre così nel giro di un anno avrebbe potuto comprarsi quella meravigliosa villetta sul lago Balaton, che lo aveva fatto impazzire. Il giorno dopo sarebbe andato a Sarolpuszta a consegnare l'incasso a Istvan Nemeth e poi avrebbe goduto di quattro settimane di libertà assoluta.

Pregustava già qualche bella cenetta, qualche visita nei night club e soprattutto, qualche bella ragazza disponibile da portarsi a casa.

2

Hector Molnar si godeva la sua bella villa a Budakeszi, alla periferia di Budapest; amava le comodità che si era fatto installare in casa, una vera e propria spa, con tanto di bagno turco, piscina termale, sauna e idromassaggio. C'era anche un'attrezzatissima palestra, che veniva usata principalmente dai suoi uomini. All'esterno c'era un'altra piscina termale, un campo da tennis e un minigolf, oltre a tanti giochi gonfiabili per bambini.

Hector aveva due figli maschi, rispettivamente di nove e sei anni che, quando non erano a scuola, giocavano allegramente nel giardino intorno alla villa, guardati a vista da almeno tre gorilla.

Possedeva molte altre proprietà, tra cui due interi edifici in città, un centro commerciale e una tenuta di duemila ettari, con una sfarzosa villa padronale, numerosi casali rurali e una riserva di caccia nella zona di Beckescsaba, nel sud dell'Ungheria.

Le riscossioni mensili dei suoi esattori, avrebbero fruttato oltre cinquanta milioni di Fiorini che, dedotti i dieci milioni necessari per pagare gli esattori, portavano nelle sue tasche una cifra netta di oltre quaranta milioni di Fiorini. A questa somma andava aggiunto il denaro riscosso con gli affitti degli appartamenti, la gestione del centro commerciale e la rendita della tenuta di Bekescsaba.

In totale incassava oltre centocinquanta milioni di Fiorini al mese e si sarebbe potuto ritenere soddisfatto, ma nel suo vocabolario la parola "soddisfazione" non esisteva; voleva tutto e lo voleva il prima possibile, era sempre alla ricerca del modo per incrementare i suoi guadagni e aumentare il suo potere.

Quel giorno stava aspettando la visita di due piccoli boss della criminalità organizzata ungherese, uno proveniente da Debrecen, una fiorente città nell'est dell'Ungheria e l'altro da Gyor, ai confini con l'Austria; cercava di tessere in ogni modo la sua rete di amicizie e alleanze, con l'obiettivo di dare l'assalto alla posizione di capo supremo della malavita di Budapest.

Quando gli ospiti arrivarono, nel primo pomeriggio, li accolse con grande cortesia e dopo i convenevoli di rito, li consegnò nelle mani esperte di due giovani ragazze, che avevano il compito di massaggiarli e soddisfare ogni loro necessità, per renderli pronti a un bagno ristoratore nella piscina termale; lui li avrebbe attesi là.

Arrivarono in piscina visibilmente soddisfatti, si infilarono nell'idromassaggio e si misero a conversare con il padrone di casa.

"Caro Hector, venire nella tua casa è sempre motivo di grande piacere e soddisfazione" disse Tobias Kunesov, un cinquantenne di origini ceche, un tipetto esplosivo, trapiantato ormai da anni a Debrecen.

"Sì, è vero la tua accoglienza è sempre eccezionale e generosa, quelle ragazze sono davvero espertissime" aggiunse Bela Csaba, il rappresentante della malavita di Gyor, rammentando le due giovani che li avevano accolti. Csaba aveva superato la sessantina, era alto e dinoccolato, un pò curvo, gli occhi chiari e una grande criniera di capelli bianchi e lunghissimi.

"Amici voi mi confondete, sono molto felice che abbiate gradito la mia accoglienza, ma questo è il minimo che io potessi fare per persone del vostro rango" mentì spudoratamente Hector, che non aveva alcuna considerazione per quelle due mezze tacche.

Affrontarono prima di tutto la problematica della riscossione delle tangenti, ma era solo un diversivo, per arrivare al problema principale. Dopo mezz'ora di dibattito molto tranquillo, Hector disse.

"Il problema più grosso che abbiamo qui a Budapest, è che manca un vero coordinatore delle nostre attività; Istvan Nemeth è ormai troppo vecchio e troppo radicato nei suoi metodi. Sarebbe necessario un rinnovamento totale del sistema di lavoro, ma per fare questo occorrerebbe un nuovo capo"

Dopo aver pronunciato queste parole, guardò i suoi interlocutori, cercando di capire come la pensavano realmente. Kunesov appariva particolarmente interessato, forse perché data la sua forte amicizia con Hector, prevedeva di poter avere grossi vantaggi da una sua eventuale presa del potere.

Bela Casba appariva decisamente molto più scettico, ritenendo che le cose tutto sommato andassero più che bene e che Istvan Nemeth potesse mantenere la sua leadership ancora per molti anni. Non si accorse nemmeno dello strano modo in cui lo guardava Hector.

Parlarono ancora per un'ora, ciascuno esponendo le proprie opinioni e teorie, che sostanzialmente non cambiarono di molto; in particolare Bele Csaba ribadì più volte la sua fedeltà a Nemeth. Alla fine i due invitati andarono a rivestirsi, Hector li invitò a una cena che fu particolarmente ricca e abbondante, poi la riunione si sciolse e con grandi saluti e promesse di ricambiare al più presto la visita, i due ripartirono per le rispettive città, seguiti dalle loro scorte.

Hector si fermò a parlare con il suo principale collaboratore, Istvan Malikov, un tipo crudele e determinato, che ascoltò il capo senza dire niente. Quando Hector ebbe finito, Istvan fece un cenno d'intesa e se ne andò con la sua auto, insieme ad altri due uomini.

Alle 18 e 15, sull'autostrada M1 in direzione Gyor, all'altezza della città di Tatabanya, l'auto su cui viaggiava Bela Csaba saltò in aria insieme alla prima auto della scorta, per una bomba ad altissimo potenziale posta sul lato destro della carreggiata.

Per gli occupanti delle prime due auto non ci fu possibilità di scampo, morirono sul colpo dilaniati dall'esplosione. Si salvarono, non si sa come, solo gli occupanti della seconda auto di scorta che, terrorizzati, non si fermarono nemmeno a verificare l'evidente esito dell'esplosione e corsero immediatamente a Gyor per dare l'allarme.

La guerra era cominciata.

Nelle settimane successive, Budapest diventò teatro di una battaglia senza esclusione di colpi; da una parte la fazione che faceva capo a Istvan Nemeth, spalleggiato dal gruppo di Gyor che voleva vendicare l'uccisione di Bela Csaba e da altre bande giunti da Pecs e Eger, dall'altra la banda di Hector Molnar, che si avvaleva della collaborazione di quasi tutte le altre cellule mafiose della città.

I due capi tennero fuori dalla mischia solo gli esattori, che per loro erano estremamente importanti e non volevano che fossero coinvolti in qualche sparatoria o altre situazioni pericolose.

La cosa non dispiacque per niente a Marton che, pur rimettendoci qualcosa in termini economici, non era esattamente il tipo del guerriero e soprattutto non aveva mai dovuto e voluto sparare a nessuno. Questo però non gli impediva di poter essere un bersaglio, per coloro che volevano mettere fine all'impero di Istvan. Per questo motivo si era chiuso in casa e metteva il naso fuori solo per situazioni di estrema necessità o per qualche rara cenetta con il suo migliore amico, Szoltan Hattyasy; il fatto di vivere in periferia e di aver sempre tenuto un basso profilo, lo favoriva molto, perché poteva starsene fuori da quella guerra, senza dover rischiare più di tanto.

La città sembrava diventata un grande campo di battaglia, non passava una sera che non ci fosse qualche morto ammazzato e la situazione sembrava destinata a peggiorare ulteriormente con il quotidiano arrivo in città di forze fresche, che andavano ad ingrossare le fila dei due schieramenti. Hector dirigeva le operazioni dal suo bunker di Budakeszi, con l'obiettivo dichiarato di arrivare a colpire Istvan Nemeth; morto lui avrebbe potuto sedersi da vincitore, a un tavolo con gli altri capi mafiosi e avrebbe finalmente avuto in mano la città.

Una sera un, gruppo di uomini di Nemeth, sorprese Malikov fermo al semaforo, sulla rotatoria dell'Oktagon e gli piantò trenta pallottole in corpo, uccidendolo all'istante. La vendetta di Hector fu tremenda; sguinzagliò i suoi in ogni posto dove potessero trovarsi gli uomini di Nemeth, bar, night club, ristoranti e perfino le abitazioni private delle loro donne, alcune delle quali pagarono con la vita o con gravissime ferite e mutilazioni, il solo fatto di essersi innamorate, molto spesso inconsapevolmente, dell'uomo sbagliato.

I morti in città superavano le cinquanta unità, ma la Polizia si guardava bene dall'intervenire; finché si ammazzavano tra di loro tanto di guadagnato.

Hector era deciso a porre fine a quella strage, che gli aveva già portato via molti uomini validi e anche qualche amico, ma perché ciò avvenisse bisognava trovare il modo di arrivare a Istvan Nemeth e chiudergli la bocca una volta per tutte.

Era consapevole che, con quella specie di guerra aperta, non sarebbe mai riuscito a risolvere il problema, anche perché i sistemi di sicurezza di tutte le residenze dei boss erano stati potenziati al massimo livello e bisognava agire d'astuzia. L'unico metodo che poteva funzionare, era quello di trovare un uomo davvero in gamba, capace di infiltrarsi nella banda di Nemeth, di acquisire la sua fiducia e quella dei suoi uomini e arrivare a lui.

Cerco di passare in rassegna uno per uno gli uomini che aveva a disposizione, ma nessuno sembrava essere adatto per quell'esigenza, anche perchè i migliori erano ben conosciuti dalla banda rivale e si rese conto che avrebbe dovuto assumere un professionista esterno. Cercò anche di contattare alcuni specialisti di cui si era servito in passato, ma non ebbe fortuna. Erano pochi i killer che avrebbero osato mettersi contro Nemeth e comunque c'era sempre il rischio che, se i suoi avversari gli avessero offerto somme superiori, avrebbero potuto fare il doppio gioco. Quando sembrava aver finito le opzioni, gli venne in mente un uomo molto particolare, che aveva conosciuto qualche anno prima, durante un suo viaggio di piacere in Italia, un piccolo ma intelligentissimo mafioso siciliano, che viveva a Ragusa, un tale Luciano Lo Giudice, che era un tipo deciso e senza molti scrupoli. Decise che avrebbe cercato subito di contattarlo.

Passarono diversi giorni prima che potesse avere un recapito certo, cercò qualcuno degli amici fidati che avevano fatto quel viaggio insieme a lui e alla fine riuscì ad avere un numero di telefono. Chiamò il numero che si era procurato e gli rispose una donna che dalla voce sembrava abbastanza anziana e che parlava in un siciliano strettissimo. Hector, che conosceva abbastanza bene l'italiano, non riuscì a capire una sola parola e parlando molto lentamente, cercò di spiegare che cercava Luciano Lo Giudice, ma non riuscì a farsi intendere. Tentò come ultima risorsa, di lasciare il suo numero di telefono, poi dovette rinunciare, perchè si rese conto che continuare quella sterile conversazione sarebbe stato assolutamente inutile.

Provò a battere altre strade, cercò altre soluzioni, ma non ebbe successo; nessuno voleva mettersi contro la gang di Istvan Nemeth.

Quando sembrava non avere più alcuna risorsa, la fortuna decise di ricordarsi di lui e ricevette una inattesa telefonata dalla Sicilia.

"Buongiorno, sono Luciano Lo Giudice, parla Hector Molnar?" disse una voce cantilenante, con un inconfondibile accento siciliano.

"Luciano, che piacere sentirti. Come hai fatto a trovare il mio numero di telefono?" rispose Hector sorpreso e soprattutto felice.

"Mia madre mi ha detto che avevi chiamato e mi ha dato anche il numero"

Hector rimase esterrefatto; la vecchia madre aveva capito tutto e aveva riferito a Luciano la sua chiamata.

"Luciano carissimo, prima di tutto come stai?" con i siciliani era necessario fare un po' di cerimonie.

"Bene stò, perché mi chiamasti?" rispose invece Luciano, venendo subito al punto.

"Beh Luciano. ho un problema molto particolare, che purtroppo non ti posso spiegare al telefono. Mi rendo conto di chiederti molto, ma avrei bisogno che tu venissi a Budapest e qui potremmo parlare liberamente. Naturalmente tutte le spese sarebbero a carico mio e qualora tu non potessi aiutarmi, avresti comunque fatto una bella vacanza, completamente gratuita."

Ovviamente il dialogo non avveniva esattamente in questo modo, vuoi perché Luciano parlava un siciliano abbastanza stretto, vuoi perché Hector non era proprio espertissimo della lingua italiana e faceva un enorme fatica a comprendere le parole del siciliano. Comunque riuscirono a spiegarsi e Luciano concluse con un tono possibilista, dicendo però che ci avrebbe dovuto pensare un po' e lo avrebbe richiamato di li a due giorni.

La sera del giorno dopo Luciano richiamò, dicendo che avrebbe accettato l'invito a condizione di poter portare con se sua moglie Teresa. Volle precisare che era da un po' di tempo fuori dal giro e quindi temeva di non poter essere molto utile. Chiedeva anche informazioni su come fare per il viaggio e Hector rispose che gli avrebbe inviato subito due biglietti aerei Palermo/Budapest, via Roma. Fu così che tre giorni dopo Luciano Lo Giudice sbarcava all'aeroporto Feriegy di Budapest, vestito da perfetto mafioso siciliano, con tanto di coppola in testa. Ad attenderlo c'era la lussuosa Bentley di Hector e due auto di scorta. Lui e la moglie si godettero il breve viaggio fino a casa di Hector. Per arrivarci dovevano attraversare praticamente tutta la città, superare il Danubio sopra l'Erzsebet Hid e proseguire fino alla parte opposta di Budapest, dove sorgeva la villa di Hector. Ci volle circa un'ora per arrivare, ma loro non ci fecero caso, affascinati com'erano dalla bellezza di quella città fantastica.

Finalmente arrivarono a casa del boss, che li ha accolse con grande entusiasmo e presentò loro sua moglie Andrea, una bellissima quarantenne molto alta, coi capelli del colore del grano, che subito volle prendersi cura della signora Teresa, anche se la loro conversazione doveva esprimersi principalmente a gesti.

Luciano rimase molto impressionato dalla casa del capo mafioso; non aveva mai visto un'abitazione cosi bella, grandissima e piena di ogni confort. Il siciliano era un uomo vicino alla quarantina, con i capelli corvini che arrivavano quasi alle sopracciglia; non era molto alto, ma decisamente robusto e da buon meridionale, aveva dei profondi occhi neri, dei baffetti cortissimi e un paio di orecchie leggermente a sventola sovrastavano un collo molto corto e nerboruto. Per l'occasione si era vestito con il suo abito migliore e la cravatta a fiori sembrava dovesse strangolarlo da un momento all'altro.

Gli uomini si appartarono nello studio di Hector, che offri all'ospite una pregiatissima slivapalinka di prugne, una grappa a sessantacinque gradi, che Luciano ingurgitò senza scomporsi minimamente.

"Hai fatto un buon viaggio, Luciano?" chiese Hector, sedendosi sulla sua costosissima poltrona ed invitando l'ospite ad accomodarsi di fronte a lui.

"Ottimo grazie. È stato tutto perfetto. Sei stato molto gentile ad offrirci la prima classe in aereo. E poi non immaginavo che questa città potesse essere così fantastica"

"Beh, gli ospiti importanti vanno trattati come si deve e si, Budapest stà diventando davvero bella" disse Hector, con un certo compiacimento.

"Allora dimmi un po', come potrei esserti utile? Mi hai incuriosito" chiese Luciano, sedendosi di fronte alla scrivania e ponendo fine ai convenevoli.

"Ti dirò tutto. Forse saprai già che a Budapest è in atto una guerra sanguinosa tra bande rivali" esordì Hector, senza soffermarsi sul particolare che era lui il capo di una di queste bande, anche perché Luciano l'aveva già tranquillamente capito.

"Sì ho sentito dire qualcosa, ne hanno parlato anche televisioni e giornali italiani"

"Il problema è che questa guerra è destinata a non finire mai, nonostante i tanti morti ammazzati, anzi il numero dei contendenti aumenta ogni giorno"

"E io cosa posso fare in una situazione di questo genere?" chiese Luciano, che non riusciva a capire.

"Parliamoci chiaro Luciano, tu sei considerato un vero artista nell'arte dell'inganno"

" Mi stai adulando Hector"

"No sto semplicemente dicendo le cose come stanno. Abbiamo contro un nemico veramente speciale, Istvan Nemeth e dobbiamo assolutamente riuscire a neutralizzarlo per porre fine a questa carneficina. Il problema più grosso, che sembra insormontabile, è che questo personaggio vive in una specie di Castello, a Sarlospuszta, quaranta chilometri a sud della capitale, guardato a vista da decine se non centinaia di guardie armate fino ai denti"

"E come credi che io potrei arrivare a lui?" chiese Luciano, visibilmente interessato.

"Beh, l'unico modo che io ritengo possibile, sarebbe quello di riuscire a infiltrarsi nella sua organizzazione" rrispose Hector, senza tanti fronzoli.

"E assassinarlo?" domandò Luciano, che già ovviamente conosceva la risposta.

"Sono già morti quasi un centinaio di uomini, questo è l'unico modo per far finire questa odiosa guerra" rispose con franchezza Hector.

"Non vorrei sembrarti particolarmente venale, ma quale sarebbe il mio compenso?"

Hector girò lo sguardo, fingendo di guardare un oggetto sulla sua scrivania, poi con aria noncurante disse.

"Io avevo pensato che forse centomila euro potessero essere la cifra giusta per questo lavoro" disse alla fine, continuando a non guardare Luciano.

"Il compito mi sembra molto particolare e soprattutto rischioso, potrebbero volerci anche dei mesi per ottenere qualche risultato, ammesso che sia possibile" obiettò il siciliano.

"Va bene, ho capito, non voglio discutere di soldi con te; facciamo duecentomila euro e non parliamone più" concluse Hector.

"Più altri cinquantamila, se ci riesco in meno di tre mesi" precisò Luciano.

"Mi sta bene, aggiudicato" concluse Hector "Allora siamo d'accordo su tutto?"

"Naturalmente capirai che avrò bisogno di molta collaborazione"

"Per questo non preoccuparti, io e tutti i miei uomini saremo a tua completa disposizione per qualunque cosa di cui tu abbia bisogno " rispose il boss.

"Molto bene, ora se non ti dispiace, mi servirà un giorno per recuperare dalle fatiche del viaggio e da dopodomani comincerò a studiare la situazione, ma ascoltami con attenzione, non posso garantirti niente"

"Benissimo Luciano, ne ho la consapevolezza, ma non posso che essere veramente contento di poter contare sulla tua collaborazione"

"Spero di poterti dare risultato che tu ti aspetti" disse il siciliano.

"Ne sono certo, so che sei il migliore di tutti in questo campo. Adesso basta parlare di lavoro, andiamo a farci un bagno turco e una bella sauna. Naturalmente potrai alloggiare qui, avrai un bell'appartamento solo per te e tua moglie e due ragazze per la servitù"

"No Hector, non voglio contraddirti, ma è meglio che io alloggi fuori di qui, magari in un albergo del centro, per evitare di far saltare la mia copertura"

"Sapevo di aver deciso bene!" esclamò Hector entusiasta "questa scelta dimostra la tua genialità e la tua attenzione ai dettagli"

"In questo mestiere, se si vuole sopravvivere, bisogna fare attenzione ad ogni particolare"

"Perfetto ti prenderò una stanza al Kempisky, uno degli hotel più belli e centrali della città" concluse Hector, che era molto soddisfatto per l'esito della chiacchierata.

Lasciarono lo studio di Hector e si diressero e verso la spa.

3

Due giorni dopo Luciano cominciò a lavorare al suo progetto; era un disegno molto ambizioso e complicato, soprattutto perché non conosceva nessuno a Budapest e molto pericoloso perché infiltrarsi nell'organizzazione di Istvan Nemeth sarebbe stato veramente difficile e lui non sapeva bene da che parte cominciare. La città gli era completamente sconosciuta e se da un lato questo poteva essere un vantaggio perché nessuno lo aveva mai visto in giro, dall'altro gli creava non poche difficoltà, perché aveva la necessità di entrare negli ambienti di Budapest e questo sarebbe stato assai problematico, anche per la difficoltà non secondaria, di non conoscere una sola parola di ungherese.

Aveva preso alloggio al Kempinski, un albergo del centro città, per evitare che qualcuno potesse collegarlo a Hector e aveva cominciato a girare per i locali del centro, bar, ristoranti, night club e ogni altro luogo dove poter trovare un aggancio, sempre seguito come un'ombra dalla signora Teresa, che era diventata la sua migliore copertura; sembravano proprio due turisti italiani un pò smarriti in quella immensa città. Anche su suggerimento degli uomini di Hector, individuò quattro locali, una discoteca, due ristoranti e un pub notturno, dove sembrava esserci un movimento un pò particolare e nelle settimane successive cercò, senza dare troppo nell'occhio, di diventarne un frequentatore abituale.

Intanto in città, la guerra continuava sempre più cruenta e la polizia era stata costretta suo malgrado ad intervenire, quando in un ristorante del centro, si verificò un episodio terribile. Nel tentativo di far fuori due uomini di Hector, che peraltro riuscirono a scamparla, gli scagnozzi di Istvan Nemeth lasciarono sul terreno un'intera famiglia di tre persone, il padre, la madre e un bambino di 6 anni.

A questo punto il governo ungherese si risolse ad impiegare addirittura l'esercito, per presidiare le zone più a rischio della città.

Questo rese il lavoro di Luciano molto più difficile, perché gli uomini del capo mafioso uscivano molto più raramente dal loro bunker e frequentavano i locali in modo del tutto occasionale.

Lui non si perse comunque d'animo e continuò a uscire frequentemente con sua moglie, visitando, in particolare, i due locali che aveva ormai messo nel mirino.

Una sera, mentre cenava al Ciranò's etterem, un noto ristorante del centro, notò due giovani uomini, che discutevano con una certa animosità e ne fu particolarmente incuriosito. I due erano seduti in un angolino appartato del ristorante e sembravano molto impegnati nei loro ragionamenti. Luciano cercò un modo per avvicinarli, ma non trovò nessun sistema che potesse permetterglielo senza insospettirli e dovette per il momento rinunciare al suo proposito. Tre giorni dopo tornò nel locale, ma i due uomini non si fecero vivi.

Tentò ancora la settimana successiva e finalmente una sera trovò i due uomini seduti allo stesso tavolo. Approfittando della sua innata teatralità siciliana, aveva stretto buoni rapporti con il proprietario del locale, che si dimostrava molto soddisfatto di quell'ottimo cliente, così affezionato e soprattutto spendaccione.

Al momento di pagare il conto, si mostrò incuriosito dai due soggetti seduti al tavolino e cercò a gesti di informarsi con il proprietario, ma lui finse di non capire o veramente non capì, dandogli comunque la conferma che aveva imboccato la strada giusta.

L'occasione migliore capitò qualche giorno dopo quando, trovando ancora i due soggetti a cena nello stesso locale, attese il momento in cui si apprestavano a pagare il conto e prese l'iniziativa. Si alzò con noncuranza dal tavolo per pagare e quando giunse di fronte alla cassa, urtò volontariamente con il piede uno dei due uomini.

"Le chiedo umilmente scusa, sono proprio uno sbadato" disse in siciliano.

"Non si preoccupi. Sono cose che capitano" rispose l'uomo in un italiano quasi perfetto.

Luciano restò per un momento con la bocca aperta, quell'uomo parlava l'italiano meglio di lui.

"Ma lei parla benissimo la mia lingua!" disse, veramente stupito.

"Sì, ho lavorato sei mesi in un'azienda Italo/ungherese, che si occupava di Import/Export di materiali da falegnameria. C'erano anche molti dipendenti italiani e quindi ho imparato da loro"

"Complimenti. Le dispiace se parliamo un po'? Qui a Budapest non trovo nessuno che parli la mia lingua" disse Luciano, con un grande sospiro.

"Con grande piacere. Lei è italiano?"

"Siciliano, per la precisione." Disse Luciano ridacchiando, "Questa è mia moglie Teresa"

"Molto piacere signora Teresa. Siete a Budapest in vacanza?"

"Veramente ci siamo trasferiti qui dall'Italia oltre un mese e mezzo fa" disse Luciano assumendo un tono leggermente misterioso.

"Sono molto contento di conoscerla e poter parlare nuovamente l'italiano, mi fa enormemente piacere" rispose Marton, cercando di capire con chi aveva a che fare.

"Fa molto piacere anche a me trovare finalmente qualcuno che parla la mia lingua, sono a Budapest ormai da oltre un mese e mi esprimo principalmente a gesti" disse il siciliano, commiserandosi.

"Beh, l'ungherese non è proprio una lingua facilissima da imparare" rise il ragazzo e poi tradusse il senso del discorso all'amico. "Mi chiamo Marton Somogy e questo è il mio fraterno amico Szoltan Hattyasy"

"Molto piacere, Io mi chiamo Luciano Lo Giudice e vengo dalla provincia di Ragusa. Posso offrirvi il caffè?"

"Non ci pensi nemmeno e questo vale anche per il conto, quì è ospite nostro. La Sicilia è un po' lontana e la prego di non protestare. E cosa fa qui a Budapest, se non sono indiscreto?" chiese Marton incuriosito.

Luciano era indeciso su come rispondere, poi alla fine si risolse ad affondare il colpo.

"Innanzitutto voglio ringraziarla per la sua cortesia; diciamo che ho dovuto prendermi un lungo periodo di vacanza, lontano dalla Sicilia"

Osservò la reazione dei due uomini e capi di aver colto nel segno.

"Interessante" disse Marton, che aveva capito di avere che fare con un tipo un po' particolare "dovremmo vederci più spesso"

"Sarebbe un piacere anche per me, qui a Budapest non frequento ancora nessuno, anche perchè c'è il grande problema della lingua"

"La capisco. Dove alloggia ora?" chiese il ragazzo.

"All'hotel Kempinski" rispose Luciano, lasciando intendere una notevole disponibilità economica, visto che quell'albergo era uno dei più cari della città.

" Allora se non le dispiace troppo, la chiamerò lì" disse Marton.

"Sono molto contento, se vuole le posso lasciarle anche il mio numero di cellulare"

Si scambiarono i numeri di telefono, presero il caffè e poi si salutarono con grande cordialità. Luciano uscì dal locale, convinto di aver fatto un decisivo passo in avanti.

Quella sera, con mille precauzioni, riuscì ad incontrare Hector e gli riferì l'accaduto.

"Sapevo di poter fare affidamento su di te" disse il boss visibilmente soddisfatto.

"Non ho fatto ancora niente e non so chi siano quei due uomini, potrebbero essere venditori di aspirapolvere per quanto ne so. Io gli ho solo offerto un caffè" disse Luciano ridendo "il resto lo hanno fatto loro"

"Sento che questa potrebbe essere la strada giusta" ribadì Hector.

"Sì, sembra anche a me che sia una buona pista. Adesso vedremo cosa accadrà nei prossimi giorni, perché è meglio aspettare che mi chiamino loro"

"Mi raccomando Luciano, non mollare ora" lo esortò Hector.

"No non si preoccupi, non sono proprio il tipo" lo rassicurò Luciano.

"Come pensi di procedere?" chiese il boss.

"Intanto bisogna capire se sono realmente uomini di Nemeth. Aspetterò una loro chiamata, sono certo che si faranno sentire, magari per un invito a cena"

"Ottimo Luciano, hai la mia completa approvazione, se hai bisogno di noi, ricordati che basta una telefonata"

"La ringrazio, ma per il momento non mi serve nulla. Ci sentiamo tra qualche giorno e speriamo di avere qualche buona notizia"

"Ci conto anch'io" disse Hector "arrivederci Luciano. Mi raccomando fai molta attenzione"

"Stia tranquillo, credo di sapere come muovermi in queste situazioni"

Si congedarono molto rapidamente, perchè se qualcuno li avesse visti insieme, la copertura del siciliano sarebbe saltata ed in questo momento era l'ultima cosa che volevano.

4

Marton non aveva nulla da fare, viveva confinato in casa per il timore di essere fatto oggetto di qualche attentato. Qualche rara uscita a cena nel suo ristorante preferito, il Ciranò's, insieme a Szoltan e poi la clausura.

Si allenava anche tre ore al giorno ed era in forma splendida, ma questo non sarebbe servito a nulla perché, perdurando quella guerra tra bande, non avrebbe avuto nessuna possibilità di combattere.

Mentre rimetteva nell'armadio la sua giacca, ritrovò nella tasca il biglietto con il numero di telefono di Eva e pensò di chiamarla.

"Ciao Eva, sono Marton" esordì.

"Marton? Scusa non ricordo" rispose la ragazza, che lo ricordava benissimo.

"Come non ti ricordi? Il tuo tassista preferito" scherzò lui, facendo l'offeso.

"Tassista? Ma io.. veramente... oh si scusami Marton, come stai?" chiese Eva.

"Bene, ma ti disturbo?"

"No, sono uscita ora dal lavoro, dimmi"

"Niente di particolare, volevo solo risentirti" rispose il ragazzo.

"Hai fatto benissimo, allora come vanno le tue uscite notturne?"

"Sono uscito tre volte in un mese, una cenetta con un amico e poi subito a casa"

"Devo crederci? E come mai questa clausura?" chiese lei, dubbiosa.

"Nessun motivo particolare " mentì lui "volevo stare un po' a casa. Mi sono allenato molto"

"A prendere pugni?" scherzò lei.

"Beh veramente preferirei darne, comunque ci si allena anche per saper incassare"

"Tu sei tutto matto! Come si fa a fare uno sport del genere?" chiese lei, sinceramente stupita.

"A me piace molto, ma posso capire che a un profano possa sembrare strano"

"Infatti è proprio così. Senti una cosa, ti va che ci vediamo?" disse lei improvvisamente.

"Non osavo chiedertelo. Certo che mi farebbe piacere, potremmo andare una sera a cena, pago io"

"Certo che paghi tu, ci mancherebbe" disse lei ridendo "tutto sommato ti costa anche poco, considerando la sventola che ti porti fuori"

"Simpatica" pensò lui.

"Va bene" disse poi "facciamo venerdì? Siccome pago io, scelgo anche il posto, d'accordo?"

"Si d'accordo, ti aspetto qui a casa mia, tanto la strada la conosci"

"Va bene Eva, allora a venerdì "

" Ok, ciao Marton"

"Ciao"

Marton chiuse la comunicazione e si sentiva allegro, di un'allegria nuova, inconsueta. Gli piaceva l'idea di portar fuori quella ragazza e in quel momento stranamente non pensava solo al sesso.

Il venerdì successivo alle 19,30, era puntuale sotto casa sua; dovette attendere una ventina di minuti, poi finalmente lei scese di casa. Indossava un cappotto bianco, che non lasciava intravedere nulla, ma era lo stesso molto carina. Lui scese ad aprirle la portiera e si misero in viaggio.

"Dove mi porti" disse lei, dopo averlo salutato con un inatteso bacio sulla guancia.

"Andiamo in un ottimo ristorante, un po' fuori città, a Sarlospuszta"

"Sarlospuszta? Ma è uno dei più cari d'Ungheria!!"

"Non ti preoccupare, ho degli ottimi amici là, mi fanno degli sconti eccezionali "

"Per me va bene. L'ho sempre sentito nominare, ma con il mio stipendio non ci sono mai potuta andare"

Viaggiarono per quasi un'ora, lei continuava a scherzare sulla sua attività di pugile; non riusciva a capire come quel ragazzo così carino, potesse fare tanti sacrifici e tanto allenamento, per poi salire su ring a farsi massacrare di pugni.

Arrivarono davanti al grande cancello di legno di Sarlospuszta, Eva fu molto colpita di vedere le due guardie armate che presidiavano l'ingresso. Si rasserenò quando vide l'accoglienza riservata a Marton, che fu salutato e abbracciato come un fratello. Il cancello fu aperto e l'auto percorse il lungo viale che portava all'edificio del ristorante, che sorgeva al centro di un complesso immobiliare imponente, una specie di castello, sicuramente di proprietà un uomo ricchissimo.

Nel parcheggio solo una dozzina di auto costosissime, Marton parcheggiò la sua Alfa Romeo ed entrarono nel locale.

Ad accoglierli c'era un Maître molto cordiale, che li fece accomodare su un tavolo completamente apparecchiato con le preziosissime stoviglie di Herend. Eva era terrorizzata all'idea di romperne qualcuna, perché sapeva che costavano un patrimonio.

La cena fu a dir poco superba, insalata di fegato d'oca con formaggio fuso e basilico, crema di funghi porcini, oca al forno con patate arrosto e per finire una meravigliosa crema catalana fatta in casa, il tutto innaffiato con un profumatissimo Chardonnay del lago Balaton. I camerieri trattavano Marton con grande amicizia e Eva ne fu molto colpita.

Al momento di pagare il conto, il colpo di scena finale; il Maître disse loro che tutto era già stato pagato e che potevano considerarsi loro graditissimi ospiti.

A quel punto un signore molto corpulento, con due grandi baffi a manubrio, venne verso di loro e salutò Marton con grande affetto.

"Marton, carissimo amico mio, che piacere averti qui. Non mi presenti la signorina?"

"Buonasera signor Nemeth e grazie per l'ospitalità; lei è Eva Farkas, una mia cara amica"

"Molto lieto signorina e complimenti per la sua eccezionale bellezza, sono Istvan Nemeth, il proprietario di questo modesto casolare"

"Alla faccia del modesto casolare!" pensò Eva, poi guardò meglio l'uomo ed ebbe una sgradevole sensazione; le sembrò di averlo già conosciuto, ma poi si rese conto che era impossibile e sfoderò il suo sorriso migliore.

"Buonasera signor Nemeth, la ringrazio per il complimento e per l'ospitalità"

"Di nulla signorina, Marton è un mio grande amico ed è un grande piacere avervi qui stasera"

Le cerimonie andarono avanti per un po', poi finalmente i due ragazzi riuscirono a congedarsi.

Uscirono a rischiararsi le idee, nella freddissima serata della puszta ungherese, erano pieni fino all'inverosimile, ma Eva provava nuovamente quella sensazione di turbamento che aveva avvertito poco prima. Ancora una volta non gli diede peso e salì allegramente sull'auto di Marton.

"Hai proprio tutte le fortune" gli disse ridendo "questa cena ti sarebbe costata un mese di stipendio"

"Il signor Nemeth è un uomo molto generoso, in particolar modo con gli amici" rispose lui, che era abbastanza abituato a vedersi offrire la cena dal suo capo. Eva non rispose e quando lui, fingendo di cambiare marcia le prese la mano, non la ritirò anzi, la strinse anche lei con una certa forza.

Lui guidò in silenzio fino ad arrivare in città ed andò direttamente a casa sua. Quando arrivarono, salirono rapidamente i tre scalini che davano sull'ingresso della villetta, entrarono e si sedettero sul divano con una birra in mano. Non dissero niente, ma si guardarono negli occhi e il bacio scoccò, quasi spontaneo e particolarmente appassionato. Lui l'accompagnò con molta delicatezza in camera da letto e comincio lentamente a spogliarla; lei lo lasciò fare continuando a baciarlo, poi improvvisamente stralunò gli occhi, si mise a sedere sul letto e disse.

"Perdonami Marton, non è colpa tua, ma non posso. Per favore puoi riaccompagnarmi a casa?"

" Perché, cosa ho fatto?"

"Te l'ho già detto, non è colpa tua, ma preferirei tornare a casa"

Lui capi che non era il caso di insistere, si rivestì e insieme andarono verso la porta della villetta. Lei continuava a scusarsi e a dirgli che non doveva sentirsi responsabile del suo comportamento e Marton, anche se deluso, fu molto comprensivo.

"Non devi preoccuparti di niente Eva, non so cosa ti sia accaduto, se e quando vorrai me ne parlerai. L'importante adesso è che ora tu stia bene e che non ci siano problemi tra di noi"

"Sei tanto carino Marton e davvero adorabile. Spero più avanti, quando anch'io l'avrò capita, di poterti spiegare la vera ragione del mio comportamento"

"Solo se lo vorrai, Eva dolcissima, non hai nessun obbligo. Capisco solo che c'è qualcosa che ti turba e me ne parlerai solo quando ti sentirai pronta"

Nel frattempo erano giunti davanti a casa di lei e fu proprio Eva a mettergli le braccia al collo, dandogli un bacio appassionato.

"Ti ringrazio di nuovo Marton, se ti fa piacere ti chiamo tra qualche giorno, va bene?"

"Se mi fa piacere? Lo pretendo!" Eva finalmente rise, gli diede un altro bacio e poi sali in casa.

Lui risalì in auto pieno di dubbi, cercava di capire che cosa poteva essere accaduto, ma non riusciva a immaginare niente di plausibile. Era comunque soddisfatto della serata, sperava di poter avere qualche altra occasione e si ripromise di cercare saperne di più la prossima volta che l'avesse incontrata.

D'altra parte anche lui aveva un grosso segreto da confessarle; il lavoro che faceva non era certamente il massimo per sedurre una ragazza come quella e si rendeva conto che, qualora fosse nato qualcosa di serio, avrebbe dovuto parlargliene.

Cominciava comunque a stancarsi di quel tipo di vita, nonostante la facesse fin da quando era bambino; si era ormai da tempo reso conto che quell'esistenza non era adatta a lui; spesso gli capitava di provare un sentimento di compassione nei confronti di quei commercianti che taglieggiava, specialmente verso qualcuno che sapeva essere in grosse difficoltà.

E ora c'era anche Eva. Non poteva neanche immaginare di iniziare una relazione con quella ragazza, continuando a fare quel mestiere.

Promise a se stesso che quando l'avesse rivista, le avrebbe parlato a cuore aperto, a costo di rischiare che lei lo escludesse dalla propria vita. In ogni caso, se il rapporto fosse andato avanti, lei prima o poi lo avrebbe saputo e quindi non aveva nulla da perdere.

Prima però doveva chiarire con se stesso se aveva davvero voglia di cambiare vita, di trovarsi un lavoro vero, di abbandonare sull'esistenza fatta di lustrini e meschinità che indipendentemente da Eva, aveva cominciato a pesargli molto.

Il problema più grosso era comunque riuscire a venir fuori da quel giro; non sarebbe stato facile lasciare Istvan, anche se lui contava molto sul rapporto padre/figlio che loro avevano sempre avuto, per riuscire a convincerlo a lasciarlo libero di crearsi una vita diversa.

Questo pensava Marton, mentre tornava a casa, pieno di speranze e di timori.

Nonostante il freddo, sì aprì una birra e si stese a riflettere su una sdraia, che teneva sempre a portata di culo, sulla piccola veranda di casa.

Come potevano cambiare le cose in pochi giorni, incontrando la persona giusta!

Dopo mezz'ora passata a riflettere, a guardare le stelle e a sentire un freddo bestiale, si alzò, entro in casa e si buttò sul letto.

5

Qualche giorno dopo Marton incontrò casualmente, o almeno così lui credeva, Luciano Lo Giudice e la moglie Teresa a passeggio in Vaci utca, la strada più elegante di Pest e si salutarono con grande entusiasmo. In realtà Luciano passava in quella strada dieci volte al giorno, sperando di incontrare Marton.

"Il mio amico italiano!" esclamò il ragazzo.

"Sono felice di rivederti, Marton" rispose Luciano, sorridendo sotto i baffetti.

"Venite, andiamo a sederci da Anna, fa il miglior caffè italiano di tutta Budapest"

"Bene, prendo molto volentieri un buon caffè" disse Luciano, intimamente molto scettico.

Entrarono nel locale, che si trova in Vaci utca, quasi all'intersezione con Vorosmarty ter, la piazza più famosa della città.

Il bar è elegantissimo e fa dei dolci eccezionali; la signora Teresa, golosissima, ne ordinò una porzione monumentale, il marito e il ragazzo si limitarono al caffè, con due biscottini all'anice.

"È onestamente incredibile trovare un caffe cosi buono a Budapest" esclamò Luciano, sorpreso.

"Cosa le avevo detto? È davvero eccezionale!" disse Marton, orgogliosamente.

"Proprio ottimo, come nei migliori bar d'Italia, fino ad ora avevo bevuto degli intrugli mostruosi, perlomeno per il palato di un siciliano" sentenziò l'italiano, veramente soddisfatto.

"Mi fa piacere. Allora come procede la sua vacanza?" Chiese Marton incuriosito.

"Beh, come ti ho già detto, non sono proprio in vacanza. Diciamo pure che sono ferie un pò forzate" rispose Luciano e osservò con molta attenzione quale fosse la reazione del ragazzo.

"Scusa se te lo chiedo, ma hai dei problemi con la giustizia?" azzardò Márton.

" No, non proprio, piuttosto con qualcuno che non mi vuole troppo bene"

"Capisco" disse Marton, che invece non aveva capito praticamente nulla "e pensi di dover stare parecchio qui in Ungheria?"

"Fin quando le acque non si saranno calmate" rispose l'italiano senza aggiungere più di tanto.

Marton preferì non insistere, anche se molto incuriosito. Pensava anche che un personaggio del genere, avrebbe potuto fare molto comodo nel clan di Istvan Nemeth e pensava anche che portare un uomo come quello nell'organizzazione, avrebbe forse reso più semplice la sua uscita.

Salutò Luciano e tornò all'auto; l'idea continuava a frullargli in testa e decise di non perdere ulteriormente tempo; imboccò la statale 5 e in meno di mezz'ora arrivò a Sarlospuszta.

Appena arrivò, chiese immediatamente di poter parlare con il signor Nemeth e dopo venti minuti di noiosa attesa, fu accontentato.

"Ecco il nostro pugile, a cosa devo il piacere?" chiese Istvan, lisciandosi i baffi.

"Buongiorno signor Nemeth, avrei bisogno di parlarle di una cosa un po' delicata" esordì Marton

"Vieni nel mio studio" e così dicendo lo accompagnò in una stanza enorme, totalmente tappezzata di quadri, armi e trofei di caccia.

"Sei mai entrato qui altre volte?" chiese Istvan, con una punta d'orgoglio, vedendo il ragazzo molto ammirato.

"Solo una volta, qualche anno fa, quando siamo arrivati a Budapest e lei ha acquistato questo complesso" ammise Marton.

"Bene allora dimmi, a cosa devo il piacere di questa improvvisata?" chiese il signor Nemeth.

"Ecco è una cosa un po' particolare. Un po' di tempo fa ho conosciuto casualmente un italiano, un siciliano per la precisione, tale Luciano lo Giudice, che è a Budapest insieme alla moglie"

"Vai avanti" lo incoraggiò Istvan.

"Ecco, mi è sembrato di capire che non sia propriamente in vacanza, ma in fuga da una situazione particolarmente complicata"

"Che vuol dire "complicata"?"

"Beh, i casi sono due, o ha la polizia alle calcagna, oppure sta fuggendo da una banda rivale, io sarei più per questa seconda ipotesi" disse Marton convinto.

"E tu che cosa avresti pensato?" chiese Nemeth molto incuriosito.

"Ho pensato che, vista la penuria di uomini che abbiamo in questo momento, un soggetto del genere potrebbe fare molto comodo" rispose prontamente il ragazzo.

Istvan ristette a pensare per qualche attimo e poi alla fine disse.

"Sei un ragazzo davvero in gamba Marton e hai fatto benissimo a parlarmi di questa opportunità, ma in questo momento dobbiamo avere gli occhi anche dietro le spalle. Ho bisogno di garanzie su questa persona"

"Voglio essere sincero" rispose il ragazzo"ora come ora non saprei come dargliene"

"Va bene, facciamo così, se lui è disponibile fammelo incontrare; sarò io a valutarlo"

"Credo che questa sia l'idea migliore" disse Marton, sollevato "nessuno meglio di lei, è in grado di rendersi conto del reale valore del personaggio e della sua affidabilità "

"Mi stai adulando" rise il signor Nemeth.

"No dico sul serio, lei ha più esperienza di tutti noi messi insieme" dichiarò convinto il ragazzo.

Questo era sostanzialmente vero, Istvan ne aveva passate di tutti i colori nella sua lunga carriera criminale, aveva visto tradimenti, slealtà e complotti ed era sicuramente la persona più giusta per valutare il nuovo arrivo.

"Va bene facciamo così. Tu portamelo domani sera a cena qui, senza dirgli niente, poi penserò io a parlargli e a vedere che aria tira"

"Probabilmente verrà insieme a sua moglie, non se ne separa mai"

"Bene, anzi meglio. Mi farò trovare qui con la mia compagna Clara, almeno tutto avrà un'atmosfera più familiare"

"Va bene, allora glie lo porterò qui domani sera. Ho il suo numero di telefono e so che alloggia all'hotel Kempinski"

"Si tratta bene il ragazzo!" osservò Istvan.

"Sì, credo che quanto a soldi non sia messo affatto male" disse Marton sorridendo.

"Meglio così, è più facile fare affari con gente in grana che con i morti di fame; si vendono per un niente"

"Sono d'accordo con lei. Allora ci sentiamo tra qualche giorno. Arrivederci signor Nemeth"

"Arrivederci Marton e grazie "

Il ragazzo uscì, si infilò rapidamente nell'auto e si avviò verso la città. Era molto contento di aver reso un buon servizio al signor Nemeth e per il momento non ci pensò più.

Pensò invece chi aveva molta voglia di rivedere Eva e la chiamò durante il viaggio di ritorno.

"Buonasera principessa, mi riconosci?"

"Ciao Marton, certo che ti riconosco. Dove sei, a Budapest?"

"Sono sulla strada 5, sto tornando da Sarlospuszta e ho pensato che una di queste sere potremmo rivederci, magari ancora a cena"

"Sei sempre molto gentile, dove pensi di andare?"

"Pensavo di andare al Remiz, a mangiare un po' di fegato d'oca. Tu che ne dici?"

"Dico che è un'idea grandiosa, ma che io non me lo posso permettere" rispose Eva, che sapeva che il Remiz era uno dei ristoranti più cari della città.

"Stai scherzando? Ci penso io, non preoccuparti" disse ridendo Marton

"Sei un ottimo sponsor" rise lei "vorrà dire che metterò il tuo nome su una maglietta, per farti pubblicità"

A lui la battuta piacque da morire "però, davvero simpatica la fanciulla" disse fra sé "e anche tremendamente carina" aggiunse.

"Il problema è che domani ho un impegno, ti andrebbe bene per dopodomani?"

"Certo, va benissimo, anche se altri due giorni di digiuno mi sembrano un po' troppi da sopportare" disse lei maliziosamente.

" Ti prego, resisti, fallo per me!" rispose lui, senza capire il doppio senso.

"Cercherò di farcela, ma sarà dura dover andare ancora al McDonald's"

"Ci vediamo dopodomani alle 8, va bene?"

"Non posso dire di no al mio sponsor preferito"

"Ok a giovedì allora"

"A giovedì, ciao"

Eva riattaccò e si sentì davvero euforica. Marton si era dimostrato un bravissimo ragazzo, aveva accettato le sue scelte ed era stato gentile e disponibile con lei; oltretutto era anche un gran bel ragazzo, fatto che non era del tutto secondario.

C'era qualcosa che la disturbava in questa relazione, ma non riusciva bene a capire di cosa si trattasse; era come un tarlo che le scavava nel cuore e nella mente. Certamente non poteva essere colpa di Marton, ma era qualcosa che in qualche modo era collegata a lui.

"Sei la solita scema" pensò "trovi un ragazzo in gamba, bello e che sembra volerti davvero bene e ti fai un miliardo di problemi"

Decise in cuor suo, che giovedì non sarebbe andata come la volta precedente e tornò a casa fantasticando.

6

Márton chiamo Luciano la mattina dopo e si misero d'accordo per incontrarsi quella sera; sarebbe andato lui a prenderlo all'hotel Kempinski per condurlo a Sarlospuszta, insieme a sua moglie.

Durante il giorno, non avendo impegni, decise di fare una passeggiata a Torokbalint, dove lavorava Eva e passare a salutarla.

La trovò immersa in mille scartoffie, depliants, fatture, ordini e si rese conto di quanto duro potesse essere il suo lavoro. Si limitò solo a un saluto, ma lei fu molto contenta, perché questo gli dimostrava che lui la pensava molto spesso.

"Ma tu sei sempre in ferie?" gli chiese lei.

"No, è che d'inverno per noi è sempre un periodo di fermo e non abbiamo molto da fare"

Lei prese per buona la scusa e non indagò oltre.

Trovarono anche il modo di andare a mangiare qualcosa insieme, in un piccolo ristorantino all'interno di un centro commerciale vicino all'ufficio di Eva, ma subito dopo lui dovette lasciarla ai suoi impegni di lavoro e tornò in città.

Era molto contento di questo rapporto che stava nascendo, ma era cosciente che avrebbe dovuto affrontare il problema relativo al suo lavoro e temeva che lei non avrebbe potuto accettarlo. Sì rendeva conto che una ragazza come Eva, non avrebbe potuto condividere la propria vita con un uomo che viveva di espedienti e di malaffare. Prima o poi avrebbe dovuto parlargliene ed era convinto che lei si sarebbe tirata da parte.

D'altro canto quella era l'unica vita e l'unico mestiere che conosceva; nato e cresciuto nei sobborghi di Debrecen, aveva iniziato fin dalle scuole medie a bullizzare i suoi compagni di classe, approfittando del suo fisico e della la sua propensione alla lotta. A quindici anni aveva conosciuto Istvan Nemeth, allora solo un piccolo boss della malavita locale, che lo aveva subito preso sotto la sua ala protettrice. Faceva piccoli furti, da solo o in compagnia di una banda di amici, anche loro al soldo di Nemeth e guadagnava benissimo per un ragazzo della sua età. A 18 anni cominciò a fare il lavoro nel quale si sarebbe poi specializzato, quello di riscuotere tangenti dai commercianti della città.

L'anno dopo aveva abbandonato la famiglia e si era trasferito a Budapest al seguito di Nemeth, che aveva tentato con successo, il salto di qualità. Nel primo anno lavorò in un'azienda di Nemeth, che faceva import-export di legname con l'Italia, ma Istvan aveva una grande considerazione del ragazzo e a nemmeno vent'anni, gli aveva affidato le riscossioni in tutta la zona di Andrassy utca. Lui si era dedicato a quel lavoro con grande passione e portava a casa risultati notevoli.

Ora, per la prima volta, si trovava a fare i conti con ciò che era stata la sua vita; aver conosciuto Eva lo aveva costretto a riflettere sulla sua esistenza e l'aveva trovata vuota e senza senso. Per la prima volta, inconsciamente, si trovò a pensare a quello che avrebbe potuto essere una vita normale, semplice, avere una donna al suo fianco, una famiglia, dei figli, un lavoro onesto e provò un vago senso di nostalgia.

Nel tardo pomeriggio, andò all'appuntamento con Luciano; l'italiano usci dall'ascensore dell'hotel Kempinsky, vestito di tutto punto e con la coppola d'ordinanza in testa e un improbabile completo a quadrettini, accompagnato dall'inseparabile consorte.

"Buonasera Marton, allora dove mi porti di bello?" domandò incuriosito.

"Se lei è d'accordo, la porto a conoscere un mio carissimo amico, che è proprietario di un ottimo ristorante, a quaranta chilometri dalla città"

"Onoratissimo sono, basta che guidi tu" disse Luciano, che era ormai del tutto certo di aver imboccato la strada giusta.

"Prego, accomodatevi allora, ho la macchina parcheggiata fuori dall'hotel"

Salirono nell'auto e Marton ripercorse per l'ennesima volta, la strada verso Sarlospuszta.

"Chi è questo amico che vuoi farmi conoscere?" chiese Luciano.

"Il mio datore di lavoro" rispose Marton "è un personaggio eccezionale e un uomo molto importante. Potrebbe, in qualche modo essere interessante anche per lei. Ma queste sono faccende che discuterete tra di voi."

"Sono contento che tu mi offra questa opportunità, vuol dire che hai stima di me"

"Beh, lei mi è sembrato un uomo molto in gamba e noi abbiamo molto bisogno di persone del genere"

Quando arrivarono, Luciano rimaste molto impressionato dal complesso di Sarolpusta, che era veramente stupendo; comprendeva un hotel a cinque stelle, una stazione termale di duemila metri quadrati, dotata di tutte le comodità possibili, la faraonica dimora del capo, un maneggio di cavalli ungheresi, un centro per il tiro a volo, le abitazioni dei suoi uomini e il ristorante, oltre a un azienda agraria di più di seimila ettari.

Entrarono nel locale e Istvan Nemeth andò subito incontro a loro, seguito dalla moglie Clara e da Edith, un'interprete diplomata di 25 anni, molto graziosa. Istvan non conosceva una parola di italiano e Luciano parlava un siciliano abbastanza stretto, quindi la conversazione tra i due era una cosa abbastanza complicata. Ciononondimeno Nemeth sì spERTICò in complimenti, soprattutto rivolti alla signora Teresa, che fu poi affidata alle cure amorevoli di sua moglie Clara. Le due donne, nonostante i problemi di lingua, sembravano capirsi molto bene e l'interprete si dedicò quindi totalmente a Istvan e Luciano.

Conversano amabilmente per oltre un quarto d'ora, parlando soprattutto della Sicilia, che il boss sognava di visitare, poi Istvan condusse Luciano nel suo studio, lasciando Marton con le due donne. Istvan aveva disposto due guardie del corpo sulla porta del suo ufficio e altre due all'interno. Erano giovani che sembravano fatti con la fotocopiatrice, alti un metro e novanta, biondi, con i capelli a spazzola e con due spalle enormi. Ognuno indossava una Beretta, bene in vista nella fondina. Fece accomodare Luciano sulla poltrona dinnanzi a lui, mentre l'interprete andò a sedersi alle sue spalle e si accinse a un lavoro tremendo.

"Allora, qual è il motivo di questa sua graditissima visita?" esordì Istvan, senza ulteriori preamboli.

"Se devo essere sincero, non lo so nemmeno io" rispose Luciano "è stato Marton a insistere, affinché la potessi conoscere"

"Márton è un ragazzo molto in gamba e sicuramente ha fatto la cosa giusta. Mi dica Luciano, di che cosa si occupava in Italia?"

"Beh ecco, a dire la verità è una cosa un po' complicata. Diciamo pure che mi occupavo di contabilità"

"Di contabilità? Ma in che senso?"

" Sì, avevo degli amici che si occupavano, diciamo così, di affari e io gli tenevo i conti a posto e verificavo che non ci fossero ammanchi"

"Luciano siamo uomini di mondo, possiamo parlare chiaro; lei teneva i conti di una organizzazione mafiosa?"

"Ma cosa dice?" esclamò Luciano ridacchiando "Lei sa bene che la mafia non esiste!"

"Sì, va bene" disse Istvan, anche lui ridendo sotto i baffi "e qual era il giro di affari di questa 'azienda'?"

"Diversi milioni di euro, oltre una ventina"

"Caspita" esclamò Istvan "E perché è dovuto, diciamo così, venire in vacanza in Ungheria?"

"È entrata sul mercato un'azienda concorrente, molto forte e organizzata e ha messo in serio pericolo il nostro fatturato....e le nostre vite!"

"Capisco e mi dica, intende fermarsi a lungo qui in Ungheria?"

"Il paese è molto bello, la città è stupenda, i soldi per il momento non mancano e quindi potrei fermarmi anche per molto tempo. Il problema più grosso è imparare questa maledetta lingua, che mi sembra veramente impossibile"

Istvan rise per la battuta di Luciano, perché sapeva che era la verità; l'ungherese è forse una delle lingue più difficili del mondo e si può imparare solo studiandolo e con il massimo impegno.

"Potrebbe interessarle fare per me lo stesso lavoro che faceva in Italia? Noi abbiamo un fatturato un po' più alto, circa venti miliardi di Fiorini, che corrispondono a più o meno a settanta milioni di euro e contiamo quest'anno quantomeno di raddoppiare il volume d'affari. La spaventa?"

"Beh, l'impegno è gravoso" disse Luciano, cercando di restare serio; in Italia aveva gestito cifre almeno dieci volte più grandi. "Potrei tentare"

"Lei mi piace molto perché non è uno sbruffone, sono certo che potrebbe dare un grande contributo alla nostra organizzazione"

"Se lo dice lei sarà sicuramente così. E dove dovrei svolgere questo mio lavoro?"

"Qui a Sarolpuszta. Le potrei assegnare una bella casa, dove poter vivere tranquillamente con sua moglie e potrebbe diventare il mio capo contabile, visto che in questo settore siamo molto carenti ed ho anche la necessità di fare qualche verifica sulla correttezza dei miei uomini. Il fatto che lei sia molto amico di Marton non mi crea nessun imbarazzo, perché di lui mi fido come se fosse mio figlio"

"Beh signor Nemeth, la sua proposta è davvero allettante, anche perché i soldi prima o poi finiscono e non vorrei un giorno trovarmi in qualche difficoltà economica. Se non sono troppo indiscreto, quanto sarebbe retribuito questo mio lavoro?"

"Ecco, io avrei pensato inizialmente a un milione e cinquecentomila Fiorini al mese, che corrispondono a circa cinquemila euro, se per lei va bene"

"Mi ci lasci pensare qualche altro giorno" disse Luciano, tanto per fare la parte.

"Ho capito, facciamo due milioni e non ci pensiamo più. Le va bene?"

A Luciano non importava chiaramente nulla dello stipendio, ma continuando la sua recita, storse la bocca e disse con aria rassegnata "Se meglio di così non si può fare!"

"Le assicuro che sarà contentissimo di lavorare per me, se le cose vanno bene, non le farò rimpiangere questa decisione. So essere estremamente generoso con chi mi dà un buon servizio"

"Va bene allora affare fatto, naturalmente mi ritengo in prova, ma vedrà che non si pentirà della sua scelta. Quando devo cominciare a lavorare?"

"Il prima possibile, Marton mi ha detto che lei alloggia al Kempinski. Per quanto mi riguarda, la sua casa sarà pronta al massimo in due giorni. È superfluo che io le ricordi che io mi aspetto dai miei uomini la massima fedeltà" disse Istvan con aria vagamente minacciosa.

"Signor Nemet, non dimentichi che io sono un siciliano, quando sposiamo una causa diamo tutto per fare del nostro meglio"

"Era quello che volevo sentirle dire. Adesso basta parlare di affari, andiamo a cena" esclamò Istvan, alzandosi.

Per reggere tutta questa conversazione, l'interprete era letteralmente uscita di testa, ma aveva fatto un ottimo lavoro, traducendo dal siciliano all'italiano e poi finalmente dall'italiano all'ungherese e viceversa. Si prese le congratulazioni di entrambi, un premio di centomila fiorini e naturalmente anche lei fu invitata a cena.

Márton ero rimasto con le due donne e cercava di fare un po' da interprete, ma era terribilmente curioso di sapere come fosse andato a finire l'incontro tra Istvan e Luciano. Il fatto che la chiacchierata si protraesse da più di mezz'ora, gli faceva pensare che le cose si stessero mettendo bene, ma aspettava lo stesso con una certa ansia che i due uomini uscissero dallo studio di Nemeth, per conoscere l'esito del colloquio; quando li vide arrivare, tenendosi a braccetto come fossero amici di vecchia data, capì di visto giusto e che Luciano aveva fatto colpo sul suo capo.

Pensò anche che forse il merito di aver trovato quell'uomo, gli dava qualche possibilità in più per potersene andare.

Finalmente si misero a tavola.

7

Marton aveva riaccompagnato Luciano e la moglie al Kempinski, dando loro appuntamento per due giorni dopo, quando il siciliano avrebbe preso servizio a Sarlospuszta ed era corso a casa a dormire. La giornata era stata faticosa, ma soddisfacente e lui dormì fino a mezzogiorno. Si allenò per tutto il pomeriggio, anche per scaricare un po' la tensione; aveva deciso che avrebbe parlato francamente con Eva e gli avrebbe raccontato tutto di sé, correndo naturalmente il rischio che lei lo rifiutasse. Alle sei aveva già cominciato a prepararsi, con il risultato che alle sette e un quarto era già in strada e aveva dovuto girare mezz'ora per la città, senza una meta precisa.

Eva si stava facendo bella per la cena, operazione che le riusciva molto facilmente, aveva indossato il tailleur più elegante che aveva nell'armadio, la gonna appena sopra il ginocchio, un filo di trucco e si guardò soddisfatta allo specchio. "Stasera lo faccio morire" pensò, non senza un certo compiacimento.

Alle otto in punto Marton fermò l'auto di fronte a casa di Eva; lei era prontissima già da un po', ma si fece attendere un quarto d'ora, poi finalmente scese, con studiata lentezza, i tre gradini che la separavano dalla strada e a lui parve di sognare. Era semplicemente bellissima!! Scese di corsa dall'auto, incespicò goffamente sul paraurti e si precipitò ad aprirle la portiera.

"Prego, mia regina, si accomodi sulla mia umile carrozza" disse, quando riuscì a riprendere fiato.

"Le sono grata, mio nobile signore" rispose lei, fingendo di stare al gioco.

"Stasera sei semplicemente stupenda" esclamo lui, tornando serio.

"Ma cavaliere, lei mi confonde" rise lei imbarazzatissima, continuando a scherzare.

" Sei tu che mi stai confondendo e non puoi nemmeno immaginare quanto"

Le rise di gusto e si infilò in auto, non prima di avergli elargito un grosso bacio.

"Sei sempre dell'idea di andare al Remiz?"

"Naturalmente e adesso che ti ho vista mi sembra anche poco, ti dovrei portare da Gűndel" disse lui, riferendosi al ristorante più famoso della città e forse di tutta l'Europa dell'est.

"No no, va benissimo il Řemiz, non ho voglia di una serata piena di violini zigani"

"Allora in marcia" disse lui con enfasi.

In realtà il ristorante distava pochissimo da casa di Eva, e arrivarono in cinque minuti.

Il Remiz è una vecchia rimessa di tram in disuso, all'interno della quale è stato realizzato un ristorante molto accogliente, ma soprattutto dotato di una cucina eccellente e di porzioni mostruose. Gli ungheresi adorano mangiare così; il concetto di ristorante gourmet non ha ancora attecchito in Ungheria e speriamo non attecchisca mai!

Furono condotti a un tavolino vicino all'anziano pianista, che li accolse con un sorriso e un inchino, da un cameriere cerimonioso e Marton esordì con un Egri Bikaver, il celebre Sangue di Toro di Eger, un vino rosso che definire "corposo" è decisamente riduttivo.

Ordinarono una cena abbondantissima, Eva nonostante il suo aspetto fisico, era una ottima forchetta.

"Quando sono a cena insieme a te, mangio in una sera quello che normalmente mangio in una settimana" disse lei sorridendo.

"Io invece quando esco con te, spendo in una sera, quello che normalmente spenderei in un mese" rispose lui sghignazzando.

Lei fece la faccia offesa e disse "Va bene, allora stasera pago io"

"Beh, sarebbe giusto" disse lui ridendo "pago io, non ti preoccupare, pensa solo a mangiar bene"

"Per fortuna, temevo che accettassi, mi sarebbe costato più di un mese di stipendio!"

La serata scorse via molto piacevolmente, le battute si sprecavano, Eva si dimostrava simpatica e divertente, doti che unite alla sua avvenenza fisica, facevano girare la testa a Marton.

Lui si sentiva euforico, una porzione colossale di costine di maiale e qualche bicchiere di Egri Bikavér fecero il resto. Quando arrivarono al dolce però, accade qualcosa di inatteso. Improvvisamente Eva si rabbuiò, diventò pensierosa e si chiuse in sé stessa.

Come al solito Marton temette di aver fatto qualcosa di sbagliato, ma lei scosse la testa, poi due grandi lacrimoni le rigarono quel viso bellissimo. Lui pagò in tutta fretta il conto e uscirono all'esterno del ristorante; nonostante il freddo pungente, si misero seduti su una panchina situata nel giardino del locale.

"Eva, io mi sento molto vicino a te, ma devi capire che a questo punto ho assolutamente bisogno di sapere che cosa ti turba" disse lui.

"Sì è giusto che tu sappia anche se, puoi credermi, è stata una rivelazione anche per me"

"Allora, raccontami, non tenermi ancora sulle spine"

"Non è per nulla facile per me, ma tu sei stato veramente meraviglioso e quindi meriti che io te ne parli" disse lei con aria grave.

Lui annui e non disse nulla.

"Ricordi quando siamo andati a Sarolpuszta?" lui annuì nuovamente.

"Quella sera qualcosa di strano mi ha infastidito, ma non riuscivo bene a capire di cosa si trattasse" Lui tacque e lei continuò

"Ci ho messo un po' a metabolizzare la situazione, poi alla fine ho capito" tacque per qualche istante, tirò su col naso e poi prosegui.

"Devi sapere che circa un anno fa, ho vissuto un'esperienza terribile. Mentre passeggiavo sul Korut con due amiche, una grossa auto nera si è fermata vicino a noi e un uomo è sceso dicendo di aver bisogno di un'informazione. Mentre io mi stavo consultando con le mie amiche, l'uomo mi ha afferrata per il collo e trascinata dentro l'auto, dove c'era un altro uomo in attesa, poi l'auto è partita sgommando. Mi sono ritrovata con un cappuccio in testa e delle mani luride che mi frugavano dappertutto"

Eva tacque per riprendere fiato, mentre lui la osservava sconcertato e ammirato per il suo coraggio e la sua sincerità.

"Il viaggio è durato per oltre un'ora" riprese lei "durante la quale sono stata ripetutamente violentata" aveva detto la cosa più importante e poté ricominciare a piangere.

Márton sentiva un'ira tremenda salirgli nella testa e avrebbe voluto avere per le mani quell'uomo per strangolarlo seduta stante.

Lei era ormai un fiume in piena e continuò.

"Nonostante il cappuccio in testa, ho avuto modo di intravedere la bocca e soprattutto i baffi dell'uomo che mi stava violentando. L'altra sera a Sarolpuszta, ho avuto una brutta sensazione che poi è diventata certezza. Quell'uomo era Istvan Nemeth"

Si fermò sopraffatta dall'emozione e Marton non trovò di meglio che stringerla forte a se. Era sconcertato da quella rivelazione. Istvan, il suo secondo padre!

"Sei proprio certa di quello che dici?" chiese Marton, quando si fu ripreso un po'.

"Sì, ora ne sono sicurissima. La cosa che mi aveva colpito a Sarolpuszta, era il particolare odore del sigaro che lui fumava, me lo ricordo bene perché in auto mi aveva tremendamente nauseato"

Márton era turbato. Sapeva che la cosa era possibilissima, perché quella di violentare ragazze sole per la strada, era una delle attività preferite di Istvan Nemeth, ma sapere che aveva messo le mani addosso a Eva lo faceva letteralmente partire di testa.

Avrebbe potuto forse superare lo shock per la violenza che lei aveva subito, di cui tra l'altro non era affatto responsabile, ma il problema ora era quello di doverle confessare di essere un uomo di Istvan. Era consapevole che la cosa sarebbe stata difficilissima anche prima di quella rivelazione, ma ora aveva perso qualsiasi speranza. Non appena gli avesse confessato di lavorare per Nemet, lei di sicuro non ne avrebbe più voluto sentir parlare.

Adesso che era così vicino a perderla, sì rendeva conto di quanto fosse diventata importante per lui, ma era consapevole che non avrebbe potuto impostare il loro rapporto sulla menzogna e quindi doveva dirle le cose come stavano realmente.

Eva era molto composta, anche se ogni tanto una grossa lacrima le rigava il volto.

Marton trasse un lungo sospiro e poi disse.

"Le brutte notizie non sono finite!"

"Cos'altro ci può essere di peggio?" chiese lei sorpresa.

"Il fatto è che di ciò che ti è accaduto non hai nessuna responsabilità, mentre per quanto mi riguarda e per quello che devo dirti, il responsabile c'è e quello sono io!"

Ora era lei che lo guardava, con un grande punto interrogativo disegnato sulla faccia.

"Voglio essere onesto con te, anche se corro il rischio di perderti per sempre. Io lavoro per Istvan Nemeth anzi sono uno dei suoi uomini preferiti e mi occupo di riscuotere tangenti per suo conto"

Tacque tenendosi le testa tra le mani e cercando di valutare l'effetto che le sue parole avevano fatto su di lei e quanto potessero averla turbata; ovviamente non aveva speranze, lei se ne sarebbe andata e lui non l'avrebbe rivista più; era comunque orgoglioso del proprio comportamento, per la prima volta nella sua vita aveva trovato una persona per la quale valeva la pena di essere sincero fino in fondo e a qualunque costo.

"Per favore Marton, puoi riaccompagnarmi a casa?" disse lei con una voce che sembrava provenire dall'oltretomba e lui rassegnato, andò subito a prendere l'auto.

Eva si rannicchiò sul sedile con gli occhi bassi ed in qual breve tragitto non disse nulla, ma non aveva ancora finito di sorprenderlo e quando furono davanti a casa sua disse semplicemente.

"Vuoi salire un attimo, a bere qualcosa?"

Lui era stupito, ma si affrettò a scendere dalla macchina e salirono in casa; con quella ragazza, nulla andava secondo le attese.

Lei lo fece accomodare sul divano, preparò due drink e si venne a sedere vicino a lui.

"Voglio essere il più possibile sincera con te Marton" esordì lei imbarazzata, porgendogli il bicchiere "questa sera ero pronta a far l'amore con te e soprattutto a dirti che mi sono innamorata"

Lui non osava interromperla.

"Quello che mi hai detto complica tremendamente la situazione, ma di una cosa sono sicura: io non ho nessuna intenzione di perderti!"

"Si…ma io… insomma lavoro per l'uomo che ti ha fatto del male e non faccio propriamente l'impiegato! " balbettò Marton con il cuore a mille.

"Lo so, lo capisco, ma volendo si può cambiare e sono sicura che se anche tu mi vuoi bene come te ne voglio io, ce la puoi fare" disse Eva, fissandolo negli occhi.

Lui guardò al di sopra delle sue spalle, per vedere dove fossero nascoste le sue ali da angelo, non riuscì a trovarle e concluse che forse se le era smontate prima di uscire per motivi di praticità.

Le mise le braccia al collo e l'abbracciò più forte che poteva, colpito da quelle parole.

"Lo farò Eva, te lo prometto, uscirò da questa situazione perché non la sopporto più e soprattutto perché anche tu sei diventata importantissima per me e farei qualunque cosa al mondo per poterti vivere accanto. Non sarà facile, ci vorrà un po' di tempo perché tirarsi indietro in queste situazioni è molto pericoloso, ma ormai ho deciso e lo farò, qualunque cosa accada"

Lei si staccò dal suo abbraccio, lo guardò nuovamente negli occhi e ci lesse una grande determinazione.

Le remore improvvisamente scomparvero e gli diede cento baci sul viso, ognuno più appassionato dell'altro. Lui sentì il suo basso ventre arrivare ad una temperatura di oltre cinquanta gradi, la prese una volta ancora in braccio e la portò in camera da letto.

Quella volta nulla riuscì a fermarli, lui l'accarezzò a lungo, poi fecero finalmente l'amore senza alcun timore; si erano ormai detti tutto, si erano compresi e lui sapeva benissimo che cosa avrebbe dovuto fare.

Rientrò a casa che albeggiava, adesso veniva la parte difficile. Fino a quel momento, preso dall'amore per lei non ci aveva riflettuto, ma ora si rendeva conto di quanto sarebbe stato difficile mantenere quella promessa, fatta prima di tutto a se stesso. Non era uno stupido e sapeva benissimo che da quelle situazioni era difficilissimo uscire in posizione verticale. Istvan lo adorava, è vero, ma era un uomo di ghiaccio e non ci avrebbe messo un istante a ordinare che fosse ammazzato, se solo avesse avuto il sentore di un tradimento.

Cerco di dormire qualche ora, ma non ci riuscì che a tratti; ormai la decisione era presa. Adesso si trattava di porla in atto, uscendone vivo. D'altra parte il sentimento per Eva era diventato troppo forte e non intendeva in nessun modo rinunciare a lei. Cercò ancora inutilmente di prendere sonno ma si rese conto che non sarebbe stato possibile, si rivestì, usci a fare un giro per la città e andò a fare una sontuosa colazione da Gerbaud, l'amore mette fame!.

Si trovava vicinissimo all'hotel Kempinski ed ebbe la tentazione di andarsi a confidarsi con Luciano che gli era sembrato una persona di grande saggezza, poi si rese conto che, tutto sommato, anche lui era un uomo della malavita e avrebbe potuto tranquillamente denunciarlo a Istvan.

Attese Il tardo pomeriggio e poi andò a prelevare il siciliano per condurlo a Sarolpuszta; quando arrivò, inventò una scusa per non fermarsi a cena. Disse a Istvan, che aveva per le mani una mora mozzafiato; la verità era che non riusciva più neanche a guardarlo in faccia, dopo aver saputo che cosa aveva fatto a Eva.

8

Luciano aveva regolarmente preso servizio nel giorno concordato e si era subito trovato in grande difficoltà in mezzo a quei conti scritti in ungherese e su registri improvvisati o addirittura su foglietti volanti, nonostante l'assistenza assidua e instancabile di Edith. Quanto era carina quella ragazza! In altri tempi e soprattutto in una situazione diversa, ci avrebbe fatto più di un pensierino.

Cercò di organizzare il lavoro in modo professionale, con l'aiuto di due ragazzi di Istvan che sembravano più svegli degl'altri, ma l'impresa sembrava davvero superiore alle sue forze.

Ero riuscito a mandare un messaggio brevissimo a Hector, dove gli diceva soltanto che era riuscito a entrare nella tana del lupo; subito dopo aveva buttato il telefono in un cassonetto e ne aveva comprato un altro, totalmente vergine.

Nulla doveva essere lasciato al caso, anche perché ne andava della sua vita e di quella di sua moglie.

Dopo qualche giorno cominciò a districarsi un po' meglio in mezzo a quei conti e a imparare anche qualche parola di ungherese; l'aiuto di Edith era fondamentale e in capo a una settimana, conosceva un centinai di parole in magiaro, soprattutto in materia di contabilità.

Scoprì perfino un ammanco piuttosto rilevante sull'incasso delle tangenti di Vaci Utca e l'incaricato fu messo subito sotto interrogatorio; lui si difese, sostenendo che il negoziante che non aveva pagato era morto. Istvan fece fare una verifica, dalla quale venne fuori che il ragazzo aveva detto la verità e l'esattore fu perdonato.

Nemeth fu comunque molto contento di quell'episodio, che dimostrava l'attenzione e la competenza di Luciano nel suo lavoro; quel siciliano cominciava a piacergli parecchio e aveva in mente un futuro molto importante per lui nella sua organizzazione.

Non aveva ancora potuto valutare le sue capacità di menare le mani o di usare un'arma, ma non aveva fretta, prima c'era da sistemare i conti e non voleva in alcun modo distoglierlo da quell'incombeza.

Nel frattempo sua moglie si stava prendendo cura della signora Teresa; Clara era sempre sola in quell'immenso castello ed era felice di aver trovato un'amica, con la quale condividere tutte le comodità di Sarolpuszta. Passavano le loro giornate a godersi lunghi bagni nella stazione termale, facendo interminabili cavalcate, sparando nel bellissimo tiro a volo di cui era dotata la struttura e facendo anche qualche battuta di caccia a lepri e fagiani.

Nel frattempo fuori da quel paradiso, in città, la guerra infuriava sempre più cruenta e la polizia, che era finalmente intervenuta, non riusciva in nessun modo ad arginare quella spirale di violenza. Solo negli ultimi quindici giorni, c'erano stati dieci morti e si era sfiorata una strage di cittadini innocenti, quando un uomo di Hector era stato fatto bersaglio di scariche di mitra, all'interno di una sala cinematografica particolarmente affollata.

La polizia sapeva chi erano i responsabili di quella carneficina e in particolare conosceva benissimo sia Hector Molnar che Istvan Nemeth, conosceva le loro lussuose residenze, ma non aveva in mano nulla per accusarli di essere i mandanti di quelle stragi e quandanche avessero avuto in mano delle prove, aveva il timore che prendere d'assalto i loro bunker avrebbe causato una carneficina.

La situazione era in completo stallo e l'unica cosa che gli agenti potevano fare, era quella di presidiare i locali abitualmente frequentati dagli esponenti dell'una o dell'altra banda; In pratica avevano assunto il ruolo di guardaspalle dei malviventi.

La guerra stava volgendo a favore di Nemeth, che poteva contare su un maggior numero di uomini, meglio armati e aveva una intelligence molto più attiva e capace di quella di Hector.

Le uniche speranze di Molnar erano legate al successo dell'operazione "Ragusa", come lui stesso aveva definito l'incarico dato a Luciano, ma il siciliano doveva fare in fretta, perché i suoi uomini non avrebbero potuto resistere ancora per molto.

Luciano aveva avuto il permesso di frequentare liberamente l'ufficio di Istvan ma, nelle occasioni in cui lui era presente, c'era sempre almeno una guardia del corpo sulla porta e una all'interno della stanza, ad impedirgli qualsiasi libertà di movimento.

Lui portava sempre i suoi conti perfettamente in ordine e questo gli aveva creato un clima di grande fiducia da parte degli uomini di Istvan. Marton non si era più fatto vedere da quelle parti, ma mancavano ancora molti giorni alla fine del mese e quindi Istvan non poteva avere nessun tipo di sospetto su di lui.

Hector era riuscito a far sapere a Luciano che la situazione stava degenerando e che avrebbe dovuto agire in fretta; a quel punto lui aveva subito spedito sua moglie a Budapest, con la scusa di aver bisogno di qualche giorno fare degli acquisti in qualche boutique e si era messo ad aspettare il momento propizio.

Una mattina, Istvan entrò nel suo studio con gli occhi fuori dalle orbite; un suo fidatissimo luogotenente era stato assassinato nella notte dagli uomini di Hector in un night club della capitale e lui intendeva andare a Budapest con una squadra di uomini fidatissimi, per fare giustizia sommaria. Luciano, in quel momento, era dentro l'ufficio, cosa che faceva abitualmente, per sistemare una cartella sulla scrivania del capo, ma non si scompose più di tanto, anche perché lui aveva al seguito la solita guardia del corpo.

Nemeth uscì dalla stanza senza curarsi di lui, ma pochi istanti dopo rientrò di corsa, per prendere una mitraglietta, che aveva nell'ultimo cassetto della scrivania; era solo, si chinò per prendere l'arma e Luciano gli piantò alla base del collo, un cacciavite che teneva sempre in tasca per qualsiasi eventualità. Istvan si accasciò stecchito sulla scrivania senza un lamento, Luciano sentì i passi della guardia del corpo che stava arrivando e si lanciò nel vuoto dal terrazzo dello studio, atterrando sul patio tre metri sotto di lui e mettendosi poi a correre come un forsennato verso il grande cancello della proprietà.

Senti le urla della guardia, poi una scarica di proiettili si abbatté intorno a lui, mentre cercava di raggiungere disperatamente il muro di recinzione; corse come forse non aveva mai fatto in vita sua e quando giunse davanti al muro di cinta, cercò di scavalcarlo con un sol balzo, ma la parete era troppo alta e non ci riuscì. Rimase appeso al muro con le mani, cercando in tutti i modi di trovare un appiglio per appoggiare il piede e saltare dall'altra parte; nel frattempo un uomo armato arrivò a trenta metri da lui e lo prese di mira con un fucile di precisione, lui si girò verso il muro rassegnato e si irrigidì, aspettando il colpo mortale.

Con suo grande stupore, la pallottola colpì il muro a oltre due metri di distanza da lui; Luciano si voltò istintivamente per capire cosa stesse accadendo; l'uomo con il fucile era steso esanime a terra e Marton era sopra di lui, con una pala in mano.

A quel punto l'adrenalina gli diede la forza che cercava e riuscì finalmente a saltare al di là dalla recinzione. Marton, che veniva subito dietro di lui, fece molto più agevolmente la stessa manovra e poi si dileguarono nei boschi intorno alla tenuta.

Márton quella mattina aveva deciso di affrontare Istvan; sapeva che l'unico modo per tirarsi fuori da quella situazione, era ottenere il suo consenso, perché fuggire non sarebbe servito a nulla, anzi così facendo avrebbe fatto pensare a un tradimento, mettendo a repentaglio anche la vita di Eva; Nemeth aveva una rete di informatori efficientissima e li avrebbero trovati in ogni luogo dove avessero tentato di nascondersi.

Aveva una paura tremenda, perché Istvan avrebbe potuto anche pensare a un inganno e in quel caso la sua vita non avrebbe più avuto nessun valore. Ripassò cento volte a mente il discorso che avrebbe voluto fare; per percorrere i quaranta chilometri che separavano Budapest da Sarolpuszta, ci mise oltre un'ora, poi arrivò davanti al grande portone di legno. Le guardie lo salutarono allegramente come al solito e lo fecero immediatamente entrare.

Quando fu dentro ebbe giusto il tempo di fare cento metri e successe il finimondo; urla, grida, spari e pallottole che arrivavano da tutte le parti, sembrava la scena di un film poliziesco.

Si fermò subito e scese di corsa nascondendosi dietro l'auto, terrorizzato; non aveva idea di cosa stesse realmente accadendo, ma in quel momento il suo unico obiettivo era solo quello di evitare di essere colpito.

Mentre si nascondeva vide Luciano correre come un centometrista, inseguito dagli spari, che cercava di raggiungere il muro di cinta; riuscì ad arrivarci, ma non a saltarlo; un uomo di Istvan arrivò a pochi metri da lui e lo prese di mira con il suo fucile. Lui non riusciva a capire cosa stesse accadendo, ma ebbe una reazione d'istinto; si guardò intorno, trovò una pala da giardiniere abbandonata sul prato, la raccolse e colpì violentemente il tiratore alla testa, salvando così la vita di Luciano, poi anche lui dovette darsi alla fuga insieme al siciliano.

Vagabondarono insieme per i boschi e i campi, non sapendo bene che direzione avessero preso, ma con l'obiettivo di allontanarsi quanto più possibile da Sarolpuszta e dalla caccia degli uomini di Nemeth, fino a quando videro in lontananza, il campanile del paese di Tartarszentgyorgy; seguirono quella indicazione e arrivarono in paese; qui, con mille precauzioni, presero un treno locale per Budapest ed arrivarono alla stazione Deli intorno a mezzogiorno. Sul treno Luciano fu costretto a raccontare a Marton tutta quanta la faccenda, dall'incarico ricevuto da Hector Molnar, al suo inganno, fino all'omicidio di quella mattina, ammettendo di averlo usato per raggiungere il suo obiettivo.

Marton rimase sconcertato da quella storia incredibile, ma Luciano non aveva dimenticato che lui gli aveva letteralmente salvato la vita.

"Da questo momento sei per me come un figlio; so di averti ingannato e usato, ma non avevo nessun altro modo per arrivare a Nemeth. La mia vita ti appartiene e ti apparterrà per sempre" disse il siciliano, con grande enfasi.

Márton cercò di concentrarsi sul fatto di avere a che fare con un freddo assassino, con un abile millantatore che per portare a compimento il suo piano, aveva lavorato per oltre due mesi, con una determinazione e una ferocia disumane. Eppure sentiva di non riuscire ad odiare del tutto quell'uomo; in fin dei conti si era comportato come un militare in guerra, perché quella era una guerra vera e propria e poi la si rendeva conto che la morte di Nemeth avrebbe messo probabilmente fine a quella carneficina.

Luciano volle dargli il suo nuovo numero di telefono.

"Per qualunque cosa di cui tu abbia bisogno, dico qualunque cosa, chiamami; ricordati che io ti sono debitore per l'eternità"

Marton non riuscì ad aggiungere nulla, si salutarono con una semplice stretta di mano e Luciano corse subito a prendere un taxi per andare immediatamente a casa di Hector, dove lo aspettava Teresa.

Marton restò solo nella hall della stazione ed era completamente attonito; realizzò solo in quel momento che non aveva nessun posto sicuro dove andare. Avrebbe avuto tutti contro, gli uomini di Hector per essere stato per anni al servizio di Nemeth e gli scagnozzi di Istvan, che avevano assistito al suo tradimento nell'occasione in cui aveva salvato Luciano, per non parlare della polizia che sicuramente conosceva i suoi movimenti e il suo indirizzo.

Adesso, approfittando dello sbandamento delle due fazioni in lotta, ci sarebbero state sicuramente molte retate e lui era uno tra i più conosciuti tra gli uomini di Nemeth. Oltretutto si era giocato anche l'auto, che era rimasta nel piazzale di Sarolpuszta.

Di tornare a casa nemmeno a parlarne, era uno degli uomini probabilmente più ricercati della città e quello era il primo posto dove sarebbero venuti a beccarlo, nè tantomeno poteva pensare di appoggiarsi su Eva, che non voleva minimamente coinvolgere in questa storia.

Già, Eva, avrebbe mai potuto recuperare il rapporto con lei? Forse la cosa migliore che avrebbe potuto fare, era quella di andare a costituirsi all'autorità giudiziaria, ma aveva una grande paura di finire in carcere, perché era consapevole che lì i criminali delle due fazioni avrebbero potuto colpirlo con grande facilità.

Aveva in tasca abbastanza denaro e per quella notte si rifugiò in un piccolo albergo vicino alla stazione, il giorno dopo avrebbe studiato la soluzione migliore. Scese solo per qualche minuto, per mangiare qualcosa in un piccolo fast food e poi risalì immediatamente in camera. Non riusciva a fare a meno di pensare a Eva e le telefonò.

"Ciao amore mio. Come stai?" esordì, cercando di essere il più naturale possibile.

"Io bene, ma tu dove sei? "chiese lei, con una punta di preoccupazione dettata dall'istinto femminile.

"È molto meglio che tu non lo sappia. Ti volevo solo dire che le cose sono precipitate, Istvan oggi è stato ucciso ed è meglio che per un po' di tempo io mi tenga nascosto"

"Perché, tu cosa c'entri, lo hai ucciso tu?" lo incalzò lei molto spaventata ma in qualche modo felice di ricevere la notizia; quel lurido maiale aveva avuto finalmente quello che si meritava.

"No, no, io non c'entro proprio niente, però ho aiutato l'assassino a fuggire da Sarolpuszta ed è probabile che in questo momento mi stiano cercando tutti, ma soprattutto gli uomini di Nemeth per farmela pagare; quindi è meglio che io stia nascosto e soprattutto, che non abbia nessun tipo di rapporto con te, potrebbe essere pericoloso"

"Quando pensi che potremmo rivederci?" chiese la ragazza, sempre più spaventata.

"In questo momento non lo so Eva, dobbiamo stare a vedere come si evolverà la situazione. Nei prossimi giorni o nelle prossime settimane ne saprò di più, per il momento l'unica cosa che posso fare è restarmene nascosto" rispose lui, cercando di essere il più razionale possibile.

"Lo sai che ti amo da morire?" chiese lei cambiando completamente discorso.

"Anch'io ti amo, me ne rendo conto ogni giorno di più ed è per questo che voglio tenerti fuori da queste situazioni. Ero andato da Nemeth proprio a parlargli del mio desiderio di uscire da questo giro, ma non ne ho avuto il tempo, è stato ucciso proprio qualche minuto prima che io potessi andare da lui"

"Pensi che avrebbe accettato?" chiese la ragazza

"Non lo so, non ci credo molto, ma io ti avevo fatto una promessa e qualunque fosse stato il prezzo da pagare dovevo tentare" disse lui, con grande convinzione.

"Sei un uomo molto coraggioso e io ti amo ogni giorno di più" disse Eva molto colpita.

"Tu sei una donna molto coraggiosa ad esserti innamorata di un individuo come me. Spero tanto un giorno di poterti ripagare"

"Vedrai che tutto si sistemerà e potremo vivere tanti giorni felici. Resta nascosto e abbi cura di te, io ti aspetterò per tutto il tempo che serve. Buonanotte amore mio"

"Buonanotte a te"

Chiuse la comunicazione e si senti molto meglio, l'amore di Eva gli dava il coraggio di affrontare quella situazione tanto pericolosa.

Gli venne in mente per un attimo Luciano, forse lui avrebbe potuto fare qualcosa, aveva dimostrato di essere un uomo pieno di risorse e poi gli aveva giurato riconoscenza eterna. Intanto era necessario dormire qualche ora, per riprendere le forze, il giorno dopo lo avrebbe chiamato.

9

Luciano era tornato a casa di Hector ed era stato accolto da tutti come un eroe, il boss non riusciva a capacitarsi di come quel piccolo uomo fosse riuscito in un'impresa che sembrava impossibile per chiunque.

Ora che Istvan era stato eliminato, la guerra sarebbe rapidamente finita e lui avrebbe avuto presto in mano l'intera città.

La prima cosa che fece fu di portare Luciano nel suo ufficio, aprire la cassaforte e consegnargli i duecentocinquantamila Euro pattuiti.

Restò un attimo pensieroso e poi sospirò e ne aggiunse altri cinquantamila, per dimostrargli quanto fosse soddisfatto.

Luciano incassò ringraziando e poi disse.

"L'Ungheria mi piace molto e piace anche a mia moglie.Ti dispiacerebbe se non tornassimo subito in Italia? Vorremmo visitare un po' il paese"

"No tutt'altro, ma è preferibile che tu resti nascosto qui per qualche settimana, fino a quando la situazione non si sarà normalizzata; adesso, che tu lo voglia o no, sei diventato famoso e potrebbe esserci qualcuno che non ti ha in grande simpatia" gli rispose Hector, sedendosi sulla sua poltrona preferita.

"Certo, mi rendo conto e intendo seguire il tuo consiglio. Aspetterò che tu mi dica quando sarà possibile mettere fuori il naso, poi voglio fare un giro di qualche settimana"

"Allora è tutto a posto, possiamo andare a festeggiare!" esclamò Hector alzandosi.

"No, scusami tanto Hector ma c'è ancora una piccola cosa" disse Luciano.

"C'è qualche altro problema?" domandò Hector, ritornando a sedersi, un po' preoccupato.

"Non è affatto un problema" lo tranquillizzo Luciano "è una questione di coscienza. Il ragazzo che mi aveva presentato Istvan, mi ha salvato letteralmente la vita e adesso è nel mirino di tutti, dei suoi ex compagni, della polizia e anche dei nostri uomini. Pensi di poter fare qualcosa per lui?"

"Certo che posso e persino devo! Se ti ha veramente salvato la vita merita tutta la mia gratitudine. Per quanto riguarda i nostri uomini, non preoccuparti, farò subito sapere in giro che non gli deve essere torto un capello"

"Ma resta il problema degli uomini di Nemeth, che vorranno sicuramente vendicarsi" lo incalzò Luciano.

"Ho capito" disse Hector con un sorriso "se vuoi puoi dirgli di venire a stare qua, almeno finché le acque non si saranno calmate"

"Sapevo che avresti capito, sei davvero generoso, ti sono debitore"

"Debitore di cosa? Se è vero quello che mi dici, è un uomo in gamba che associamo alla nostra causa" disse Hector, con convinzione.

"È in gamba,è in gamba, puoi stare tranquillo, te lo posso garantire io"

" Bene adesso parliamo di cose serie. Le faccio i miei più vivi complimenti per l'incarico, signor capo contabile"

Luciano lo guardò con gli occhi spalancati per la sorpresa; Hector prosegui.

"Non vorrai mica stare qui senza fare niente? Mi dicono che tu sia un ottimo amministratore, vediamo quello che sai fare con i miei piccoli affari"

"Ho capito, devo ricominciare un'altra volta a vivere in mezzo ai numeri" disse Luciano, rassegnato.

"Ti pagherò molto bene, non preoccuparti, sicuramente meglio di Nemeth e poi non devi mica cominciare domani, puoi prenderti tutto il tempo che vuoi. Ok, adesso abbiamo proprio finito, possiamo andare a festeggiare" esclamò Hector, con l'aria soddisfatta.

I festeggiamenti andarono avanti fino a notte fonda e furono consumate diverse casse di champagne e quintali di fegato d'oca e caviale; erano giunti dalla città anche altri uomini di Hector, che avevano saputo la notizia della morte di Nemeth e venivano a rendere omaggio al capo ormai indiscusso della città.

Luciano era stanchissimo per quella giornata piena di eventi importenti e fu uno dei primi a lasciare la compagnia per andarsene a dormire.

Prima di addormentarsi, promise a se stesso che il giorno dopo avrebbe chiamato Marton, per invitarlo nella villa di Hector.

Il mattino seguente si svegliò di buonora, fece una fantastica colazione e poi chiamò il suo salvatore.

"Marton buongiorno, sono Luciano"

"Buongiorno Luciano" rispose Marton con la bocca ancora impastata dal sonno." Ti avrei chiamato io, magari un po' più tardi"

"Posso sapere dove ti trovi in questo momento?" domandò il siciliano

"Sono in un piccolo albergo, alla periferia della città, ho un po' di timore ad uscire"

"Ecco bravo, non ti muovere, mando io una macchina a prenderti perchè credo di aver trovato una soluzione ai tuoi problemi"

"Una soluzione? E quale? Ti prego dimmi qualcosa di più" si meravigliò il ragazzo.

"Ho parlato della tua situazione con Hector e mi ha dato la disponibilità a farti vivere al sicuro quì, nella sua casa.Ti piace l'idea?"

"Ma noi siamo stati nemici fino a pochi giorni fa!" obiettò Marton stupito.

"Stai tranquillo, è roba passata, gli ho raccontato quello che è accaduto a Sarolpuszta e lui ne è rimasto molto colpito, poi tu per quello che mi risulta, non hai mai fatto niente direttamente contro di lui"

"No, in effetti questo è vero, io ho solo riscosso tangenti e non ho mai oltrepassato la zona di mia competenza"

"Ecco vedi, quindi non ci sono problemi. Dammi l'indirizzo del tuo alberghetto e tra un'ora arriverà un'auto che verrà a prenderti per portarti qui"

Lui gli diede l'indirizzo e riagganciò, era uno sviluppo imprevisto, ma pensò che tutto sommato era una grande opportunità per uscire indenne da quel casino che gli si era creato intorno.

Un'ora dopo, come promesso, un'auto di grossa cilindrata si fermò davanti al piccolo albergo. Lui scese di corsa, ci si infilò dentro e l'auto parti sgommando in direzione di Budakeszi.

10

Márton aveva preso possesso del suo piccolo alloggio, in una dépendance della villa di Heictor e per ripagarlo cercava di rendersi utile, ripulendo il giardino, la piscina e facendo alcuni piccoli servizi di pulizia in casa; aveva anche cucinato qualche volta per loro, ma non era stato un grande successo e aveva desistito.

Tutto sommato quella vita non gli dispiaceva più di tanto, ma gli mancava tremendamente Eva; nello stesso tempo si rendeva conto che non avrebbe mai potuto portarla lì, perché quello era comunque Il covo di una banda di delinquenti e di assassini.

Lui stesso aspettava con ansia il momento che la situazione in città si fosse normalizzata, per potersene andare da quella casa; aveva il terrore che Hector prima o poi gli avrebbe chiesto di ricominciare il suo lavoro di esattore.

L'unica cosa che lo distraeva era allenarsi tre o quattro ore al giorno nella fornitissima palestra, posta al piano seminterrato della villa; spesso Luciano scendeva a vederlo lavorare e qualche volta aveva addirittura scambiato qualche colpo con lui, perché in passato e soprattutto in gioventù, aveva tirato di boxe da dilettante.

"Lo sai che sei davvero molto bravo Marton. Hai un destro molto potente e veloce, un gran gioco di gambe e una discreta guardia, dovresti fare qualche incontro serio" gli aveva detto convinto.

"Piacerebbe molto anche a me, ma non credo di riuscire a trovare qualcuno che abbia voglia di organizzarmi un incontro serio"

"Quanto a questo vedremo, fammici lavorare" disse Luciano, pensieroso.

"Magari fosse. Grazie Luciano, per me sarebbe la realizzazione di un sogno"

Naturalmente Luciano si rivolse a Hector e approfittando di un momento di relativa calma, lo affrontò una sera dopo cena, mentre sorseggiavano una slivapalinka.

"Sai Hector, quel ragazzo è proprio bravo; l'ho visto allenarsi e mi è sembrato davvero un ottimo pugile. Oddio, non credo che potrà mai combattere per il titolo mondiale, ma ha un ottimo gancio destro e si muove molto bene"

"Parli di Marton? No, ho altri progetti per lui, mi serve un buon esattore e per quanto ne so, lui è uno dei migliori in questo campo"

"Hai ragione ma per questo avrai tempo in seguito, tanto non credo voglia muoversi da qui; nel frattempo potresti cercare di organizzargli qualche incontro. Roba da poco, a livello regionale, tanto per vedere come si comporta di fronte ad avversari veri"

"Luciano tu hai il potere di farmi fare sempre ciò che vuoi, ma io ti devo tanto e lo faccio volentieri. Va bene, gli organizzerò qualche incontro, ma ti avverto, saranno avversari veri e non vorrei che il tuo ragazzo si facesse troppo male"

"Tu organizza gli incontri e stai tranquillo che Marton non farà brutta figura"

"Va bene, mi hai convinto come sempre; domattina farò qualche telefonata e vedrò che cosa si può fare" acconsentì Hector.

"Ti ringrazio tanto Hector. Ti voglio comunque far notare che qualche sua vittoria potrebbe portare beneficio anche a te, come suo sponsor e mecenate. Un'attività pulita potrebbe farti molto comodo, per spostare le attenzioni delle autorità su cose un po' più leggere"

"Non ci avevo pensato. Hai sempre ragione tu maledetto siculo. Vade retro Satana!" esclamò Hector, ridendo a più non posso.

Hector mantenne la promessa e Il giorno dopo chiamò alcuni organizzatori di tornei minori, anche nelle città vicine. In quel momento, vista la sua posizione, erano pochi quelli che avrebbero potuto dirgli di no e tutti diedero la propria adesione entusiastica alla sua richiesta.

A quel punto c'era solo l'imbarazzo della scelta, che alla fine cadde su un medio massimo di Gyongos, un pugile abbastanza maturo, ma in ogni caso piuttosto forte, che aveva vinto qualcosa come ventidue incontri su ventotto tra i dilettanti della regione.

Fu naturalmente Luciano a dare la notizia a Marton e lui si senti in paradiso per quella grande opportunità che gli veniva offerta.

"Non ci credo, non è possibile! Luciano sei un grande!" esclamò appena si fu ripreso.

"Te lo meriti, ma mi raccomando, continua ad allenarti come ora ed anzi intensifica il lavoro, perché il tuo avversario è un tipo per niente facile, a sentire quello che mi è stato riferito ed è un gran picchiatore. Non vorrei essere costretto a portati in ospedale dopo l'incontro" disse Luciano sghignazzando.

"Quanto agli allenamenti non preoccuparti, ce la metterò tutta. Spero solo che questo tipo non picchi troppo forte" gli rispose Marton.

"Sì, lo spero anch'io per il tuo bene. Adesso voglio vedere se, tra gli uomini di Hector, riesco a trovare un buon sparring partner"

"Mi farebbe davvero comodo. Luciano sei un vero amico. Ti ringrazio davvero dal profondo del cuore" esclamò con sincerità il ragazzo.

"Non lo dire nemmeno, io non ho fatto nulla e non dimenticare mai che io ti devo la vita" rispose Luciano, facendoci serio.

"Beh, grazie lo stesso, stai facendo molto per me"

"Vorrà dire che mi offrirai una cena al Cirano's, insieme a mia moglie. Inviteremo anche la tua bella" disse Luciano, ridendo sotto i baffi.

"La mia bella? Ma io non ho…. non so….Ma di che cosa parli?" disse Marton sorpreso.

"Sì vabbè. Mi sa che tu ti sei dimenticato che io sono un siciliano e i siciliani sanno sempre tutto di tutti"

"Va bene, è meglio che cambiamo discorso. Certo che ti offro la cena, specialmente se vinco"

"Devi vincere, altrimenti che figura ci faccio con Hector?"

"Hai ragione, farò l'impossibile, puoi giurarci. E quando sarebbe previsto questo incontro?"

"Hector non era ancora del tutto sicuro, ma probabilmente sarà tra tre settimane, nel salone del hotel Marriott. Mi hanno detto che è un posto dove organizzano spesso incontri di boxe; ci saranno più incontri, ma il vostro sarà tra quelli principali"

"Tre settimane non sono moltissime, ma va bene così, comincerò a contare i giorni"

Dopo che Luciano se ne fù andato, Marton pensò che non poteva non dare quella notizia a Eva e la chiamò subito. La reazione della ragazza fu però quella che lui temeva.

"Non ti bastano i problemi che hai? Adesso hai deciso anche di farti massacrare? " chiese lei, incredula e preoccupata.

"Ma Eva questa è una grande opportunità per me, cerca di capirmi. Potrebbe iniziare anche una carriera" rispose Marton, un po' deluso per la sua freddezza.

"Si, ci manca la carriera! Va bene fai come ti pare, ma non pensare di chiedermi di venire a vederti prendere un sacco di pugni"

"Veramente era proprio quello che volevo chiederti" rispose lui, che ormai aveva perso le speranze.

"Non ci contare, non mi piacciono questi spettacoli cosi bestiali e in questo caso mi piacciono anche di meno perché ci sei di mezzo tu" disse lei con una certa intransigenza.

"Va bene ti capisco. Fammi almeno gli auguri" disse Marton, dispiaciuto.

"Auguri testone e cerca, se puoi, di non farti troppo male" rispose la ragazza.

" Grazie, comunque prima dell'incontro ci risentiamo"

"Vorrei vedere, però è meglio che mi chiami tu"

"Sì, come al solito hai ragione"

"Ciao campione. Abbi cura di te e se ci riesci, vedi di tornare tutto intero"

"Non mi prendere sempre in giro. Ciao amore mio, felice notte"

Lui riattacco deluso e scaricò la rabbia su un punging ball appeso alla parete, che prese a pugni per più di mezz'ora, poi decise che era ora di andare a dormire.

11

L'ispettore Victor Horbat, funzionario della polizia ungherese, era in riunione con un gruppo di colleghi, per valutare la nuova situazione che si stava delineando in città. L'ispettore era un uomo sulla quarantina, già praticamente calvo e con una spiccata attitudine all'azione. Era molto alto, magrissimo ed indossava un minuscolo paio d'occhiali circolari che nascondevano solo parzialmente due occhi vivissimi di un azzurro quasi bianco.

Dopo la morte di Istvan Nemeth molte delle bande che stavano sotto il suo comando si erano disperse in gruppuscoli autonomi e scarsamente strutturati; Hector Molnar aveva così preso facilmente il controllo di tutta Budapest. L'unica sacca di resistenza restava dunque Sarolpuszta dove Clara, la vedova di Nemeth, insieme ad alcuni uomini fidati, stava organizzando una grande controffensiva.

Nel grande complesso in mezzo alla grande pianura ungherese, si erano radunati oltre cento uomini, che si stavano organizzando al meglio per dare battaglia, con lo scopo di recuperare almeno una parte dell'impero che era stato di Nemeth.

Clara non era una stupida e aveva seguito giorno dopo giorno il lavoro del marito, imparando molto dei suoi affari. Inoltre era una donna molto pratica e aveva già metabolizzato la perdita del marito. D'altra parte, era cosciente che Istvan correva molti rischi con le sue imprese e con la sua proverbiale irascibilità che spesso lo portava a rischiare più del necessario; la sua morte improvvisa non l'aveva sorpresa più di tanto. Era il metodo che era stato usato che le faceva crescere una rabbia furiosa; avrebbe voluto avere Luciano Lo Giudice tra le sue mani, per farlo soffrire nel modo più orribile, il suo tradimento le era apparso inaccettabile.

Per il momento, lei stava tentando di recuperare quanti più uomini e quante più armi possibile e dava l'impressione che quando ne avesse avuti a sufficienza, avrebbe scatenato una battaglia senza esclusione di colpi con lo scopo, nemmeno tanto nascosto, di arrivare a Hector Molnar e al suo tirapiedi siciliano e cancellarli per sempre dalla faccia della terra.

Era certa che Luciano si nascondesse presso il boss antagonista e quindi avrebbe preso due piccioni con una sola fava.

Mentre lei era impegnata in queste attività, l'ispettore Horbat cercava di capire quale fosse il modo migliore per assaltare Sarolpuszta senza dover ricorrere all'intervento dell'esercito e soprattutto senza rischiare di perdere molti uomini. Era una questione di primaria importanza, perché se gli uomini di Nemeth si fossero riorganizzati, sarebbe ricominciata molto presto una guerra anche più cruenta e sanguinosa della precedente.

La città stava vivendo in quei giorni dei momenti di relativa tranquillità, ma era fin troppo evidente che si trattava di una quiete apparente, destinata a finire non appena il gruppo facente capo a Clara Nemeth si fosse minimamente risistemato, oppure quando la banda di Molnar avesse deciso di sferrare l'attacco decisivo.

Occorreva fermare questa gente il prima possibile, perché Budapest tornasse a essere la città allegra e vivibile che era sempre stata.

Horbat e i suoi collaboratori fecero più di una ipotesi d'intervento, ma nessuna sembrava soddisfarli pienamente e soprattutto nessuna era esente da rischi molto gravi. Non era pensabile assaltare frontalmente Sarolpuszta, perché ci sarebbero stati un numero di morti impressionante e, cosa che preoccupava particolarmente l'ispettore, molti sarebbero stati tra le forze di polizia.

La forma migliore poteva essere quella antica, ma sempre funzionale, dell'assedio. Li avrebbero presi per fame, anche se le risorse del luogo erano moltissime e sicuramente Clara aveva messo in preventivo questa ipotesi e si era organizzata di conseguenza.

I tempi sarebbero stati di sicuro molto lunghi, ma l'ispettore non vedeva alternative. L'assedio avrebbe avuto comunque il vantaggio, da una parte di bloccare le attività degli uomini di Clara in città e dall'altra di non permettere che il suo gruppo si ingrossasse ulteriormente, perchè avrebbe almeno impedito che altri uomini potessero arrivare a Sarolpuszta.

Decisero di seguire quella strada e il cinque di marzo, una lunga teoria di una cinquantina di camionette della polizia, giunse di fronte al grande portone di Sarlospuszta. Gli uomini dell'ispettore Horbat si disposero subito intorno alla enorme proprietà, per circondare la quale occorsero oltre centocinquanta agenti.

L'ispettore per poter giustificare l'operazione, aveva l'obbligo formale di notificare a Clara Nemeth e ai suoi uomini i mandati di perquisizione e di arresto nei loro confronti e una volta che loro si fossero rifiutati di arrendersi e consegnarsi alla giustizia, avrebbe avuto un buon motivo per assediare la proprietà.

Come da esigenza di legge, suonò quindi il campanello della proprietà, correndo poi a ripararsi dietro un auto, perché era praticamente sicuro che la risposta sarebbe stata una prima sventagliata di mitragliatrice.

Attese un paio di minuti e poi incredibilmente il grande portone meccanizzato si aprì lentamente, ruotando su se stesso. Horbat non sapeva più che cosa fare ma il protocollo era chiarissimo; non essendoci alcun segno evidente di resistenza o di ostilità, doveva entrare all'interno della proprietà e procedere alla notifica dei mandati.

Scelse quattro volontari tra gli uomini che gli erano rimasti vicini e poi, con grande cautela, attraversò con cinque sole auto l'ingresso della proprietà.

Con suo grande stupore non incontrò la benché minima resistenza e giunse facilmente di fronte alla sontuosa villa di Nemeth. La signora Clara li attendeva sul portico, con un sorriso aperto e affabile.

"Sono qui per notificarle una serie di mandati di arresto e di perquisizione" esordì l'ispettore, cercando di darsi un certo contegno.

"Prego ispettore si accomodi in casa insieme ai suoi uomini; posso offrirle una slivapalinka?" disse la signora Nemeth con grande cordialità.

"Signora, temo che lei non abbia capito che cosa le ho appena detto" disse Horbat sconcertato, cercando di mantenersi calmo.

"Ho capito benissimo ispettore e le assicuro che non intendiamo opporre alcuna resistenza alle sue attività investigative" disse la donna con un'incredibile calma e continuando a sorridere.

Horbat era allibito. Non sapeva se attendersi da un momento all'altro, lo scatenarsi di un inferno di fuoco e di proiettili. Restava prudentemente vicino all'auto, pronto a farsene scudo e gettarsi a terra nel tentativo, che sarebbe stato abbastanza vano, di salvarsi la pelle.

"Avrei bisogno che lei faccia radunare tutti gli uomini sul piazzale antistante il ristorante" riuscì a dire, tremando leggermente.

"Va bene, non ci sono problemi ispettore. Allora questa Slivapalinka?" disse la donna, mentre impartiva ai suoi uomini l'ordine di eseguire senza discutere gli ordini del poliziotto.

L'ispettore e i suoi uomini entrarono in casa ancora molto sospettosi, non riuscivano a capacitarsi dell'atteggiamento di Clara Nemeth.

"Vede ispettore" dissa la vedova Nemeth, invitandoli a sedersi "noi siamo gente molto pratica e sappiamo capire quando la partita è definitivamente perduta. Le chiedo solo una grande cortesia, non mi porti via da qui in manette, non credo di meritarlo"

L'ispettore non poteva credere alle sue orecchie, ma decise di non porre tempo in mezzo e fece radunare gli uomini di Clara nel piazzale, dove i suoi agenti li ammanettarono tutti e cominciarono a caricarli sui cellulari.

Poi l'ispettore, rinfrancato, si rivolse alla donna.

"Mi scusi signora, ma io ho assolutamente bisogno di capire. È plausibile pensare che lei abbia radunato quì i suoi uomini proprio per evitare altre carneficine e permetterne la cattura da parte nostra?"

"Lei ispettore è davvero molto perspicace; la verità è che, dopo la morte di Istvan, io mi sono resa conto che questa guerra andava in qualche modo fermata. Non sono di sicuro una santa e mi prenderò tutte le mie responsabilità e i conseguenti anni di carcere, ma non potevo permettere che questo bagno di sangue sì protraesse all'infinito"

"I suoi uomini erano consapevoli di queste scelte?" chiese l'ispettore ammirato.

"Non ne abbiamo mai parlato apertamente, ma credo che in cuor loro avessero capito e anche approvato questa mia decisione"

"E' davvero incredibile! Lei è una persona davvero straordinaria! Non posso prometterle nulla, ma farò tutto quanto in mio potere affinchè il magistrato tenga conto di ciò che lei è riuscita a fare oggi"

Horbat provava, suo malgrado, una grande ammiraz!ione per quella donna e per la sua intelligenza. Aveva scongiurato una catastrofe che sembrava ormai inevitabile ed aveva impedito che i suoi uomini dovessero combattere per mesi una battaglia comunque persa.

Clara uscì per ultima dal portone di Salrolpuszta e non si voltò nemmeno a guardare indietro. Appariva provate e commossa. L'ispettore le evitò l'umiliazione delle manette e lei salì liberamente sul sedile posteriore dell'auto della polizia e senza sirene, si avviarono lentamente verso la città.

12

Quanto accaduto a Salrolpuszta fu riportato ovviamente da tutti i giornali e dalle televisioni locali e nazionali; l'ispettore Horbat ricevette un encomio solenne da parte del capo della polizia e del sindaco della città.

Lui sapeva di non avere molti meriti, se non quello di aver avuto il coraggio di entrare all'interno di quel covo di vipere, ma si prese ugualmente e con molto piacere i complimenti di tutti e la promessa di una promozione a commissario.

I festeggiamenti più grandi, si ebbero comunque nella villa di Molnar, dove l'evento fu salutato come la consacrazione del ruolo di Hector, come capo ormai indiscusso della malavita cittadina.

Márton era particolarmente contento, sarebbe potuto tornare presto nella sua casa di Budaors e soprattutto avrebbe potuto rivedere Eva; gli mancava da morire quella ragazzina e adesso che la banda di Nemeth era stata definitivamente sgominata, avrebbe potuto finalmente cambiare la propria esistenza senza rischiare nulla, e rifarsi una vita nuova, come le aveva più volte promesso.

L'incontro di boxe che Luciano ed Hector avevano programmato per lui, non gli sembrava più così importante, ma continuava comunque ad allenarsi con il massimo impegno; non poteva dimenticare che il siciliano si era fatto garante per lui e quindi avrebbe rispettato il suo obbligo a qualunque costo. Tra l'altro mancavano solo quattro giorni all'incontro e poi sarebbe stato libero di andarsene; e poi confrontarsi con un pugile vero era una cosa che lo intrigava molto, perché voleva capire quali fossero le sue reali potenzialità.

Nei due giorni precedenti il match, rallentò di molto i suoi allenamenti, per scaricare un po' dell'acido lattico che aveva accumulato ed arrivò al fatidico giorno in ottime condizioni e molto concentrato.

La sera dell'incontro giunse insieme a Luciano nel salone dell'hotel Marriot e rimase stupito nel vedere quanta gente fosse venuta a godersi quella kermesse. Erano accorse un migliaio di persone, stipate come sardine in una sala che poteva contenerne al massimo cinquecento. Prima di entrare nello spogliatoio cercò con lo sguardo Eva, ma sapeva benissimo che non l'avrebbe trovata e si rassegnò.

Il suo incontro era il quarto della serata e lui impiegò il tempo a sua disposizione per scaldarsi nello spogliatoio, assistito come un ombra da Luciano, che ormai sembrava diventato il suo manager a tempo pieno.

Quando lo speaker chiamò il suo nome, percorse il breve corridoio degli spogliatoi ed entrò nel salone con le gambe che gli tremavano per l'emozione; indossava un accappatoio di un rosso sgargiante, regalo di Hector, che era in primissima fila a godersi lo spettacolo. Eva invece non c'era, ma questo non lo sorprese più di tanto.

L'arbitro chiamò i due pugili al centro del ring per i
convenevoli di rito, poi i contendenti tornarono al loro angolo
e l'incontro ebbe inizio.

Il suo avversario era veramente un tipo tosto, era cinque
centimetri più basso di lui, ma aveva un fisico massiccio, il
collo corto e l'aria cattiva. Nelle prime due riprese, Marton
dovette difendersi dai suoi attacchi scatenati e ci riuscì a fatica
solo grazie al suo maggiore allungo, che gli permetteva di
tenerlo lontano da se. Nonostante questo, fu costretto a
incassare qualche colpo al volto, che però non gli fece più
male di tanto.

Nella terza ripresa, il pugile di Debrecen riuscì ad entrare nella
sua guardia e lo fece oggetto di una serie di colpi molto
potenti, che lo fecero vacillare. Lo stesso canovaccio si ripeté
di nuovo nella quarta ripresa e Marton era veramente in
grandissima difficoltà. L'incontro durava solo sei riprese e in
quel momento lui era in netto svantaggio, anche se il
problema più grosso gli sembrava quello di riuscire a restare in
piedi fino al termine dell'ultimo round.

All'inizio del quinto round, mentre prendeva posto al centro
del quadrato, diede istintivamente uno sguardo verso il
pubblico e in fondo alla sala, seminascosta dietro una colonna,
c'era lei!

Quando il round iniziò, lui era talmente sconcertato da quella
apparizione che non alzò la guardia e rischiò di finire knock-
out dopo dieci secondi; riuscì miracolosamente a resistere e
riprese a boxare prima con maggiore attenzione, poi con una

forza che non credeva di possedere; a metà ripresa assestò tre jab di sinistro al mento del suo avversario e poi un gancio destro che lo alzò letteralmente da terra. Gli occhi girati dietro la testa del pugile di Gyongos, fecero subito capire a tutti che non si sarebbe più rialzato e quindi l'arbitro decretò la fine dell'incontro e la vittoria di Marton, tra le urla del pubblico in delirio.

Luciano e i due ragazzi che lo assistevano, saltarono festanti sul ring e lo abbracciarono, lui guardò dalla parte di Eva, ma lei se n'era già andata.

Tornarono nello spogliatoio, una veloce doccia, poi uscirono dal salone ancora eccitati e andarono a festeggiare nella villa di Hector; i suoi uomini avevano organizzato un ricevimento veramente straordinario. Hector aveva fatto le cose in grande, caviale, fegato d'oca e champagne, furono serviti in quantità industriale.

"Cosa ti avevo detto?" lo stuzzicò Luciano.

"Cominci a darmi molto fastidio Luciano, con questo fatto di aver sempre ragione" gli rispose Hector, fingendosi molto seccato.

Ormai aveva eletto quel buffo siciliano come il miglior elemento della sua banda, il consigliere più valido che avesse mai potuto sperare di trovare e non avrebbe accettato di separarsene per nessuna ragione al mondo.

"Ti prego non ti arrabbiare Hector, volevo solo dire che quel ragazzo mi sembra sprecato per fare l'esattore; quello è uno che può combattere per il titolo nazionale"

" Sì, lo ammetto, è un ottimo pugile, è molto rapido e sufficientemente cattivo, ma per il titolo nazionale mi sembra un po' acerbo!" esclamò Hector dubbioso.

"E perché no? Non mi sembra che qui in Ungheria voi abbiate dei pugili straordinari, con rispetto parlando"

"Quanto a questo, tanto per cambiare hai ragione, ma comunque il campione nazionale dei mediomassimi è uno davvero tosto e rischi veramente che il tuo pupillo si faccia molto male"

"Se sei d'accordo, facciamo una cosa; lasciamo decidere a lui; è abbastanza adulto per poter valutare che cosa è meglio per se stesso"

"Sì, mi pare una buona idea. Naturalmente ci vorrai parlare tu, non è vero?"

"Devi decidere tu, sei tu il capo" disse Luciano con un sorrisetto.

"Sei davvero un vecchio volpone ed è per questo che mi piaci, dai l'impressione agli altri che possano decidere, ma hai già deciso tutto tu"

"Tu mi sopravvaluti, Hector" sì schernì il siciliano.

"Tu sei un uomo che non potrà mai essere sopravvalutato, anzi semmai può capitare il contrario e sono convinto che è proprio questo quello che desideri"

"Beh, diciamo che sentirmi al centro dell'attenzione non mi fa molto piacere" disse Luciano, con franchezza.

"Certo, perché così puoi fare quello che vuoi, senza che nessuno ti dia più considerazione di tanto"

"Forse è come dici tu, ma adesso basta parlare. Che ne dici di andare a farci un bel bicchiere di champagne?"

Márton non stava più nella pelle. Era contento per la vittoria, ma nella sua testa c'era solo la voglia di rintracciare Eva. D'altra parte però, lui era l'ospite d'onore della serata ed era complicato riuscire ad andarsene.

Lo soccorse Luciano, che gli si avvicinò e gli disse.

"Dai Marton, non avvilirti così, se vuoi puoi andare pure a cercare la tua bella"

Lui rimase letteralmente incredulo di fronte alla perspicacia dell'italiano.

"Beh…. allora ….insomma, se tu pensi che non sia un problema io andrei"

"Vai, ma non salutare nessuno, non ti permetterebbero di scappare. A Hector ci penso io"

"Grazie Luciano. Sei un vero amico"

"Amuninne campione e ricordati di darle un grosso bacio da parte mia"

Marton non capi che cosa Luciano avesse detto, ma capì benissimo che era ora di squagliarsela; andò di corsa verso l'auto nuova che Luciano gli aveva procurato, mise in moto e partì senza voltarsi indietro, aveva un disperato bisogno di vederla.

Eva era tornara a casa e combatteva con dei sentimenti contrastanti. Continuava a pensare che la boxe fosse uno sport assurdo e incomprensibile, ma nello stesso tempo era tremendamente orgogliosa per quello che aveva visto fare a Marton, nel salone dell'hotel Marriott. Le era sembrato bello come un Dio greco, con quei pantaloncini al ginocchio e quel fisico muscoloso e agilissimo nello stesso tempo.

Come avrebbe voluto che fosse stato con lei, in quel momento! Gli avrebbe fatto vedere di che cosa era capace una ragazza ungherese innamorata, altro che il pugilato!

Ma lui, giustamente, era con i suoi amici a festeggiare la vittoria e quella sera non avrebbe avuto certamente tempo per lei; e poi lei era stupidamente scappata via appena finito l'incontro e non era nemmeno del tutto sicura che lui l'avesse vista.

"Che cretina sono stata" pensava "Sempre il mio stupido orgoglio; avrei potuto almeno fargli un cenno di saluto, magari ora sarebbe qui"

Mentre era impegnata in queste riflessioni, senti il clacson di un'auto risuonare nella strada.

"Chi è questo scemo che suona il clacson a mezzanotte" pensò. Il clacson suonò nuovamente. A quel punto corse fuori con un presentimento; lui era lì, in piedi dietro la sua nuova Alfa Romeo, con un sorriso a quarantaquattro denti e aspettava solo un suo invito per entrare.

Lei saltò i tre scalini che la separavano dalla strada, mentre lui girava intorno alla macchina; Eva lo abbracciò più forte che poteva e gli scoccò un bacio a ventosa, che non si interruppe nemmeno quando rientrano in casa, né quando entrarono in camera e nemmeno quando si buttarono sul letto avvinghiati come due serpenti.

Lui la spogliò rapidamente, lei spogliò lui e fecero l'amore come se fosse il loro ultimo giorno, in modo quasi brutale; avevano una voglia incontrollata l'uno dell'altra e non si resero nemmeno conto di cosa stesse loro davvero accadendo: provavano solo una meravigliosa sensazione di totale abbandono e di irrefrenabile desiderio.

Quando qualche ora dopo si fermano a riprendere fiato, si resero conto che in tutto quel tempo, non si erano detti neanche una parola e cominciarono a ridere, senza riuscire a fermarsi.

"Allora, dimmi la verità, hai deciso che ti piace la boxe?" chiese lui tra le lacrime.

Lei riuscì a tornare seria e disse

"È una cosa davvero abominevole"

"Non mi sembrava da come guardavi l'incontro" disse lui continuando a sghignazzare.

"Non fraintendermi, ero solo terrorizzata all'idea che tu potessi farti male. Non ho nemmeno capito come è andata a finire" mentì lei, che aveva fatto in tempo a vederlo esultare e soprattutto a vedere il suo avversario steso a terra, privo di sensi.

"Beh, allora ti informo che ho vinto, pensavo che tu potessi esserne felice" proclamò lui con orgoglio.

"Non me ne importa assolutamente niente e spero vivamente che tu non faccia mai più una cosa di questo genere" disse lei, nascondendo un sorriso.

"Veramente stasera accennavano alla possibilità di farmi combattere per il campionato nazionale" disse lui, preoccupato per la sua reazione.

"Tu fallo e ti giuro che non mi vedrai più per il resto della tua vita!" esclamò Eva, inorridita.

"Tanto sicuramente era solo uno scherzo, quindi non stare a preoccuparti"

"Non mi preoccupo? Stasera sono quasi morta di paura, quando ho visto quell'omaccione peloso che ti prendeva a cazzotti, sarei voluta salire sul ring per fermarlo"

"Probabilmente con questa grinta avresti vinto!" disse lui, ridendo "dai non ti arrabbiare, vieni qui vicino a me"

Lei lo guardò per un attimo, poi non seppe resistere, si rannicchiò contro il suo petto, lo baciò teneramente sul collo e ricominciarono dal punto in cui avevano lasciato.

13

I festeggiamenti erano finiti e il commissario Horbat, fresco di nomina, era tornato alle sue occupazioni di sempre. Sapeva che la criminalità organizzata era tutt'altro che sconfitta, anche se l'operazione Salrolpuszta aveva portato dietro le sbarre oltre centocinquanta persone.

La polizia conosceva benissimo Hector Molnar e le sue molte attività illecite, ma non aveva nessuna prova tangibile per incastrarlo. Hector si muoveva sempre con grande prudenza e se poteva essere relativamente semplice per gli uomini del commissario, arrestare qualcuno dei suoi, non era mai stato possibile arrivare fino a lui.

La residenza di Budakeszi era stata oggetto di appostamenti, pedinamenti, indagini di ogni tipo, ma tutto era apparso sempre disperatamente regolare; anche la presenza di un noto mafioso siciliano, il probabile autore materiale dell'assassinio di Istvan Nemeth, non dava loro alcuna concreta possibilità di intervento, essendo l'uomo incensurato anche in Italia.

Il commissario sapeva che fino a quando non fosse riuscito a sgominare la banda di Molnar, la città non sarebbe potuta tornare alla normalità.

Questo era diventato il suo chiodo fisso e lo tormentava continuamente; tutti i giorni inviava i suoi uomini a Budakeszi, per cercare di raccogliere qualche prova contro il mafioso, ma fino a quel momento i suoi tentativi erano rimasti totalmente infruttuosi.

Cercava disperatamente di farsi venire un'idea, ormai era diventata una questione di principio, si sentiva impotente. Poi un giorno ebbe un'idea, se non si poteva prendere la questione in modo frontale, avrebbe dovuto tentare di aggirarla, magari trovando a carico di Hector qualche reato minore: la cosa importante era che il criminale finisse in carcere anche solo per un anno o due, era sicuro che se questo fosse accaduto, la sua organizzazione si sarebbe completamente sgretolata.

Cominciò a ragionare in modo diverso rispetto a prima, non cercava più estorsioni, rapine, omicidi, sequestri di persona e altri reati gravi, ma fatti minori, certo non una multa per eccesso di velocità, ma comunque qualcosa a cui non aveva mai pensato in precedenza.

Una mattina, dopo l'ennesima infruttuosa riunione col suo staff, gli venne in mente una possibilità e chiamò un suo carissimo amico, all'ufficio delle Entrate.

"Ciao Janos, sono Victor. Come stai, vecchio puttaniere?" esordì Horbat

"Come sto io? Come stai tu, che sei diventato il poliziotto più famoso e celebrato di tutta l'Ungheria" lo apostrofò ridendo Il funzionario.

"Non mi prendere in giro, lo sai che non mi piace. Io non ho fatto praticamente nulla"

"E già certo, arrestare la moglie di Istvan Nemeth e centocinquanta dei suoi uomini, non è nulla!" ribattè l'amico, fingendosi arrabbiato.

"Si sono arresi senza fare resistenza e senza sparare un colpo" sì schernì Il commissario.

"Sì va bene, tanto tu minimizzi sempre tutto. A che devo l'onore?"

"Ascoltami molto attentamente Janos, noi dobbiamo assolutamente mettere le mani su Hector Molnar e con i sistemi tradizionali non riusciamo a farlo. È solo un idea balzana, ma avevo pensato che forse potremmo aggredirlo su qualche questione fiscale, tipo una grossa evasione che possa prevedere l'arresto"

"Un po' come fece l'FBI con Al Capone!" disse il funzionario, ridendo.

"Ecco, sì bravo, hai capito benissimo. Per carità è solo un'ipotesi, ma non si sa mai"

"L'idea è geniale" disse Janos "ma non riesco a capire come io potrei aiutarti"

"Beh, tu hai dei sistemi di ispezione fiscale molto approfonditi e puoi entrare in assoluta legalità e senza dover dare spiegazioni nella sua casa, per fare una verifica. Io invece ho bisogno di un mandato di perquisizione o meglio ancora d'arresto e senza qualche prova concreta non li otterrei mai" ammise tristemente il commissario.

"Sì questo è vero. Ma cosa speri di riuscire a trovare?" chiese incuriosito l'amico.

"Innanzitutto avresti la possibilità di riferirmi ogni giorno cosa accade dentro quella casa e poi chi lo sa, potresti imbatterti in qualche importante frode fiscale, una grossa partita di pagamenti o incassi in nero, che per me sarebbe più che sufficiente per sbatterlo dentro"

"Beh, non è male come idea lo ammetto, potrebbe anche funzionare, ne voglio parlare col mio capo e poi ti farò sapere" disse il funzionario, che cominciava ad appassionarsi alla cosa.

"Grazie Janos. Sapevo di poter contare su di te" concluse Horbat, con un certo entusiasmo.

"Ti richiamo domani o dopodomani ok?"

"Va benissimo, grazie. Ciao"

Il commissario riattaccò e sentiva di aver forse imboccato la strada giusta. In effetti i funzionari delle Entrate, potevano accedere liberamente a casa di chiunque e restarci anche per mesi, quindi potevano diventare degli ottimi collaboratori per le sue indagini. Se poi fossero riusciti a scoprire un evasione fiscale di una certa importanza, il problema si sarebbe risolto automaticamente. Certo, non poteva fare un particolare affidamento su quella eventualità, perché sapeva che quella gente non lasciava mai niente al caso e teneva la contabilità delle attività lecite in perfetto ordine, ma era una strada che andava comunque percorsa.

Due giorni dopo Janos lo richiamò.

"Abbiamo il via libera da parte del mio capo. Possiamo cominciare l'operazione"

Tre giorni dopo una squadra di dodici uomini dell'Ufficio delle Entrate, si presentò nella residenza di Hector.

"Buongiorno signor Molnar" disse Janos, che naturalmente aveva chiesto e ottenuto di dirigere quella squadra, per non farsi sfuggire quella ghiotta occasione "Abbiamo l'ordine di eseguire una ordinaria ispezione fiscale"

"Prego dottore, si accomodi. La mia casa è a vostra completa disposizione, non abbiamo nulla da nascondere" disse Hector, cerimonioso.

"Questo è quello che vedremo" pensò Janos e poi invece disse.

"La ringrazio per la disponibilità, avremmo bisogno di vedere i registri contabili delle sue società ed avere un ufficio solo per noi, che sigilleremo ogni sera. Naturalmente non è obbligato, ma in caso contrario dovremmo portare tutti i registri alla nostra sede"

"No no, va benissimo. Vi posso dare tranquillamente il mio ufficio, dovrebbe andare bene"

"Andrà benissimo signor Molnar, ora per favore faccia portare nell'ufficio tutti i libri contabili delle aziende di sua proprietà" disse Janos, un po' indispettito dalla sicurezza ostentata da Hector. Era abituato a vedere gente avere problemi di incontinenza di fronte a un ispezione fiscale e quella tranquillità lo sconcertava.

Rimasero solo sei funzionari per portare avanti la verifica e si chiusero in quell'ufficio meraviglioso, arredato lussuosamente, che aveva alle pareti quadri del valore di qualche centinaia di milioni di Fiorini.

Dopo pochi minuti arrivarono i registri contabili, portati nell'ufficio da ben cinque persone, capeggiate dall'ineffabile Luciano.

Il siciliano si presentò agli ispettori del fisco come il capo contabile di tutte le aziende di Hector e diede loro, con un sorriso beffardo, la propria disponibilità per qualunque necessità o chiarimento.

Janos fu ancora più irritato dal modo di fare dell'uomo, che si comportava come se la loro presenza gli fosse totalmente indifferente e quasi gradita.

Si buttò a lavorare con grande zelo sulle carte, insieme ai suoi colleghi e non ci penso più.

14

Márton era potuto finalmente tornare a casa sua ed era veramente un uomo felice; era libero, non aveva più obblighi verso nessuno e poteva dedicarsi completamente a Eva ed ai suoi allenamenti.

La ragazza veniva a trovarlo praticamente ogni giorno e avevano anche parlato della possibilità che lei venisse a vivere a casa di lui; la ragazza però, per il momento, aveva preferito restarsene a casa sua. Gli aveva detto, ridendo, che vivere in casa di un energumeno che passava le sue giornate a dare pugni a dei sacchi di sabbia, non era proprio il massimo delle sue aspirazioni.

In realtà lei era felicissima di questo cambiamento intervenuto nella vita di Marton, è vero che non amava molto il pugilato, ma tra praticare uno sport, qualunque esso fosse e fare l'esattore per conto di una gang di malavitosi, c'era una bella differenza.

Certo, lui avrebbe dovuto trovarsi un lavoro serio, perché il pugilato non poteva essere un mestiere, ma per il momento aveva un po' di soldi da parte, aveva guadagnato una borsa di tre milioni di Fiorini nell'incontro che aveva fatto e quindi aveva un po' di tempo per pensarci.

Il problema più grosso era che in cuor suo, lui continuava a sperare in quell'incontro per il titolo ungherese e la cosa non le piaceva per due motivi; prima di tutto perché era convinta che si sarebbe fatto massacrare e in secondo luogo perché per poter sperare di fare quell'incontro, doveva continuare ad avere rapporti con la banda di Hector Molnar ed in particolare con quel tale Luciano lo Giudice, di cui lui gli aveva parlato come di un suo grandissimo amico.

Rifiutava l'idea che lui potesse avere ancora che fare con quella gente, temeva che prima o poi gli avrebbero chiesto qualcosa in cambio e sarebbe rimasto ancora invischiato in quel giro. Lui le aveva giurato che questo non sarebbe stato possibile, che la sua vita era cambiata definitivamente, che indipendentemente dal pugilato non sarebbe mai tornato indietro.

Lei credeva alle sue buone intenzioni, ma c'era un problema e questo problema si chiamava Luciano lo Giudice.
Quell'amicizia non le piaceva per niente, lo teneva ancorato al suo passato e questo la spaventava molto.

Dopo un lungo periodo di tranquillità, arrivò la telefonata di Luciano. Eva era al lavoro e Marton potè parlare liberamente.

"Ciao Marton, come stai? Sei in forma? Ti alleni con regolarità?" esordi ii siciliano.

"Benissimo grazie Luciano, si mi alleno tutti i giorni. E da voi come va?"

"Non troppo bene, amico mio. Abbiamo in corso una verifica dell'Ufficio delle Entrate e sembrano piuttosto determinati. Comunque noi non dovremmo avere nulla da temere, perché i nostri conti sono assolutamente in regola, al limite qualche insignificante sanzione per errori formali. Il problema è che, finché ci sono questi, i nostri "altri" affari sono praticamente bloccati"

"Mi dispiace per voi, spero che finisca presto"

"Parlano di tre mesi, purtroppo" rispose il siciliano "Va bene, ora basta preoccuparci. Parliamo di cose positive" disse Luciano, cambiando argomento.

"E cosa c'è di tanto positivo?" chiese Marton, drizzando le orecchie.

"Beh, innanzitutto c'è che sono riuscito, tramite Hector, a prendere contatto con il manager di Ferenc Pap, il campione ungherese dei mediomassimi"

Márton entrò subito in fibrillazione, ma non disse nulla e attese il seguito.

"Per il momento" prosegui il siciliano "non c'è nulla di concreto, è stata solo una chiacchierata, ma mi è sembrato di capire, che lui ha saputo del tuo incontro al Marriott Hotel ed è curioso di conoscerti"

"Dove vive questo manager" chiese il ragazzo.

"A Gyor, una città che naturalmente non conosco; credo che se dovessimo trovare l'accordo, l'incontro si svolgerebbe nel palazzetto di quella località"

"Per me andrebbe benissimo. Dai Luciano, fammi questo regalo!" disse il ragazzo, quasi supplicando.

"È troppo presto per dirlo, ti terrò informato" concluse l'italiano.

"Ti ringrazio tanto, ciao"

Chiuse la comunicazione con la testa che gli girava per l'emozione. Il campionato nazionale! Il sogno di sempre che si realizzava; ora il problema era parlarne con Eva che immaginava, si sarebbe arrabbiata moltissimo. Preferì tacere per il momento, almeno finché non avesse avuto conferme da Luciano.

Nel frattempo gli ispettori continuavano il loro lavoro, frustrati dal fatto che, dopo oltre due settimane, non avevano trovato assolutamente niente di irregolare nei registri contabili delle varie società.

Avevano anche cercato di buttare l'occhio fuori dallo studio di Hector, per individuare qualche movimento sospetto, ma dovevano farlo con molta cautela e comunque non sembrava accadere assolutamente nulla di particolare.

Luciano si occupava assiduamente di loro e faceva in modo che non gli mancasse mai nulla, nè bevande, né cibo.

Una mattina, durante una pausa, si era seduto insieme agli ispettori e dopo aver preso un caffè, aveva detto.

"Abbiamo una società che ha riportato un utile straordinario, ma non sappiamo se dichiararlo come utile o darlo in beneficenza"

"E' una buona idea. Posso sapere di che cifra si tratta?" chiese Janos piuttosto interessato.

"Più o meno sessanta milioni di Fiorini" disse Luciano, fingendo indifferenza.

"È una bella somma" esclamò il funzionario "E perché vorreste darla in beneficenza?"

"Vede dottore, anche se non sembra, Hector è un filantropo e vorrebbe regalare questa somma a qualcuno che ne abbia bisogno"

Janos improvvisamente capì! Sessanta milioni di Fiorini, dieci milioni a testa per chiudere la verifica velocemente, senza ulteriori problemi.

Dieci milioni! Il loro stipendio di 3 anni! Janos fece ovviamente finta di non aver capito. Voleva restare solo con i suoi colleghi, per parlarne senza orecchie indiscrete che potessero udirli.

"È molto generoso da parte vostra pensare alle persone bisognose" disse, guardando attentamente in faccia Luciano, per vedere la sua reazione.

"Hector è fatto così, non c'è da stupirsi che sia tanto benvoluto" disse il siciliano, con un sorrisetto che confermò i suoi sospetti.

"Grazie signor Lo Giudice ora, se non le dispiace, dobbiamo riprendere il nostro lavoro, ci vediamo stasera per la solita apposizione dei sigilli"

"Grazie a lei dottore, buon lavoro"

Non appena Luciano se ne fu andato, loro si guardarono negli occhi increduli. Avevano la certezza che nello studio ci fossero delle cimici e quindi espressero i loro pensieri scrivendoli su dei foglietti di carta.

"Avete capito? Ci ha offerto dieci milioni a testa" scrisse Janos, per primo.

"Certo è una bella somma" ammise Endrè, il suo più stretto collaboratore.

"Potrei fare un sacco di cose con quei soldi" scrisse un altro suo uomo.

Gli altri tre uomini tacevano, anche perché non erano funzionari delle Entrate, ma poliziotti infiltrati dal commissario Horbat, anche a protezione degli altri tre.

Alla fine l'iniziativa la prese Janos, che scrisse una specie di poema.

"Amici, dieci milioni sono una somma che può far girare la testa, ma ricordiamoci che siamo in presenza di assassini seriali, di gente che non si è fatta scrupoli di ammazzare anche persone che non c'entravano niente, durante le loro scorribande per uccidere gli uomini di Nemeth. Quindi io sono per portare avanti la verifica e cercare qualcosa di irregolare, ma mi rimetto alla vostra decisione"

Gli altri cinque si guardarono in faccia e poi fecero contemporaneamente un cenno affermativo con la testa e sorrisero. Janos fu estremamente fiero della correttezza e dell'onestà di quegli uomini e cominciarono a lavorare ancor più alacremente di prima.

Quel pomeriggio, quando chiusero i verbali e sigillarono le porte dell'ufficio, Luciano si rivolse a loro con uno sguardo interrogativo.

"Bene signor Lo Giudice, anche per oggi abbiamo finito. A proposito, siamo veramente felici che voi vogliate fare una donazione così importante" disse Janos con un sorriso "e pensiamo che un ospedale pediatrico o una casa di riposo per anziani potrebbero essere i destinatari ideali" proseguì l'ispettore, pesando le parole.

Luciano incassò quel rifiuto senza battere ciglio. D'altra parte era molto tranquillo circa l'esito della verifica, perché i suoi libri contabili erano ineccepibili. L'unico motivo per cui gli aveva offerto quel denaro, era che la loro presenza all'interno della casa di Hector cominciava a dar sui nervi a parecchi ragazzi e qualche testa calda avrebbe potuto combinare qualche casino.

Qualche giorno dopo, durante la pausa pranzo, Endré stava facendo il giro dell'ufficio, per osservare da vicino gli stupendi quadri appesi alle pareti. Ce n'erano di meravigliosi, anche di autori importanti e rappresentavano perlopiù paesaggi della favolosa puszta ungherese e nature morte. Un dipinto colpì particolarmente la sua attenzione; non era il più bello di tutti, ma aveva un qualcosa di particolare e lui non riusciva a capire bene che cosa fosse.

Lo guardò con più attenzione, lo osservò da tutte le angolazioni e alla fine capì; Il quadro era storto! L'ufficio di Hector era curato in modo maniacale e tutte le mattine un manipolo di cameriere riordinava la stanza in maniera perfetta; quella cosa non aveva senso. Si avvicinò istintivamente al quadro per raddrizzarlo e notò che la parete aveva un colore leggermente diverso dalle altre. Sollevò il dipinto e colpì istintivamente la parete con le nocche della mano. Aveva un suono strano, come se ci fosse stato un vuoto. Fece la stessa cosa a un metro di distanza e il muro appariva solido e compatto.

A quel punto avvertì Janos della scoperta; il suo capo sì mostrò particolarmente incuriosito e andò anche lui a battere il muro con la mano.

Decisero di agire, chiusero a chiave la porta dello studio, si fecero prestare dai poliziotti i coltelli d'ordinanza e cominciarono a tagliare il muro dietro il quadro. La cosa si rivelò facilissima, trattandosi di una finta parete di compensato, ma la loro sorpresa fu grande quando si accorsero che, sotto la prima parete, ce n'era un'altra che sembrava molto più robusta. Si armarono di pazienza, cercarono di tirar via anche questo secondo pannello e l'operazione si rivelò molto più difficile della precedente. Dopo aver concluso il lavoro, trovarono un terzo pannello e cominciarono a scoraggiarsi, ma la curiosità era più forte di tutto e attaccarono anche questo terzo ostacolo.

Finalmente dopo aver tirato via anche il terzo riquadro, apparve loro una complicata cassaforte, che non potevano sperare di aprire in nessun modo.

Avevano solo un sistema per sapere cosa ci fosse là dentro ed era quello di farsela aprire dal proprietario; da un punto di vista squisitamente legale, ne avevano tutti i diritti.

Chiamarono Luciano, lo misero dinanzi all'evidenza e gli chiesero di aprire la cassaforte. Il siciliano, che era veramente sorpreso, corse a chiamare Hector che si precipitò nella stanza seguito da tre uomini armati, con le pistole in pugno. I tre funzionari si barricarono dietro la monumentale scrivania, i tre poliziotti impugnarono le loro pistole di ordinanza, pronti a far fuoco al minimo accenno di pericolo. Ci fu un attimo di grandissima tensione, poi Hector urlò.

"Basta, abbassate le armi!!"

Qui grido ebbe l'effetto di placare gli animi di tutti e una volta ristabilita la calma, Hector accettò, con un sospiro rassegnato, di aprire la cassaforte. Aveva capito prima di tutti che lo avevano incastrato e si era arreso all'evidenza dei fatti.

All'interno i funzionari trovarono, oltre a circa trecento milioni di fiorini in contanti, documenti concernenti profitti per ogni genere di crimine, dal racket, alla droga, allo sfruttamento della prostituzione, fino al commercio illegale di oggetti preziosi di dubbia provenienza.

Luciano osservava questa scena con gli occhi fuori dalla testa; sapeva che Hector aveva entrate in nero, soprattutto per l'attività di riscossione delle tangenti degli esercizi commerciali, ma non immaginava nemmeno lontanamente la dimensione dei suoi traffici sotterranei.

Le manette scattarono subito ai polsi di Hector, che aveva un volto imperscrutabile, nemmeno Luciano riusciva a capire a cosa stesse pensando. I funzionari e i poliziotti condussero il capo mafia fuori dalla casa e non ebbero nessun problema con i suoi uomini, perché il boss ordinò loro di non muoversi e di non fare nulla.

Anche Luciano venne condotto alla stazione di polizia, ma senza manette e solo per mettere in chiaro la sua posizione. Il siciliano apparve subito completamente estraneo alle attività illecite di Hector e in tarda serata poté far rientro alla villa.

Al suo arrivo trovò una situazione tremenda, la signora Andrea piangeva disperatamente accasciata su un divano, stringendo in braccio i suoi due figli, i circa venti uomini che Hector teneva di guardia alla sua villa, erano sconcertati e discutevano animatamente tra di loro su quale fosse la cosa migliore da fare.

Luciano prese subito le redini della situazione, aveva già vissuto un'esperienza simile in passato, li convocò tutti nello studio di Hector e parlò con la sua consueta calma.

"Ragazzi, non posso negare che la situazione sia molto complicata, ma noi abbiamo l'obbligo di restare calmi e vedere come si svilupperanno le cose; è importante che in questo periodo sospendiamo tutte le attività e vi prego di far conoscere questa decisione anche agli uomini che lavorano fuori"

In effetti era molto più preoccupato di quello che voleva dare a vedere, ma sapeva che gli uomini avevano bisogno di una guida sicura e ora che Hector era in carcere, quella guida non poteva essere che lui. Sperava che il capo potesse tornare il prima possibile, perche non amava ruoli da protagonista, ma per il momento dovava fare di necessità virtù.

I ragazzi capirono immediatamente che lui era l'uomo giusto per gestire quella situazione d'emergenza e gli conferirono tacitamente il ruolo di capo della banda, almeno finchè Hector non fosse tornato.

15

Victor Horbat non stava più nella pelle, con Hector in carcere il cerchio si era chiuso e adesso si trattava solo di lavorare un po' sugli sbandati della sua gang, ma quello sarebbe stato un gioco da ragazzi.

Era un po' contrariato perché non era riuscito a beccare il siciliano e lui era un uomo in grado di riorganizzare la banda di Molnar. Comunque lo avrebbe seguito e fatto seguire come un'ombra dai suoi uomini e al primo passo falso anche lui sarebbe finito dietro le sbarre.

Luciano dal canto suo, sapeva che in quel momento doveva tenere un profilo basso; era perfettamente cosciente che la polizia lo teneva sotto stretta sorveglianza e non aveva nessuna libertà di movimento.

L'unica cosa che poteva fare liberamente, in quella situazione, era continuare a lavorare sulla possibilità di far combattere Marton per il titolo di campione nazionale.

Contattò nuovamente il manager di Ferenc Pap e stavolta ottenere una risposta un po' meno interlocutoria; la sua nuova posizione di reggente dell'impero di Hector Molnar, ormai conosciuta da tutti, gli dava una credibilità diversa e l'agente si dimostrò possibilista, promettendo di richiamarlo nel giro di una settimana.

Luciano telefonò a Marton e lo informò di questa novità; lui stava mangiando un panino e per poco non si strozzò, era la notizia più bella che potesse sperare di ricevere, ormai era sicuro che l'incontro si sarebbe fatto.

Luciano cercò di calmarlo, dicendogli che ancora non c'era nulla di certo e che dovevano aspettare ancora qualche giorno, ma in cuor suo anche lui era convinto che ormai Marton avrebbe potuto combattere per il titolo di campione d'Ungheria. Certo, le possibilità di vincere erano davvero molto poche, ma anche solo poterci provare era motivo di grande soddisfazione.

Márton la pensava allo stesso modo, per lui la cosa più importante era quella di poter fare quell'incontro, indipendentemente dall'esito; ne avrebbero parlato tutti i giornali sportivi e non e lui avrebbe avuto il suo piccolo momento di gloria e una cospiqua borsa di venti milioni anche in caso di sconfitta.

Non lo preoccupavano minimamente i colpi che avrebbe potuto prendere durante l'incontro, ma aveva invece il terrore di doverne parlare con Eva; lei lo aveva avvertito di non provarci nemmeno per scherzo, ma lui sapeva che quella era la sua grande occasione e non avrebbe potuto rinunciare, nemmeno per amor suo.

Quella sera, quando lei arrivò a casa, sorridente come al solito, tentò di parlarle.

"Sai Eva, ti ricordi quando ti ho parlato di quella possibilità di un incontro per il titolo nazionale?" attacco lui, cercando di partire da lontano.

"Preferirei non parlarne" rispose la ragazza, in modo quasi brusco.

"Fammi spiegare, il fatto è che oggi mi ha telefonato Luciano e mi ha detto che ci sono delle buone possibilità" disse lui tutto d'un fiato, con il cuore che gli batteva a mille.

Lei non si scompose neanche più di tanto, lo guardò inferocita ma senza dire nulla, raccolse la sua borsa e se ne andò, senza voltarsi.

Marton avrebbe voluto fermarla, ma si rese conto che avrebbe solo potuto peggiorare la situazione e si disse che, magari nei giorni successivi, lei si sarebbe un po' tranquillizzata e avrebbe potuto parlarle con più calma.

Due giorni dopo Luciano richiamò, chiedendogli di raggiungerlo nella villa di Budakeszi; lui ebbe il presentimento di qualcosa di importante e corse subito da lui.

"Ciao campione. Allora come vanno le cose? La tua bella ti sopporta ancora?" chiese il siciliano, battendogli una mano sulla spalla.

"Veramente è un po' arrabbiata per questa storia dell'incontro, ma sono sicuro che le passerà"

"Ma sì, non preoccuparti, le donne amano gli uomini vincenti, quindi tu pensa a vincere e non avrai nessun problema" esclamò Luciano.

"Fosse così facile" pensò lui e poi disse "Sì, ne sono convinto anch'io. Speriamo che vada tutto bene. Ci sono novità?"

"Grandi notizie amico mio, il manager del campione mi ha chiamato ed ha confermato l'incontro a Gyor, per il venticinque maggio"

"Il venticinque maggio?" protestò senza convinzione, Marton "ma è tra quaranta giorni!"

"Sì lo so, in effetti il tempo non è moltissimo, ma ce la dobbiamo fare. Ti ho già trovato una palestra molto bene attrezzata, un allenatore davvero in gamba e degli sparring partners giusti, che saranno sempre a tua completa disposizione"

Il giorno stesso lo condusse in quell'attrezzatissima palestra, gli presentò gli uomini che avrebbero lavorato con lui e misero giù insieme un programma di allenamento personalizzato, che prevedeva almeno cinque ore di lavoro al giorno in palestra, un'ora di corsa, oltre a una dieta ferrea e al divieto assoluto di bere alcolici e di fare sesso.

Márton cominciò subito a lavorare con grandissimo impegno, faceva impazzire gli sparring partners con sedute massacranti e nel tardo pomeriggio, se ne andava a fare la sua ora di corsa per la città; era il momento che amava di più, Budapest è bellissima comunque, ma percorsa a piedi in una serata di primavera, diventa veramente meravigliosa. Partiva dalla zona del Parlamento e andava verso il ponte Margherita, qui entrava nell'isola omonima e percorreva incantato quei meravigliosi giardini, usciva dalla parte opposta sull'Arpad hid, attraversava il ponte e tornava indietro, dalla parte di Buda, fino al Ponte della Libertà; quando imboccava il ponte, non poteva fare a meno di ammirare lo splendido hotel Gellert, un albergo meraviglioso sul lungo Danubio, che aveva al suo interno una stazione termale del 1800, la più famosa di tutto il paese. Poi tornava dalla parte di Pest, imboccava Vaci utca e correva sull'isola pedonale fino a Vorosmarty ter, per poi rientrare in palestra a fare gli esercizi di defaticamento.

Di Eva nemmeno l'ombra; non rispondeva alle sue telefonate e lui preferiva non andare a cercarla a casa, per non farla arrabbiare ancora di più.

Era molto deluso da quell'atteggiamento, comprendeva le sue preoccupazioni, ma avrebbe voluto che si rendesse conto di quanto era importante quell'occasione per lui e lo avesse sostenuto.

La verità era che non riusciva a vivere senza di lei, era diventata la cosa più importante della sua vita, non gli era mai successo che una ragazza gli rubasse il cuore in quella maniera.

Era comunque sicuro che se anche lei lo amava davvero nello stesso modo, lo avrebbe capito e perdonato, era solo questione di tempo.

Intanto sfogava la sua frustrazione con gli sparring partners, che riempiva di pugni fino allo stremo delle forze; lo stesso allenatore era impressionato e anche un po' preoccupato dalla rabbia che lui metteva negli allenamenti, temeva potesse farsi male e compromettere tutto.

Luciano veniva tutti i giorni a godersi lo show del suo campione e a differenza dell'allenatore, era veramente soddisfatto del suo impegno e della sua tenacia. La strada per essere competitivo a livello nazionale era ancora lunga, ma Marton ce la stava mettendo davvero tutta!

I preparativi per l'incontro andavano avanti, erano stati stampati migliaia di manifesti, con l'immagine dei due pugili e Marton, durante la sua corsa serale, non poteva fare a meno di vederli e di sentirsi molto orgoglioso. Avrebbe preferito che l'incontro si svolgesse a Budapest, ma quello era solo un dettaglio, comunque lui era quasi completamente sconosciuto rispetto al tuo avversario, che avrebbe comunque avuto tutto il pubblico dalla sua parte.

I giorni passavano ed il desiderio di Eva si faceva sempre più forte, i tentativi di chiamarla erano diventati una costante, ma sempre con lo stesso sconfortante risultato.

Una sera decise di allungare il suo giro di corsa e arrivò fino a casa sua, distante dalla palestra oltre quattro chilometri; la finestra del piccolo villino era illuminata e lui si nascose dietro un auto in sosta ad osservatore la situazione, sperando almeno di poterla scorgere. A un certo punto la figura di lei entrò nel riquadro della finestra e lui entro in fibrillazione; qualche attimo dopo però, anche la figura indistinta di un uomo si avvicinò ad Eva e lui si sentì morire.

Sì disse di restare calmo, di cercare di capire meglio la situazione, ma i suoi buoni proposti durarono pochi secondi, non riuscì a resistere, attraversò la strada e fece irruzione dentro la villetta. I due si girarono increduli, lui aveva gli occhi fuori dalla testa, l'uomo era Luciano!

Márton non disse neanche una parola, accecato dalla rabbia si avventò contro l'ormai ex amico, con l'intento di strangolarlo; Luciano era tutt'altro che un tipetto remissivo e all'inizio si difese molto bene, ma la rabbia e la forza del ragazzo ebbero presto il sopravvento e il siciliano si trovò scaraventato a terra, con Marton che gli stringeva con forza il collo.

"Basta, smettetela!" urlò Eva, appena si fu ripresa dallo stupore "Marton, non hai capito niente!"

Il ragazzo allentò per un attimo la presa e poi ricominciò a stringere il collo di Luciano.

"Basta Marton!" urlò di nuovo la ragazza "lascami almeno spiegare!"

Lui finalmente lasciò la presa, continuando a guardare il siciliano con un odio mortale e Luciano poté rialzarsi, massaggiandosi il collo indolenzito.

"Sei il solito testone e come al solito non hai capito assolutamente niente" disse la ragazza ancora spaventata "Luciano è venuto qui, e non è la prima volta, per cercare di convincermi ad accettare questa tua scelta di fare il combattimento"

Márton guardava ora l'uno ora l'altra, ancora molto sospettoso, poi si rese conto dell'assurdità dei suoi sospetti.

"Ma io vi ho visti insieme……. pensavo …….credevo……." balbettò.

"Sì Marton, hai ragione" disse Luciano, che era appena riuscito a riprendere fiato "avrei dovuto parlartene prima, ma speravo di poter mettere a posto le cose da solo"

"Mi sono reso conto" prosegui l'italiano "che il fatto che Eva non accettasse questa tua decisione, ti stava provocando molti problemi e rischiava di compromettere anche la tua preparazione, quindi sono venuto da lei a cercare di spiegarle la cosa e convincerla a sostenerti"

"Io non so che dire. Mi dispiace tanto Luciano, non so davvero come potrò farmi perdonare. Ora che ho la mente fredda, mi rendo conto che avrei potuto sospettare di chiunque, ma non di te" disse il ragazzo mortificato.

"Non preoccuparti, non è successo niente, ti capisco benissimo, non dimenticare che sono un siciliano! L'importante è che ci siamo spiegati e soprattutto che mi sono spiegato con Eva" disse l'italiano, nascondendo un sorrisetto indefinibile.

"Ti ringrazio ma non mi pare che sia servito a molto" disse Marton, con la testa bassa.

"Beh, io ci dovevo almeno provare" disse Luciano, ancora con quello strano sorriso sotto i baffetti.

"Se lo avessi chiesto a me, ti saresti potuto risparmiare la fatica" esclamò Marton rassegnato.

"Ma mi sarei perso l'occasione di fare una chiacchierata con una bellissima figliola" ribatte lui.

"Beh, adesso io me ne vado, tanto stare qui non serve a niente" disse Marton, avviandosi verso il portone.

"Non direi proprio" rispose Luciano.

Lui si voltò e guardò Eva con uno sguardo interrogativo e pieno di speranza.

"Vai testone, vai a fare il tuo incontro. Ti amo da morire e ti amerò anche con il naso rotto!" disse la ragazza, finalmente con un sorriso.

Luciano capì subito di essere di troppo ed infilò la porta, senza che loro se ne accorgessero.

Quella sera il programma di allenamento di Marton, subì una piccola ma sostanziale variazione; tutti i suoi buoni propositi sulla totale astinenza dal sesso, vennero spazzati via e dimenticati, ma era per una buona causa e l'allenatore lo avrebbe sicuramente compreso.

16

Il giorno atteso da sempre finalmente era arrivato, la vita di Marton sarebbe comunque cambiata. Il palazzetto dello Sport di Gyor era strapieno in ogni ordine di posti e molta gente aveva dovuto rinunciare per l'impossibilità di trovare un biglietto. La boxe è uno sport molto amato in Ungheria e poi quello era il campione locale e tutta quella gente era venuta a fare il tifo per lui. Márton arrivò in città tre ore prima dell'inizio del match che era, come al solito, preceduto da un kermesse di incontri minori, che il pubblico dimostrò comunque di apprezzare moltissimo.

Un'ora prima di essere chiamato sul quadrato, Marton era già pronto e concentrato, con i suoi pantaloncini bianchi bordati di rosso, le mani già fasciate e cominciò il suo riscaldamento con l'allenatore, sotto lo sguardo attento e paterno dell'immancabile Luciano.

Eva quella volta non si era nascosta dietro una colonna, ma ero in primissima fila, insieme alla signora Teresa. Poco distanti da loro, erano assiepati tutti gli uomini di Hector e questi, insieme a due pullman con gli unici cento tifosi arrivati da Budapest che avevano trovato il biglietto, erano gli unici sostenitori su cui Marton poteva contare.

Molti spettatori erano dovuti salire anche sui tralicci di sostegno del palazzetto; gli organizzatori avevano furbescamente venduto almeno mille biglietti in più della capienza dell'impianto.

In questa specie di bolgia infernale, i due pugili fecero il loro ingresso nell'arena. Per primo toccò a Márton, che si presentò i molto semplicemente, col solito accappatoio rosso e salì rapidamente sul ring, sotto una bordata impressionante di fischi, risate e sberleffi.

Subito dietro di lui arrivò il campione, che fece la sua apparizione in modo molto spettacolare. Entrò con un accappatoio giallo bordato di nero e un copricapo regale in testa, in mezzo a due ali di fuoco. Indossava la cintura di campione nazionale ed era abbastanza impressionante per muscoli e statura. Il pubblico lo accolse con una grande ovazione, che durò qualche minuto e lui salì lentamente sul ring, fingendo di boxare con un avversario immaginario e continuando a salutare la sua gente.

Marton non si scompose più di tanto e non diede l'impressione di farci particolarmente caso; era tutto preventivato ed anzi questa cosa lo esaltò, fremeva dalla voglia gli far vedere a quella gente quale fosse il suo reale valore.

Non sperava certo di vincere, ma gli sarebbe bastato vendere cara la pelle e rendere le cose il più difficile possibili al suo avversario.

I pugili vennero presentati al pubblico da uno speaker che urlava come impazzito. La temperatura salì e quando l'arbitro chiamo i pugili al centro del ring, il boato del palazzetto si fece impressionante; quando però suonò Il gong della prima ripresa un silenzio irreale calò all'interno dell'impianto.

I due pugili si studiavano al centro del ring, senza prendere l'iniziativa e si poteva sentire il loro ansimare. Il campione da scrupoloso professionista qual era, si era reso conto di avere a che fare con un ragazzo solido e giovane, ben allenato e molto forte, quindi prestava estrema attenzione e cercava di capire quali fossero i suoi punti deboli.

Dal canto suo, Marton si trovava di fronte quella impressionante montagna di muscoli e temeva che da un momento all'altro, sarebbe scoppiata una vera e propria tempesta.

E la tempesta scoppiò all'inizio della seconda ripresa; Ferenc Pap mise a segno qualche jab al volto che il ragazzo non riuscì a schivare e poi si scatenò in una serie di colpi al corpo, che lasciarono letteralmente Marton senza fiato. Quando non riusciva praticamente più a respirare, arrivò a salvarlo il suono del gong.

Márton si sedette ansimante sul suo sgabello e cercò disperatamente di riprendere fiato; rifiutò persino di bere, impegnato com'era a mettere un po' d'aria nei polmoni. Luciano si avvicinò e gli consigliò, con molto garbo, di tenere i gomiti bassi e la guardia alta, cercando di far finire sulle braccia i colpi al corpo e difendendosi allo stesso tempo da quel jab mortifero.

Eva, seduta a pochi metri da lui, cominciava ad andare in moto e sembrava che il seggiolino le bruciasse sotto il suo delizioso sederino. Stava cominciando a dimenticare il suo orrore per la boxe ed era concentrata solo sul suo uomo. Quando l'avversario lo aggrediva, lei prendeva le mani della signora Teresa e le stringeva forte fino a farle male.

Nella terza e nella quarta ripresa non accadde niente di particolare. Il campione continuava a comandare l'incontro, ma non riusciva più a entrare frequentemente nella guardia di Marton, che dal canto suo cercava di alleggerire la pressione, con qualche sporadico colpo d'incontro al volto del suo avversario; continuava però a muoversi velocissimo sul ring e questo disorientava un po' Ferenc Pap, molto più lento e macchinoso.

Nella quinta ripresa tutto cambiò; dopo uno scambio molto vivace, Ferenc Pap riuscì a centrare Marton con un preciso destro al mento; il ragazzo vacillò, appoggiò il ginocchio a terra e per questo fu contato dall'arbitro. Quando il conteggio finì, il campione cercò di approfittare della situazione e lo martellò con una serie impressionante di pugni al corpo e al volto; Luciano gli urlava di tenere le braccia basse e la guardia la più alta possibile e Marton obbedì, riuscendo a farsi passare sulle braccia e sui guantoni la maggior parte dei colpi. Ciononostante, tornò all'angolo con un occhio completamente pesto e il costato dolorante.

Nell'altro angolo Ferenc Pap era tranquillo per la vittoria, ma ammirato dalla forza e dalla resistenza di quel ragazzo, che sembrava sempre sul punto di arrendersi, ma non si arrendeva mai. Pap decise che era giunto il momento di farla finita, per non rischiare di trovarsi in difficoltà nelle ultime riprese, quando lo sfidante avrebbe potuto approfittare della maggiore freschezza dei suoi vent'anni.

Per questo, quando suonò Il gong della sesta ripresa, si gettò all'assalto e aggredì Marton con una serie di colpi davvero potentissimi; il ragazzo però assorbì molto bene quell'offensiva ed anzi riuscì, in un paio di occasioni, a centrarlo con dei colpi in contropiede al volto, cosa che infastidì e rallentò molto l'azione del campione.

Eva viveva emozioni contrastanti; da un lato era terrorizzata all'idea che Marton potesse prendere qualche colpo troppo pesante, dall'altro era, suo malgrado, affascinata dallo spettacolo offerto da quei due uomini potentissimi, che le apparivano come due vere e proprie macchine da guerra. Si era sorpresa un paio di volte a saltare in piedi sul suo seggiolino e incitare a gran voce Marton a colpire, salvo poi vergognarsene terribilmente.

Sul quadrato intanto l'incontro andava avanti; il campione sembrava poter gestire la sfida abbastanza agevolmente, ma non riusciva a trovare il colpo risolutore. Márton era concentratissimo, il suo primo obiettivo era quello di arrivare al dodicesimo round ancora in piedi e riusciva quasi sempre ad anticipare le mosse dell'avversario, limitando così i danni dei suoi assalti.

Ferenc Pap stava cominciando a boxare con la bocca aperta, segno evidente di una certa stanchezza. Nel nono round Marton riuscì ad entrare con una certa facilità nella guardia dell'avversario e mise a segno una serie di colpi molto interessanti, che fecero vacillare un po' le certezze del campione e del pubblico.

Il round successivo avvenne qualcosa di clamoroso; Marton riuscì a piazzare una serie di jab di sinistro. per poi colpire più volte con il destro Ferenc Pap, che vacillò e si attacco alle corde, legando poi il suo avversario per non farlo proseguire nell'azione. Il ragazzo cercò di divincolarsi, ma la stretta era troppo forte e dovette attendere che l'arbitro venisse a separarli. Quando l'incontro riprese, il campione aveva quasi completamente recuperato e la ripresa corse via senza altri sussulti. I due pugili apparivano molto provati e non avevano più molte energie da spendere; sembrava logico attendersi che gli ultimi due round fossero combattuti per onor di firma. Marton però sapeva che in quel caso avrebbe perso l'incontro ai punti, soprattutto per quanto avvenuto nella quinta ripresa, quando ero stato atterrato e decise di giocare il tutto per tutto, a costo di farsi ammazzare.

Quando l'undicesima ripresa cominciò, raccolte le forze residue e si gettò in avanti in un attacco quasi forsennato; Luciano dall'angolo gli gridava di coprirsi, ma lui ormai non lo ascoltava più e si buttava in avanti come un treno. Ovviamente così facendo, scoprì la sua guardia e incassò una serie di colpi tremendi al mento e alla testa; cercò di ripararsi coprendosi con i guantoni e sentì un fortissimo dolore alla mano destra, che lo costrinse ad appoggiarsi alle corde. Pap cercò di cogliere al volo quell'occasione ma lui riuscì, anche menomato, a difendersi comunque bene e a terminare la ripresa ancora in piedi. Quando torno all'angolo, la mano gli faceva un male da morire, ma cercò di non darlo a vedere. Luciano si accorse che lui aveva un qualche problema e gli chiese.

"Márton cose ti succede?"

"La mano, ho paura di essermela fratturata" disse il ragazzo, quasi piangendo.

"Ti fa molto male? Vuoi che getti la spugna?"

"Non ci pensare nemmeno, manca una ripresa e io voglio finire l'incontro, non è niente, non ti preoccupare" lo rassicurò il ragazzo, che aveva recuperato il controllo.

"Aspetta un momento, togliamo il guantone e vediamo com'è la situazione"

"Fermo, se me lo togli non riuscirei mai più a rimetterlo!" urlò Marton.

Luciano capì che la situazione era seria, ma si rese conto anche che il ragazzo voleva andare avanti a tutti i costi e, anche se molto preoccupato, accettò che rientrasse sul quadrato per il dodicesimo e ultimo round.

Anche Ferenc Pap aveva capito qualcosa, aveva visto il braccio destro di Marton penzolare in posizione innaturale e gli si buttò addosso con l'intenzione di chiudere al più presto la pratica. Márton cambiò guardia, cercando in questo modo di proteggere la mano destra, ma la menomazione era troppo grave per poter sperare di uscire indenne da quella situazione, soprattutto con un avversario come quello. Cercava di boxare soprattutto con la mano sinistra, ma era solo un modo per tentare di arrivare alla fine della ripresa. Il dolore era tremendo, poi ad un certo momento riuscì a sparare due jab di sinistro al mento di Pap, vide aprirsi uno spiraglio nella guardia dell'avversario e senza pensarci due volte, partì con un terrificante gancio al mento. Ebbe la sensazione che la mano gli si fosse disintegrata in mille pezzi, per un attimo tutto diventò buio ed ebbe il terrore che Pap ne potesse approfittare. Quando si riebbe Feren Pap era steso al tappeto e l'arbitro stava iniziando il conteggio. Quei dieci secondi durarono come dieci anni, poi l'arbitro dichiarò l'incontro finito e lui svenne tra le braccia di Luciano.

Il pubblico ammutolì, mentre i duecento sostenitori di Marton esplosero in un festeggiamento frenetico. Dopo qualche attimo di scoramento, anche il resto del pubblico si unì a loro e tutti applaudirono convinti, per quello stupendo spettacolo di grande sport che era stato loro offerto. Ferenc Pap, che nel frattempo si era rialzato, andò a complimentarsi con Marton, che si era leggermente riavuto e gli disse in un orecchio:

"Tu dovresti combattere per il campionato d'Europa, sei veramente molto forte"

"Troppo buono" rispose il ragazzo "è stato un match bellissimo"

"Sì, peccato solo che lo abbia vinto tu" rispose il campione con un sorriso.

Eva aveva guardato tutta la ripresa in piedi sul suo seggiolino, urlando a gran voce incitamenti a Marton, ormai senza più nessuna remora. Era davvero bello lo spettacolo della boxe, soprattutto quando a vincere era il tuo uomo.

Luciano era saltato sul ring ed aveva abbracciato Marton, ancora quasi incosciente, come fosse stato suo figlio e piangendo senza ritegno. Non avrebbe mai immaginato che nella sua vita lui, piccolo mafioso di Ragusa, avrebbe potuto provare un'emozione del genere, addirittura per un ragazzo ungherese.

Tolse i guantoni al suo ragazzo e impallidì: la mano destra sembrava un grosso melone maturo, era sicuramente rotta in più punti.

Márton, prima di perdere i sensi, aveva fatto in tempo a vedere la reazione di Eva e quella era forse la cosa che lo rendeva più felice. Ormai era sicuro che lei era e sarebbe restata per sempre la donna della sua vita. Lei, che odiava la boxe, era diventata, almeno per quella sera, la sua più grande tifosa e questo la diceva lunga sull'amore che provava per lui. Adesso era addirittura salita sul ring, per sincerarsi delle sue condizioni e gli stava accarezzando la meno ferita con infinita dolcezza.

Quella sera, mentre davanti a un pubblico comunque festante, alzava al cielo la corona di campione d'Ungheria, capì che cosa avrebbe dovuto fare, non appena fosse stato possibile.

17

Victor Horbat era appena rientrato da una lunga vacanza in Italia; aveva visitato, insieme a sua moglie, alcune delle città più belle di quello stupendo paese ed era rimasto veramente incantato, in particolare da Venezia, Firenze, Roma e soprattutto Napoli, che lui conosceva solo per la fama di una città violenta e molto pericolosa. Aveva invece scoperto un luogo incantevole, pieno di bellezze e soprattutto di gente semplicemente meravigliosa. Lo avevano trattato come un figlio e nonostante le difficoltà ad esprimersi, aveva trovato sempre qualcuno pronto ad aiutarlo; e poi il cibo! In quindici giorni aveva messo su tre chili, ma la pizza, gli spaghetti allo scoglio e le cozze alla marinara, non si potevano assolutamente rifiutare.

Aveva voluto visitare la Costiera Amalfitana, Ischia, Capri, posti di cui non aveva mai nemmeno immaginato l'esistenza, che gli avevano rapito il cuore, come non gli era mai successo nella sua esistenza. Sua moglie gli domandò.

"Victor, potremo mai sperare di venire un giorno a vivere in questo paradiso?"

"Magari un po' più in là Olga, quando saremo in pensione, ma ho paura che qui la vita sia un pò cara" disse lui.

"Farei qualunque tipo di sacrificio per poter vivere in questo posto, in mezzo a questa gente" disse la moglie, sospirando.

"Beh, vedremo quando sarà il momento, certo piacerebbe molto anche a me"

Ora era tornato in ufficio, ad affrontare i problemi di sempre; sapeva chi la criminalità era sempre vitale e non ci avrebbe messo molto a riorganizzarsi, il suo lavoro consisteva proprio nell'impedire che questo accadesse.

Un giorno venne chiamato dal direttore del carcere, che lo informò che la vedova di Istvan Nemeth chiedeva di parlare con lui. La cosa era quantomeno stravagante perché, a tre mesi dal suo arresto, la donna non aveva mai voluto aprire bocca, specialmente riguardo agli affari del marito e dei suoi uomini.

Lui aveva mantenuto una grande ammirazione nei confronti di Clara, soprattutto per quello che era stata capace di fare quel giorno a Sarolpuszta. Lei era stata già processata in primo grado e, anche per effetto della testimonianza di Horbat, aveva avuto una condanna molto lieve e di li a un anno, massimo un anno e mezzo, sarebbe uscita dal carcere. Non aveva nemmeno proposto appello a quella condanna che, tutto sommato, le sembrava anche mite. Le avevano assegnato una bella cella singola, con un bagno pulito, un piccolo televisore e lei passava le giornate leggendo libri o guardando serie televisive.

Le era rimasto però un tarlo nel cuore ed era per questo che aveva deciso di parlare con il commissario.

Clara Nemeth e Victor Horbat, si incontrarono in un giorno di giugno, nella sala colloqui del carcere di Budapest.

" Buongiorno ispettore, oh mi scusi, commissario, la trovo un po' ingrassato" esordì la signora Nemeth, con la consueta eleganza.

"Sono gli effetti di una vacanza in Italia, signora Clara, non può immaginare che cosa riescono a darti da mangiare" Il commissario sentiva di poter usare un tono confidenziale con lei.

"l'Italia! Non ci sono mai potuta andare, deve essere un paese meraviglioso"

"Dice bene signora, proprio un paese meraviglioso. Quando, molto presto, uscirà da qui, le consiglio di andarci a fare un viaggio"

"Seguirò senz'altro il suo consiglio, commissario"disse la donna ponendo fine ai convenevoli.

"Allora, vuol dirmi perché mi ha fatto chiamare?" chiese lui, entrando nel vivo del discorso.

"Prima di tutto per il piacere di rivederla e poi perché, ecco, avrei una cosa di molto importante da raccontarle, una cosa che mi pesa sul cuore"

"L'ascolto signora Clara" disse Horbat, con una certa curiosità.

"Bene commissario, lei sa che io non ho mai voluto parlare delle questioni di mio marito, perché penso che sia giusto così, visto che lui non c'è più e che non mi è sembrato opportuno parlare delle sue attività o dei suoi uomini"

"Sì signora, lo so e anche se dal mio punto di vista non condivido molto la sua scelta, la rispetto"

"La ringrazio, ma c'è una cosa che riguarda la morte di mio marito di cui voglio parlarle" disse la signora Clara, con una certa solennità.

"Sono tutto orecchi" rispose Il commissario, che cominciava ad essere molto interessato.

"La verità è che io so chi è l'uomo che ha ucciso Istvan" disse lei con una smorfia "è stato Luciano lo Giudice, quel maledetto siciliano, che noi avevamo accolto nella nostra casa come un fratello"

"Quello che mi dice è molto grave signora; lo può provare? E soprattutto è disposta a testimoniarlo in tribunale?"

"Tutti i miei uomini hanno potuto vedere che cosa è accaduto e naturalmente io non ho nessun problema a testimoniare, anzi lo farò con molto piacere" lo rassicurò la signora Nemeth.

"La ringrazio signora, mi è stata molto utile, come sempre" disse Il commissario.

"Di nulla. Spero solo che quel mascalzone possa marcire in carcere per molto tempo"

"Le garantisco che a questo penserò io" disse il commissario, fregandosi Idealmente le mani. Ora avrebbe potuto chiudere il cerchio incastrando Luciano e in questo modo tutti i principali responsabili di quella guerra, sarebbero finalmente stati chiusi dietro le sbarre e soprattutto nessuno sarebbe più stato in grado di riorganizzare un branco di quelle dimensioni.

Il commissario salutò la signora Clara, rinnovandole I suoi auguri per una rapida scarcarazione e tornò alla centrale, per studiare il da farsi. Sapeva che Luciano viveva nella villa che era stata di Hector Molnar e sapeva anche che fare irruzione in quel luogo poteva essere estremamente pericoloso, ma nulla in confronto a Sarolpuszta e decise che valeva la pena correre il rischio.

Ottenne facilmente un mandato d'arresto dal giudice e poco dopo sei auto partirono dalla stazione di polizia, in direzione di Budakeszi.

Luciano era tornato alle sue solite occupazioni, dopo la meravigliosa vittoria di Marton, nell'incontro di Gyor. Anche se il suo lavoro di contabile lo teneva impegnato per tutto il giorno, non rinunciava a sognare un incontro per il campionato d'Europa, ma non sapeva sinceramente da dove cominciare. Non aveva amici nell'ambiente; in Ungheria era stato facile, anche per la sua posizione, ma in campo internazionale i suoi "meriti" non contavano nulla, non aveva nessuno a cui appoggiarsi e quindi le probabilità erano molto scarse. Non ne aveva nemmeno parlato con il ragazzo, perché gli avrebbe solo creato delle false illusioni.

Sentì suonare il campanello del cancello di ingresso ed ebbe un presentimento, uscì fuori a vedere e trovò schierati davanti a sé sei mezzi della polizia. Fece cenno agli uomini di lasciarli entrare e loro disposero le auto a semicerchio sul piazzale antistante la villa.

Il commissario Horbat scese da una delle auto, si piazzò davanti a Luciano e disse.

"Ho un mandato d'arresto a carico di Luciano Lo Giudice, per l'omicidio di Istvan Nemeth"

Luciano non bettè ciglio e con grande tranquillità, chiese solo al commissario il permesso di poter prendere qualche abito e di salutare sua moglie, Aveva messo in preventivo quella eventualità. Il commissario e tre agenti, lo accompagnarono in casa, lui riempì a caso un borsone da viaggio, abbracciò strettamente sua moglie che, come al solito, non disse una parola e senza aggiungere altro, si consegnò tranquillamente agli agenti.

18

Márton ebbe la notizia mentre era in un pub della città, insieme a Eva e ad alcuni amici a festeggiare, per l'ennesima volta, il titolo di campione d'Ungheria, con la sua preziosa mano destra debitamente ingessata.

Gli avevano diagnosticato ben quattro fratture e nemmeno lui riusciva a capire come avesse potuto, in quelle condizioni, sparare quel gancio che aveva messo fine alla sfida con Ferenc Pap.

Quella era una serata molto speciale per lui, aveva in tasca un anello con un diamante di buona caratura, che gli era costato un terzo della borsa guadagnata nell'incontro per il titolo ed aveva organizzato quella festa per fare a Eva la sua proposta di matrimonio.

Lo aveva deciso quella sera, sul ring di Gyor, quando aveva visto quell'angelo caduto dal cielo in piedi sullo sgabello, con il viso paonazzo, urlare il suo nome a squarciagola. Aveva capito che una donna così non si poteva lasciar scappare e che, molto più del titolo di campione d'Ungheria, questa era la cosa più importante che gli fosse accaduta nella sua vita e doveva fare le cose in fretta.

Improvvisamente entrò nel locale eccitatissimo, un giovane della banda di Hector, si avvicinò a Marton, lo prese da parte e gli disse.

"Hanno arrestato Luciano"

Marton, pur sapendo che la cosa poteva succedere benissimo in ogni momento, ci rimase davvero male. "E quando è successo?"

"Oggi pomeriggio, verso le sei"

"Sai qual è il motivo?" chiese Marton

"Dicono che abbia ucciso Istvan Nemeth" rispose il ragazzo, ansimando.

"E chi lo accusa?" domandò ancora Marton.

"Non c'è niente di certo, ma sembra che la vedova abbia parlato"

Già, la vedova Nemeth. C'era da aspettarselo che avrebbe voluto vendicare il marito. Aveva taciuto su tutto, sugli affari di Istvan, sulle sue complicità, sui suoi uomini, ma con Luciano aveva sicuramente il dente avvelenato e non aveva trovato di meglio che denunciarlo.

Offrì una birra ragazzo, lo ringraziò per averlo avvisato e tornò dai suoi amici.

"Cos'è accaduto?" gli chiese Eva.

"Hanno messo dentro Luciano" rispose lui, con l'aria rassegnata.

"Perché, cosa ha fatto? Lui era solo un contabile. Mi dispiace tanto. È un uomo così in gamba e simpatico" disse Eva molto dispiaciuta; ormai si era affezionata a quel piccolo siciliano come a un secondo padre.

"Beh, sai com'è, in queste situazioni si fa di tutta un'erba un fascio, ma sono sicuro che si tratta di un equivoco" disse lui, ripensando a come Luciano avesse freddamente piantato un cacciavite nella nuca di Nemeth.

"Vedrai che se la caverà, ne sono sicura, lui non può aver fatto nulla" disse Eva convinta.

Tornarono un po abbacchiati alla loro piccola festa, ma verso mezzanotte Marton chiese l'attenzione di tutti i presenti .

"Volevo comunicarvi che il mese prossimo faremo una grande festa al ristorante Remiz, il mio posto preferito, per celebrare degnamente la mia vittoria; ci sarà moltissima gente e voi ovviamente siete tutti invitati"

Eva lo guardò stupita e anche un po' contrariata; non gli aveva detto nulla di questa festa e la cosa la sorprendeva, perché ormai parlavano sempre di tutto.

Lui aveva uno strano sorriso, come se le sorprese non fossero finite. Gli altri non se ne accorsero nemmeno ma Eva, che lo osservava molto attentamente, cercava di capire dove lui volesse arrivare.

Márton chiese a un cameriere di trovargli un cuscino e quando glielo portarono, lo gettò a terra platealmente in mezzo al locale, ci si s'inginocchiò sopra, tirò fuori l'anello dalla tasca e rivolgendosi a Eva, disse con enfasi.

"Signorina Farkas, le dispiacerebbe farmi il grandissimo, incommensurabile onore dl accettarmi quale suo sposo?"

Eva lo guardò con la bocca spalancata, deglutì a fatica e poi, per la prima volta da quando lui la conosceva, scoppiò in un pianto irrefrenabile.

Gli ci volle qualche minuto per calmarsi e quando alla fine ci riuscì, disse.

"Alzati scemo, non riesco a guardare un omaccione come te in ginocchio. Ti sposo? Forse, non ne sono tanto sicura, ci devo pensare un pò. Ecco, ci ho già pensato. Ti sposo anche subito brutto bestione!" Così dicendo gli buttò le braccia al collo e lo abbracciò con una forza insospettabile, che riuscì per un attimo a togliergli il respiro. Gli amici applaudirono e le ragazze vollero abbracciare Eva, commosse.

"Mamma mia, che forza che hai. Sei la degna moglie di un grandissimo pugile"

"Adesso non ti dare troppe arie" disse lei, prendendolo in giro "Con quel malandato mollaccione di Gyor avrei potuto vincere anch'io!"

Marton e tutti gli amici presenti risero di gusto e la festa andò avanti fino alle tre di mattina.

I due piccioncini tornarono a casa teneramente abbracciati, si sentivano davvero felici; tutti i timori, le paure e le ansie dei mesi precedenti, si erano completamente dissolti e potevano guardare alla loro vita con ottimismo.

Quella notte fu lei a prendere l'iniziativa, lo rovescio sul letto, lo spogliò completamente e lo baciò in tutto il corpo per oltre mezz'ora. Lui se ne stava con gli occhi chiusi, incantato, a godersi quella beatitudine e sperava davvero che non dovesse finire mai.

Ad un certo punto lei disse "Pensi di restare così ancora per molto?" Lui capi che era giunto il momento di prendere in mano la situazione, la rovesciò sotto di lui e quel che accade dopo, fece arrossire persino l'orsacchiotto di peluche preferito da Eva.

19

La chiesa di San Mattia a luglio è uno degli spettacoli più belli
che si possa vedere al mondo. Dal Bastione dei Pescatori è
possibile ammirare quasi tutta la città e chi non è mai stato a
Budapest, rimane letteralmente a bocca aperta di fronte a
quello spettacolo. Il Danubio, i suoi ponti, il Parlamento e
tante altre meraviglie, si stendono al di sotto del Castello,
creando un effetto di grandezza e di maestosità unici al
mondo.

Eva e Marton vi arrivarono, seguiti da più di duecento invitati,
oltre ad un codazzo di curiosi, che erano venuti a conoscenza
dell'evento e volevano vedere le nozze del campione
ungherese.

Quando la sposa giunse sul sagrato della chiesa, ci fu un lungo
mormorio di ammirazione. Eva era semplicemente bellissima.
Quel vestito bianco, che lasciava le sue splendide spalle
totalmente scoperte e metteva in risalto il suo meraviglioso
seno, qui capelli nerissimi acconciati ad arte e quegli occhi
azzurro cielo, quel corpo armonioso, che si poteva immaginare
sotto l'abito, creavano nei presenti una sensazione di bellezza
estrema e non replicabile.

Se ne accorse anche Marton, quando arrivò sulla Fiat Balilla
affittata per l'occasione e guidata dal suo amico fraterno
Zoltan Hattyasy.

Cercò di darsi un contegno, ma non ci riuscì più di tanto; l'emozione per lo spettacolo che stava ammirando era veramente troppo forte e cominciarono a sudargli le mani.

Non ché lui sfigurasse, anzi tutt'altro; le signore presenti se lo rimiravano compiaciute, facendo pensieri non propriamente puri e casti.

Altro, biondo, con un fisico e dei muscoli che parevano voler strappare quell'elegantissimo tight grigio cenere, ma soprattutto il suo sorriso e i suoi occhi di un blu intenso, solleticano la fantasia di tutte le signore intervenute all'evento.

Si erano mossi, per l'occasione, anche i suoi genitori che arrivarono direttamente da Debrecen e che lui non vedeva da anni. Erano gente molto semplice, di origine contadina e si trovavano a disagio in mezzo a tutto quello sfarzo, ma era talmente grande l'orgoglio e la felicità per quel figliolo che aveva finalmente messo la testa a posto, che tutto il resto passava in secondo piano. Si erano innamorati di Eva al primo sguardo, era troppo evidente che quella ragazza amava Marton nel profondo dell'anima e questo li rendeva oltremodo felici.

I genitori di Eva invece, provenendo dalla media borghesia della città, si trovavano molto a loro agio in quella situazione e stringevano mani a destra e a manca, persino ai turisti in visita al Bastione dei Pescatori, che si erano fermati ad osservare la scena.

Márton entrò in chiesa a passo di carica, come se dovesse salire sul ring; Eva invece, arrivò all'altare con esasperata lentezza, voleva godersi ogni attimo di quella cerimonia. Quando finalmente fu davanti a lui alzo il velo e quei meravigliosi occhi azzurri sembrarono illuminare tutta la Basilica.

La cerimonia si svolgeva con il rito cattolico ordinario e quando giunsero al momento delle promesse di rito, la voce di Eva corse via limpida come acqua fresca ; Marton invece, emozionatissimo, si impappino più volte e dovette ricominciare daccapo. Finalmente riuscì a completare quelle poche frasi ed Eva tirò lungo sospiro di sollievo. Marton sì impappinò altre volte, ma quando il prete disse la canonica frase "...e adesso puoi baciare la sposa", le stampò in bocca un bacio talmente appassionato, da far gridare allo scandalo tutti i presenti.

Gli sposi si girarono verso la gente che applaudiva felice e strabuzzarono entrambi gli occhi per lo stupore; laggiù, vicino a una colonna, con Il commissario Horbat e un altro poliziotto al fianco, le manette d'ordinanza ai polsi, c'era Luciano, con l'immancabile Teresa.

I due ragazzi corsero immediatamente verso di loro, abbracciandoli. Il siciliano cercò di rimanere imperturbabile, ma due grosse lacrime corsero sulle sue guance ruvide, scavate dal sole della sua terra.

"Ho detto al giudice di sorveglianza che sarei stato disposto a fare un anno di galera in più, pur di essere qui oggi" disse, non riuscendo più a fermare le lacrime. Guardava ammirato ora Marton ora Eva: quei due ragazzi erano i figli che non avevano potuto avere e che forse lo avrebbero condotto verso una vita diversa.

"Luciano tu sei stato come un padre per noi e quando uscirai la porta della nostra casa sarà sempre aperta per te" disse Marton, anche lui commosso.

Il commissario Horbat osservava la scena con un misto di rabbia e incredulità; non riusciva a capire come quell'uomo che appariva così ordinario, potesse essere così amato da quei due giovani bellissimi.

Nel frattempo quasi tutti gli invitati, esclusi i ragazzi di Hector presenti alla cerimonia, si domandavano chi fosse quell'uomo coi baffetti e in manette che i ragazzi avevano festeggiato con tanto calore; non lo seppero mai e dopo un po' tutti se ne dimenticarono.

Luciano e la sua scorta parteciparono anche al ricevimento che i ragazzi offrirono agli invitati, al ristorante Remiz. Il proprietario aveva riservato in locale solo a loro, ma il Remis è un ristorantino un po' piccolo e faticarono non poco a trovare una sistemazione adeguata per tutta quella gente. Alla fine in qualche modo ci riuscirono e fu un pranzo indimenticabile, durato fino a sera inoltrata. Luciano e sua moglie sedevano al tavolo degli sposi ed erano felici come bambini; i tanti anni di galera che probabilmente lui avrebbe dovuto fare, non sembravano pesargli per nulla.

Gli avevano anche tolto le manette, sempre continuando a guardarlo a vista e in questo modo sembrava un invitato come tanti; anche i due poliziotti furono invitati a festeggiare e, pur essendo di servizio, non si fecero pregare e mangiarono a crepapelle.

Come tutte le favole anche quella giornata era destinata a finire; Marton e Eva salutarono uno ad uno tutti gli invitati e si ritrovarono finalmente soli, nella villetta di lui a smaltire le emozioni.

Dopo una mezz'ora passata a parlare della festa appena terminata, decisero di andare a letto, con intenzioni bellicose. Eva appoggiò la sua massa di capelli neri sul suo petto muscoloso e pochi secondi dopo, dormivano come bambini.

Così trascorse la loro prima notte di nozze e, tutto sommato, non avrebbe potuto essere più bella.

20

Hector Molnar era già andato a processo e si era beccato dieci anni e sei mesi, tutto sommato molto pochi rispetto ai suoi crimini, ma gli investigatori avevano solo potuto provare l'enorme evasione fiscale di cui si era reso protagonista e nient'altro.

Il commissario Horbat era comunque soddisfatto, l'era di Hector era praticamente finita; sarebbe uscito di galera a quasi settant'anni e non avrebbe più potuto nuocere a nessuno.

Anche Hector aveva preso coscienza di questa realtà, sua moglie non si era mai occupata dei suoi affari e quindi non avrebbe potuto, in alcun modo, portare avanti le sue attività. Luciano, che era l'unico uomo su cui forse avrebbe potuto fare affidamento, era finito anche lui in carcere e il suo impero si sarebbe sgretolato di lì a poco.

Aveva ancora molti uomini fidati, ma in quelle condizioni aveva preferito dare loro il rompete le righe e li aveva paternamente consigliati di farsi una famiglia e di trovare un lavoro onesto. Aveva comunque salvato un discreto gruzzolo di denaro, distribuito in alcune banche estere, che gli sarebbe servito da pensione una volta uscito di galera.

Il processo a Luciano andava invece avanti a forza di colpi di scena. C'era l'accusa di Clara, suffragata dalle testimonianze di alcuni uomini di Nemeth, che avevano deciso di parlare in cambio di uno sconto di pena.

Tutti avevano detto più o meno le stesse cose, che Luciano era rimasto per qualche minuto da solo con Istvan, che lo avevano visto saltare dal terrazzo e mettersi a correre come un pazzo sul prato di Sarlospuszta e quando erano entrati nello studio, avevano trovato Nemeth morto, con un cacciavite piantato nella nuca.

Di fronte all'evidenza dei fatti e delle testimonianze Luciano, di concerto con il suo avvocato, aveva adottato una strategia difensiva particolare.

Si era dichiarato colpevole, ma solo di omicidio colposo; aveva sostenuto che mentre lavorava come sempre ai suoi conti, Istvan era entrato nello studio urlando come un pazzo, accusandolo di averlo tradito.

Lui era rimasto di stucco, ma Nemeth non gli aveva permesso di difendersi e lo aveva brutalmente aggredito; lui, per proteggersi, aveva afferrato un cacciavite che si trovava sulla scrivania e, nel tentativo di divincolarsi dalla stretta di Nemeth, lo aveva accidentalmente colpito alla nuca, uccidendolo.

Nessuno credeva a questa storia, ma era plausibile e il tribunale, già piuttosto ben disposto nei confronti di Luciano, doveva tenerne conto.

Le contestazioni del Pubblico Ministero, che riteneva la storia assolutamente fantasiosa e insisteva con l'accusa di omicidio volontario, fecero dilatare di qualche mese la durata del processo, ma alla fine Luciano fu condannato a quattro anni per omicidio preterintenzionale e ne fu ovviamente molto contento.

La notizia fu accolta con molta soddisfazione anche da Eva e Marton i quali sapevano perfettamente che, tra buona condotta e semilibertà, Luciano sarebbe stato fuori al massimo entro due anni; avrebbe dovuto solo stare molto attento, perché qualcuno dei tanti uomini di Nemeth in carcere, avrebbe potuto tentare di vendicarsi.

Proprio per il timore di attentati, Luciano fu messo in una cella singola e aveva tutto il tempo di pensare a come provare ad organizzare un incontro valido per il titolo, tra il suo pupillo e il campione europeo, uno scozzese che rispondeva al nome di Colin Radcliffe.

L'impresa sembrava impossibile, ma Luciano aveva tempo e con la complicità ben retribuita di un secondino, poteva avere a disposizione un telefono cellulare per molte ore al giorno.

Cominciò telefonando al manager dell'ex campione ungherese, cercando di capire se lui avesse qualche contatto importante e promettendogli una lauta ricompensa nel caso fosse riuscito ad organizzare l'incontro.

Il manager non disse niente di concreto, ma gli assicurò che avrebbe fatto qualche telefonata per sondare il terreno e poi lo avrebbe richiamato.

Nel frattempo Marton si era trovato un ottimo lavoro come rappresentante di commercio nel settore dell'elettronica; la sua fama di pugile gli apriva molte porte e lui riusciva a fare vendite importanti.

Il suo ottimo stipendio a provvigione, unito a quello di Eva, permetteva loro di vivere tranquillamente e di guardare serenamente al futuro.

Lui non aveva completamente rinunciato alla sua carriera di pugile e sperava almeno di poter presto difendere il titolo di campione d'Ungheria, magari incassando una borsa di qualche milione di Fiorini.

Avevano visto un meraviglioso villino sul lago Balaton, nei pressi di Siofok e avrebbero voluto comprarlo, per andarci a vivere nel periodo estivo.

Eva aveva accettato che lui combattesse nuovamente per il campionato d'Ungheria, ma si era fatta promettere solennemente che quella sarebbe stata l'ultima volta; soffriva troppo quando lui era sul ring, anche se si era appassionata al pugilato per amor suo.

Quella sera, mentre erano teneramente abbracciati sul divano di casa, lei disse.

"È proprio carino quel villino al Balaton, ma è un po' troppo grande.Tre camere da letto, che cosa ci facciamo?"

"Già è vero" annuì Marton "a noi ne basta una!"

"Magari una sarebbe un po' poco, meglio due" disse lei con uno strano sorriso.

Lui sul momento non capì e rimase pensieroso.

Lei rincaro la dose "In tre in una sola camera, staremmo un po' strettini"

A questo punto lui realizzò e la guardò come incantato.

"Ma vuoi dire che…. Veramente….. non mi prendi in giro! Sei sicura?"

"Sicurissima testone. Tra poco avremo un altro piccolo pugile in casa"

Lui credette di impazzire. Un figlio! Lui Marton Somogy, prima piccolo ladro, poi esattore di tangenti, criminale mancato, pugile per caso, sarebbe diventato padre!

Voleva stringerla forte, ma avevo paura di farle male. Fu lei ad incoraggiarlo.

"Non ti preoccupare, abbracciami pure, non mi succede niente" gli disse con un sorriso e lui l'abbracciò, un abbraccio che durò un tempo interminabile, non voleva staccarsi da lei per non mostrarle le sue lacrime, non voleva farle vedere che un omaccione come lui poteva piangere di felicità come un bambino.

Quella sera, tra mille timori, volle fare l'amore con lei, con una tenerezza nuova, con un'emozione che non conosceva e la delicatezza di chi ha tra le mani un preziosissimo vaso di porcellana.

Lei lo accolse come se fosse stato un dono del cielo e capi che lo avrebbe amato ogni giorno della sua vita.

Epilogo

Il palazzetto dello sport di Budapest era pieno fino all'inverosimile, la gente si era abbarbicata dappertutto, anche suile travi di sostegno della struttura. Erano almeno trent'anni che un pugile ungherese non combatteva per il campionato d'Europa e quello era diventato l'evento sportivo più importante della stagione.

Luciano aveva fatto il miracolo. Chiuso nella sua piccola cella, aveva lavorato per mesi, facendo un migliaia di telefonate, mandando lettere, ricevendo persone, ma alla fine era arrivato il risultato.

Quell'incontro tanto desiderato, si sarebbe fatto e cosa ancora più importante, si sarebbe fatto a Budapest.

Marton lo aveva saputo alla fine di luglio, mentre con la sua Eva, si godeva un periodo di ferie, nella la sua nuova villetta sul Balaton.

La telefonata arrivò mentre stavano facendo una grigliata con gli amici in giardino e fu particolarmente divertente. La voce di uno straniero, che parlava un discreto ungherese, disse senza presentarsi.

"Buongiorno, parlo con il signor Somogy?"

"Sì buongiorno, con chi ho il piacere?" disse Marton, con una punta di curiosità,

"Chi sono io non ha alcuna importanza, volevo solo avvisarla che abbiamo deciso che lei deve riprendere subito il suo vecchio lavoro di esattore"

"Ma cosa dice? Lei scherza? Io non ci penso nemmeno!" protestò il ragazzo.

"Lei sa che a noi non si può dire di no. Ora lei ha famiglia e quindi ci pensi bene" disse lo sconosciuto, con un tono minaccioso.

Márton diventò rosso come un pomodoro, avrebbe voluto avere quell'uomo tra le mani per strangolarlo.

"Mi dica almeno chi è lei!"

"Le ho già detto che chi sono io non conta. Ciò che è invece importante è quello che le ho detto, la chiamerò la prossima settimana per i dettagli, non mi deluda"

Marcon era confuso, c'era un elemento in quella voce che non lo convinceva, un tono, un accento particolare, che gli ricordavano qualcosa.

Improvvisamente capì: "Luciano, maledetto figlio di p......, quando hai imparato l'ungherese?"

Dall'altra parte del telefono partì una risata irrefrenabile, che pareva condivisa anche da altre persone e alla fine il siciliano disse, tornando a parlare in italiano.

"Ti ho messo una bella paura eh?"

"Puoi dirlo forte!" esplose Marton, anche lui ridendo a crepapelle "Mi hai terrorizzato. Ma parli un ottimo ungherese. Come hai fatto?"

"Beh, qui abbiamo tanto tempo, ho conosciuto, tra i miei compagni di avventura, un tipo che ha lavorato per dieci anni per un'azienda ungherese di Import Export, principalmente con l'Italia e che si è fatto mettere dentro per aver rubato cinquanta milioni di Fiorini alla sua azienda. Ha accettato, dietro un piccolo compenso, d'insegnarmi l'ungherese ed eccomi qua"

"Credimi, se non ci fossi bisognerebbe inventarti. E a cosa devo Il piacere della tua chiamata?" Intanto Eva, che aveva capito con chi stesse parlando, faceva larghi gesti di passargli la telefonata.

Lui le passo il telefono "Luciano che piacere sentirti. Come stai?"

"Beh non mi posso lamentare, tutto sommato potrebbe andare peggio"

"Tu che sai sempre tutto, sei al corrente della novità?" chiese lei.

"No, in questo caso mi prendi in contropiede. Novità buone mi auguro?"

"Buonissime Luciano. Ho un piccolo pugile nella pancia"

"Che meraviglia! Complimenti Eva, sono davvero felicissimo per voi, mi puoi credere"

"Ti credo Luciano so che ci vuoi molto bene. Ti ripasso Marton, stammi bene"

"Allora Luciano" disse Marton, appena si fu reimpossessato del telefono, "tu non fai mai telefonate di cortesia. Che cosa avevi da dirmi di così importante?"

"Sei ingiusto con me" disse il siciliano, cercando di fare la voce offesa "ma in effetti ti dovevo parlare di qualcosa"

"Volevo ben dire!"

"Ti ho già detto che qui in carcere abbiamo molto tempo e io l'ho utilizzato, oltre che per imparare l'ungherese, per fare anche un po' di telefonate ad amici e conoscenti, anche in Italia"

"Vai avanti" disse Marton incuriosito.

"Beh il fatto è che un mio carissimo amico di Palermo, conosceva un signore di Monaco di Baviera, che conosceva un signore di Copenaghen, che conosceva il manager di Colin Radcliffe, il campione d'Europa dei mediomassimi" disse Luciano tutto d'un fiato.

"E allora?" chiese Marton, che a questo punto non stava più nella pelle.

"E allora, molto semplicemente, il 26 ottobre, se lo vuoi, hai la possibilità mi sfidare Radcliffe, al Palasport di Budapest, per il campionato d'Europa"

Marton cercava di metabolizzare la notizia, ma non riusciva più a deglutire.

"Luciano, tu sei un pazzo. Ma come sei riuscito a fare una cosa di questo genere?"

"Beh, ho pregato, ho supplicato, ho unto ruote e anche qualche parafango, ho insomma fatto tutto il possibile, ma alla fine sono giunto al risultato"

"È incredibile, il 26 ottobre hai detto? Ci sono solo un paio di mesi e mezzo!"

"Sì, mi rendo conto, ma quella era l'unica data disponibile, comunque, se non hai messo su troppi chili, questo non dovrebbe essere un problema"

"No no, mi sono mantenuto in forma e anche allenato di tanto in tanto. La mano è quasi completamente guarita. Certo ci sarà da lavorare molto duramente se voglio uscirne vivo"

Eva lo guardava senza capire, si era resa conto solo che la notizia doveva essere di quelle importanti; lui le fece cenno di attendere la fine della chiamata.

"E dove posso prepararmi?"

"Nella solita palestra, solo che stavolta avrai come allenatore l'ex campione del mondo dei pesi massimi, Brian Jones e degli sparring partners all'altezza. A proposito, se vinci c'è una borsa di cento milioni di Fiorini, se perdi solo, si fa per dire, di cinquanta"

Lui si senti girare la testa, al pensiero di quelle somme; avrebbero veramente potuto cambiare completamente la loro vita.

"Hai già pensato a tutto, come al solito"

"Beh, è un'occasione che capita una volta nella vita e me la voglio giocare al massimo"

"Grazie Luciano. Domani torno immediatamente a Budapest, ci sentiamo domani sera"

Chiuse la comunicazione e guardò Eva che aveva ancora quello sguardo interrogativo.

"Il campionato d'Europa Eva, il campionato d'Europa! Luciano ha organizzato tutto. Il 26 ottobre. Combatto al Palasport di Budapest!"

"Tu sei un incosciente, questa volta ti farai uccidere" urlo lei sconvolta, ma anche tremendamente orgogliosa.

"Non mi uccide nessuno, stai tranquilla. A proposito, se perdo prendo cinquanta milioni di Fiorini, se poi dovessi vincere ne incasso cento"

"Allora buttati a terra alla prima ripresa" disse lei, finalmente con un sorriso.

"Non posso farlo e tu lo sai. Lo devo a Luciano, per tutto quello che ha fatto"

Eva quella volta non riuscì ad obiettare nulla. Capiva che la cosa era troppo importante per entrambi e poi era davvero felice per il tuo uomo che poteva realizzare Il suo sogno di sempre.

La grigliata tra amici prese un'altra piega, diventando una infernale bisboccia, a cui furono invitati tutti coloro che si trovavano a passare da quelle parti; alla fine c'erano più di cento persone a festeggiare l'evento, dovettero correre a comprare provviste per tutti e mangiarono, bevvero e ballarono fino alle tre di mattina. Quella stessa notte prepararono i bagagli e la mattina dopo partirono per Budapest.

Cominciarono due mesi di fatica e sudore per Marton, l'allenatore pretendeva ritmi infernali, ma lui non se ne curava minimamente, concentrato com'era sull'obiettivo.

Le ore di corsa dopo la palestra erano diventate due e lui aveva studiato un percorso, che gli permettesse perlomeno di vedere le bellezze della sua città. Partiva dalla palestra, che si trovava nel Korut e percorreva nei due sensi tutta l'Andrassy utca, la via dove fino all'anno prima andava a riscuotere le tangenti; i commercianti sembravano essersi dimenticati del suo vecchio lavoro e lo attendevano fuori dai locali per applaudirlo ed incoraggiarlo, insieme ai clienti che volevano vedere il loro campione. Quando tornava indietro, passando davanti al meraviglioso Teatro dell'Opera, imboccava il Korut e lo percorreva per intero fino al Margit Hid, entrava nell'isola Margherita e la percorreva tre volte nei due sensi, poi usciva sul ponte Arpad e si dirigeva verso Pest. A questo punto correva sul lungo Danubio, fino ad arrivare al ponte delle Catene, dava uno sguardo incantato al Castello completamente illuminato che si stagliava sopra di lui, attraversava il ponte e ritornava in palestra. In tutto un giro di oltre quindici chilometri, che lui riusciva a fare ogni giorno con meno sforzo. In palestra la musica non cambiava. In particolare quando c'era da salire sul ring per provare i colpi, gli sparring partner si alternavano ogni tre minuti, perché lui tirava delle bordate incredibili e faceva veramente male. L'allenatore, seppur bravissimo, aveva il compito principale di guidarne l'energia e la forza, in modo che fossero spese nel modo giusto; per quanto riguardava la volontà e la grinta, poteva tranquillamente starsene seduto sul divano, Marton era una vera furia scatenata.

I giorni passavano e la data dell'incontro si avvicinava sempre di più. Márton si sentiva quotidianamente al telefono con Luciano a cui raccontava tutto, i suoi allenamenti, i suoi progressi e si lamentava tremendamente per l'obbligo di castità che gli era stato imposto dall'allenatore e che lui rispettava molto malvolentieri. Luciano lo rincuorava dicendogli che, tutto sommato, Eva aveva ormai superato il quinto mese di gravidanza e quindi non era poi un grande sacrificio. Marton non lo stava neanche a sentire: fosse dipeso da lui, avrebbe fatto l'amore con sua moglie anche in sala parto!

L'ultima settimana fu un po' più leggera, molti esercizi di defaticamento e tante lezioni di tattica, di cui Marton aveva molto bisogno dovendo sfidare un uomo tremendamente esperto.

Man mano che si avvicinava la data dell'incontro, lui viveva un senso di inadeguatezza, quella sfida gli sembrava più grande di lui.

Incredibilmente fu proprio Eva a giungere in suo soccorso.

"Hai paura Marton?" gli chiese una sera a casa, mentre lui le massaggiava delicatamente la pancia.

"No, assolutamente no, non si tratta di questo" rispose lui, continuando il massaggio.

"E allora che cosa hai? Ti vedo preoccupato"

"Eva, all'incontro ci sarà tanta gente e faranno quasi tutti il tifo per me; sono preoccupato all'idea di fare una brutta figura, non importa se perdo, ma voglio rendere orgogliosa quella gente"

"Un pensiero rispettabile, ma Il problema non esiste, mio nobile cavaliere; tu vincerai e farai felice quella gente e, soprattutto, renderai felice me"

"Non è proprio così semplice, Eva" disse lui, ancora un po' abbacchiato.

"Non ho detto che sia semplice, ho detto solo che vincerai" rispose lei con aria convinta.

"Sembri la sorella di Luciano, avete sempre ragione voi" disse lui con un sorriso.

Finalmente il giorno tanto atteso era arrivato, Marton era chiuso nel suo spogliatoio e alternava momenti di riscaldamento ad altri di preghiera.

Aveva incontrato il suo avversario in conferenza stampa e gli era sembrato una montagna; più alto di lui, grosso, una massa di muscoli e una faccia feroce che non lasciavano presagire nulla di buono. Era rosso come solo uno scozzese può essere. Lui aveva cercato di buttarla sullo scherzo, ma era veramente preoccupato.

Quando suonò la campanella che annunciava i dieci minuti all'inizio dell'incontro, intensificò il riscaldamento e cercò di scacciare tutti i brutti pensieri; gli venne in mente Eva, voleva vincere anche e soprattutto per lei.

Entrò per primo nell'impianto il pugile scozzese e fu un uragano di fischi e sberleffi; in realtà, il pubblico aveva una paura matta di quel bestione e si comportava così proprio per questo motivo.

A quel punto toccò a Marton, avvolto nel suo ormai inseparabile accappatoio rosso e venne giù il palazzetto; il rumore fu così assordante, che molti spettatori dovettero portarsi le mani alle orecchie e il clima era proprio quello di una grande festa sportiva. Eva sedeva in primissima fila, con l'ormai inseparabile Teresa ed un gruppo di amici.

Rimase sbalordita quando dieci minuti prima dell'inizio dell'incontro, vide arrivare, ammanettato e in mezzo a tre poliziotti, Hector Molnar che era riuscito ad ottenere, corrompendo tutti, giudice, direttore e guardie carcerarie, il permesso di vedere quello storico incontro. Hector salutò Eva con grande deferenza.

"Buonasera signora Somogy, sono felice di vederla, come stà il nostro campione?" disse l'uomo sorridendo, nonostante le manette ai polsi.

"Molto bene, signor Molnar, è in gran forma"

"Mi fa piacere. Le auguro una piacevole serata" concluse Hector e se ne andò a sedersi al suo posto, seguito dalla sua scorta

Ma le sorprese non erano finite: dal sottopassaggio dell'ingresso, uscirono fuori gli inconfondibili baffetti di Luciano, accompagnato dall'ormai inseparebile commissario Horbat.

Luciano, in considerazione della sua condanna mite, aveva cominciato a godere di un giorno la settimana di semilibertà e logicamente aveva utilizzato quel giorno per venire a godersi l'incontro. Era libero, non aveva manette e Il commissario era li in qualità di semplice spettatore.

Luciano abbracciò lungamente Eva e sua moglie, poi le toccò scaramanticamente la pancia.

"Come sta il nostro campioncino?"

"Benissimo Luciano grazie, ha già cominciato a tirarmi qualche pugno nella pancia" rispose Eva con la consueta prontezza.

Appena Marton vide Luciano, lo invitò con ampi gesti a venire al suo angolo e l'abbracciò; Brian Jones fece una faccia stupita, poi capi la grande amicizia che legava quei due, approvò con un gesto del capo e invitò il siciliano a sedersi vicino a lui.

L'arbitro chiamò i due contendenti al centro del ring, per le solite raccomandazioni, i due non lo ascoltavano, si fissavano negli occhi e nessuno dei due volle abbassare lo sguardo. Si toccarono i guantoni e tornarono al loro angolo, Marton disse ancora una preghiera, poi si voltò a guardare Eva, con un amore infinito.

Tornò al centro del ring e l'incontro ebbe inizio......

Fine

Ringraziamenti

Dedico questo libro a Kristina Markò, mia amica dolcissima e donna di straordinarie doti umane e professionali, che sicuramente mi guarda e mi legge da qualche angolo del cielo.

Ho ambientato questo libro a Budapest in suo ricordo perenne, per tutto quello che ha saputo darmi in venti anni passati insieme. È stata come una seconda madre per me e questo non lo potrò mai dimenticare.

Ringrazio anche l'amatissima terra d'Ungheria, che mi è stata amica per tanto tempo, è una terra meravigliosa, le sue campagne sono indimenticabili, i piccoli paesi pieni di poesia e gentilezza.

Poi c'è Budapest una città che amerò per sempre, anche se mi ha fatto soffrire tanto. Non ci sono parole per descrivere le sue bellezze, solo visitandola potrete rendervi conto di quale città straordinaria sia.

Ringrazio il mio amico Pietro, che non ha partecipato in nessun modo alla stesura di questo libro, ma mi ha chiamato tutti i giorni, anche due volte al giorno e mi ha dato il coraggio di continuare a raccontare questa storia.

Infine ringrazio Eva e Marton, eroi dei nostri tempi, due ragazzi qualunque, ma legati da un amore cosi grande da renderli immortali.

A Rossella compagna e
amica indimenticabile.
Non mi perdonerò mai
di averti perduta

SAN MATTIA E IL CASTELLO

1

Marton Somogy era molto soddisfatto quella sera; aveva girato tre locali diversi, tra cui un night club, aveva bevuto e cantato in compagnia di altri avventori occasionali e di qualche bella e irraggiungibile ragazza, poi era uscito all'aria aperta, nella gelida serata di gennaio, per smaltire i fumi dell'alcol e delle sigarette.

Marton era un bel ragazzo di ventitré anni, originario di Debrecen; era biondo, aveva gli occhi azzurri e un sorriso accattivante. Era alto più di un metro e ottanta e aveva un fisico scolpito dalle tante ore passate in palestra ad allenarsi; si era trasferito a Budapest a soli sedici anni, al seguito di Istvan Nemeth, un piccolo boss della mafia locale, che aveva voluto fare il salto di qualità, trasferendo la sua centrale operativa nella capitale e diventandone, in quattro anni, il dominatore incontrastato.

Gli piacevano tanto quei drink bar, gli permettevano di fumare liberamente e di bere quanto voleva senza pagare nulla. Poi c'erano le ragazze: bellissime, ma un po' care e lui quella sera non era proprio in grana.

Guardò l'orologio e sospirò; le due del mattino, la serata era finita e a lui non piaceva andare a letto da solo. Pensò che si trattava di aspettare solo tre giorni, quando avrebbe cominciato il suo giro e incassato le tangenti che riscuoteva regolarmente nei locali dell'Andrassi utca per conto di Istvan. Era bello lavorare per il boss, aveva tre o quattro giorni di fuoco, nei quali guadagnava abbastanza per vivere bene per un mese, poi poteva riposare e dedicarsi alla boxe, che era la sua vera grande passione. Combatteva da peso medio massimo e aveva avuto buoni risultati, a livello regionale, vincendo quindici incontri su diciotto. Escludendo i tre giorni dedicati alle riscossioni, passava in palestra tre ore al giorno e si allenava con grande passione.

Era un peso medio massimo naturale, di un metro e ottantatre di altezza per settantanove kg di peso, un fisico possente ma agilissimo, con un destro veramente notevole e un gran gioco di gambe. Il suo sogno era quello di diventare professionista, ma era giunto alle soglie dei ventitré anni e si rendeva conto che la cosa diventava ogni giorno più improbabile. Lui continuava comunque a metterci il massimo impegno e aveva in programma per la primavera successiva, una sfida per il campionato assoluto regionale.

S'incamminò sull'Andassy per tornare all'auto, che aveva lasciato in sosta regolarmente vietata nei pressi dell'Oktagon, poi cambiò idea e si diresse verso uno dei tanti ristorantini aperti fino a tarda notte, nella Franz List ter. Mangiò una ottima zuppa di cipolle, una sontuosa anatra arrosto, importunò senza successo un paio di ragazze presenti nella sala e poi finalmente soddisfatto tornò nuovamente all'auto, strappò la solita contravvenzione infilata sotto il tergicristallo e si mise alla guida. Il problema ora era schivare le pattuglie della polizia, che erano in agguato munite di alcol test, anche se poi sapeva che Istvan avrebbe sicuramente sistemato ogni questione.

 Si avviò per tornare a Budaors, un paesino appena fuori Budapest, ormai praticamente inglobato nella città, dove aveva preso in affitto una piccola villetta.

Giunse al semaforo dell'incrocio con il Korut, il viale che circonda il centro di Pest; era rosso e quella volta pensò bene di fermarsi. Notò una bella ragazza che attraversava velocemente sulle strisce pedonali, lui fece finta di investirla ridendo, forse la serata poteva essere recuperata in extremis; scese dall'auto, cercando di sfoderare il suo sorriso migliore e avvicinò la ragazza dicendo:

"Cosa ci fa una bella ragazza come te, sola in strada a quest'ora di notte?"

Lei aumentò l'andatura e non rispose.

"Dai non ti arrabbiare, era solo uno scherzo" insistè lui, correndole dietro.

Lei senti la sua voce schietta e non aggressiva e decise di fermarsi.

"Ti piace investire la gente?" chiese voltandosi.

"Te l'ho detto, era solo uno scherzo"

"Divertente!" disse lei e riprese a camminare.

"Che ci fai tutta sola alle tre di mattina?" chiese lui, guardandola bene per capire se aveva che fare con una prostituta.

Lei si fermò nuovamente e rispose:

"Non sono affari tuoi, mi sembra"

"Dai rilassati un po', non voglio mica mangiarti!"

"Se lo vuoi proprio sapere ero a cena da amici. Ci siamo divertiti ma purtroppo abbiamo fatto molto tardi. A quest'ora i mezzi pubblici passano quando vogliono e adesso sto cercando di tornare a casa" disse, tutto d'un fiato.

"E dove abiti? Se vuoi ti posso accompagnare io"

Lei lo guardò con aria dubbiosa e poi disse:

"No, meglio di no"

"Guarda che io sono un bravo ragazzo" mentì lui spudoratamente.

Lei non avrebbe voluto accettare, ma era tardissimo e doveva camminare per almeno altri quattro chilometri per arrivare a casa, non aveva i soldi per un taxi ed era veramente stanchissima.

"Mi posso fidare?" azzardò.

"Certo, dai salta su" disse lui, cercando di assumere la sua aria più rassicurante.

"Va bene, ti ringrazio, mi fai un grandissimo favore, ma ti avverto, non sono quel tipo di ragazza che va con il primo venuto"

"Non l'ho pensato neanche per un attimo" rispose lui "dai vieni che andiamo"

Lei finalmente si decise a salire in auto.

Partirono, attraversarono il Ponte delle Catene e si diressero verso la periferia ovest della città.

"Come ti chiami?" chiese Marton.

"Eva Farkas e tu?" rispose lei, che cominciava avere qualche perplessità per aver accettato quel passaggio.

"Marton Somogy, sono di Debrecen. Posso chiederti che cosa fai nella vita?"

"Lavoro in un'azienda che commercializza piastrelle, a Torokbalint e tu lavori?"

"Si, faccio il rappresentante di commercio, giro parecchio per tutta l'Ungheria e sono fuori molti giorni la settimana" mentì lui tranquillamente "a tempo perso faccio anche un po' di pugilato"

"Pugilato? Quella cosa dove si danno e soprattutto si prendono pugni?" chiese lei, inorridita.

"Sì proprio quella" rise lui "ma se devo dire la verità, io non ne ho presi mai troppi"

"Finora!!" esclamò lei.

Lui rise e la guardò meglio, era una ragazza molto attraente e simpatica.

Era davvero molto carina Eva; mora, con gli occhi azzurri, piuttosto alta e un bel fisico, ma soprattutto un sorriso aperto e invitante.

Lui si vedeva già nel suo grande letto di Budaors, a fare follie con lei.

"Quanti anni hai Eva?"

"Ventidue, li ho compiuti il mese scorso e tu?" domandò lei, che cominciava a sciogliersi.

"Io quasi ventitré" ed era la prima cosa vera che diceva, oltre al suo nome.

Quando arrivarono davanti a casa di lei, lui aveva ancora più di tre chilometri per arrivare a Budaors. Cercò nel suo vasto glossario le parole giuste per farsi invitare a salire in casa, ma per la prima volta tutto gli sembrava inappropriato. Con un grande sospiro, scese dall'auto, le aprì la portiera, l'aiutò galantemente a scendere a sua volta e molto a malincuore, le disse:

" Beh allora buonanotte, dolcissima Eva"

"Buonanotte a te Marton e grazie per il passaggio. Sei stato davvero gentilissimo, non avrei saputo come fare per arrivare quì"

"Si, gentile e anche un pò stupido" pensò lui, ma non era riuscito ad approfittare di quella ragazzina così fiduciosa e simpatica.

"Vorrei chiederti solo una cosa in cambio, potrei avere il tuo numero di telefono?"

"È il minimo che posso fare, per ricompensarti della tua cortesia"

Si scambiarono i numeri di telefono, ci scappò anche un casto bacetto sulla guancia, poi lui prosegui verso casa; per un conto si sentiva un idiota per non aver approfittato di quella ghiotta occasione, ma nello stesso tempo era stranamente contento di aver rispettato quella splendida ragazza; era una bella sensazione, che non provava da molto tempo, abituato com'era alle prostitute dei bar.

Arrivò a casa e non ci pensò più, mangiò ancora un po' di frutta e guardò stancamente le notizie in tv, poi si butto sul letto e prese a dormire beatamente; poteva alzarsi a mezzogiorno.

Tre giorni dopo cominciò il suo solito giro, per riscuotere il pizzo dai commercianti della Andrassy utca e non ebbe grosse difficoltà, volò soltanto qualche schiaffo ma niente di importante, anche perché nell'organizzazione non era compito suo convincere gli indecisi e alla fine tutti pagarono senza discutere più di tanto.

Quella volta ci volle un giorno in più per finire il giro, Istvan aveva ampliato negli ultimi tempi il proprio raggio di azione, accaparrandosi anche alcuni esercizi commerciali del Korut. Alla fine si ritrovò con più di dodici milioni di fiorini in tasca, di cui il venti per cento era il suo compenso.

Duemilioni e cinquecentomila Fiorini!! Lo stipendio di un anno di un impiegato e naturalmente esentasse! Fosse andata sempre così, nel giro di un anno avrebbe potuto comprarsi quella meravigliosa villetta sul lago Balaton, che lo aveva fatto impazzire. Il giorno dopo sarebbe andato a Sarolpuszta a consegnare l'incasso a Istvan Nemeth e poi avrebbe goduto di quattro settimane di libertà assoluta.

Pregustava già qualche bella cenetta, qualche visita nei night club e soprattutto, qualche bella ragazza disponibile da portarsi a casa.

2

Hector Molnar si godeva la sua bella villa a Budakeszi, alla periferia di Budapest; amava le comodità che si era fatto installare in casa, una vera e propria spa, con tanto di bagno turco, piscina termale, sauna e idromassaggio. C'era anche un'attrezzatissima palestra, che veniva usata principalmente dai suoi uomini. All'esterno c'era un'altra piscina termale, un campo da tennis e un minigolf, oltre a tanti giochi gonfiabili per bambini.

Hector aveva due figli maschi, rispettivamente di nove e sei anni che quando non erano a scuola, giocavano allegramente nel giardino intorno alla villa, guardati a vista da almeno tre gorilla.

Possedeva molte altre proprietà, tra cui due interi edifici in città, un centro commerciale e una tenuta di duemila ettari, con una sfarzosa villa padronale, numerosi casali rurali e una riserva di caccia nella zona di Beckescsaba, nel sud dell'Ungheria.

Le riscossioni mensili dei suoi uomini avrebbero fruttato oltre cinquanta milioni di Fiorini che, dedotti i dieci milioni necessari per pagare gli esattori, portavano nelle sue tasche una cifra netta di oltre quaranta milioni di Fiorini. A questa somma andava aggiunto il denaro riscosso con gli affitti degli appartamenti, la gestione del centro commerciale e la rendita della tenuta di Bekescsaba.

In totale incassava oltre centocinquanta milioni di Fiorini al mese e si sarebbe potuto ritenere soddisfatto, ma nel suo vocabolario la parola "soddisfazione" non esisteva; voleva tutto e lo voleva il prima possibile, era sempre alla ricerca del modo per incrementare i suoi guadagni e aumentare il suo potere.

Quel giorno stava aspettando la visita di due piccoli boss della criminalità organizzata ungherese, uno proveniente da Debrecen, un fiorente centro nell'est dell'Ungheria, sua città natale, e l'altro da Gyor, ai confini con l'Austria; cercava di tessere in ogni modo la sua rete di amicizie e alleanze, con l'obiettivo di dare l'assalto alla posizione di capo supremo della malavita di Budapest.

Quando gli ospiti arrivarono, nel primo pomeriggio, li accolse con grande cortesia e dopo i convenevoli di rito, li consegnò nelle mani esperte di due giovani ragazze, che avevano il compito di massaggiarli e soddisfare ogni loro necessità, per renderli pronti a un bagno ristoratore nella piscina termale; lui li avrebbe attesi là.

Arrivarono in piscina visibilmente soddisfatti, si infilarono nell'idromassaggio e si misero a conversare con il padrone di casa.

"Caro Hector, venire nella tua casa è sempre motivo di grande piacere e soddisfazione" disse Tobias Kunesov, un cinquantenne di origini ceche, un tipetto esplosivo, trapiantato ormai da anni a Debrecen.

"Sì, è vero la tua accoglienza è sempre eccezionale e generosa, quelle ragazze sono davvero espertissime" aggiunse Bela Csaba, il rappresentante della malavita di Gyor, rammentando le due giovani che li avevano accolti. Csaba aveva superato la sessantina, era alto e dinoccolato, un pò curvo, gli occhi chiari e una grande criniera di capelli bianchi e lunghissimi.

"Amici voi mi confondete, sono molto felice che abbiate gradito la mia accoglienza, ma questo è il minimo che io potessi fare per persone del vostro rango" mentì spudoratamente Hector, che non aveva alcuna considerazione per quelle due mezze tacche.

Affrontarono prima di tutto la problematica della riscossione delle tangenti, ma era solo un diversivo per arrivare al problema principale. Dopo mezz'ora di dibattito molto tranquillo, Hector disse:

"Il problema più grosso che abbiamo qui a Budapest, è che manca un vero coordinatore delle nostre attività; Istvan Nemeth è ormai troppo vecchio e troppo radicato nei suoi metodi. Sarebbe necessario un rinnovamento totale del sistema di lavoro, ma per fare questo occorrerebbe un nuovo capo"

Dopo aver pronunciato queste parole, guardò i suoi interlocutori, cercando di capire come la pensavano realmente. Kunesov appariva particolarmente interessato, forse perché data la sua forte amicizia con Hector, prevedeva di poter avere grossi vantaggi da una sua eventuale presa del potere.

Bela Casba appariva decisamente molto più scettico, ritenendo che le cose tutto sommato andassero più che bene e che Istvan Nemeth potesse mantenere la sua leadership ancora per molti anni. Non si accorse nemmeno dello strano modo in cui lo guardava Hector.

Parlarono ancora per un'ora, ciascuno esponendo le proprie opinioni e teorie, che sostanzialmente non cambiarono di molto; in particolare Bele Csaba ribadì più volte la sua fedeltà a Nemeth. Alla fine i due invitati andarono a rivestirsi, Hector li invitò a una cena che fu particolarmente ricca e abbondante, poi la riunione si sciolse e con grandi saluti e promesse di ricambiare al più presto la visita, i due ripartirono per le rispettive città, seguiti dalle loro scorte.

Hector si fermò a parlare con il suo principale collaboratore, Igor Malikov, un tipo crudele e determinato, che ascoltò il capo senza dire niente. Quando Hector ebbe finito, Igor fece un cenno d'intesa e se ne andò con la sua auto, insieme ad altri due uomini.

Alle 23 e 15, sull'autostrada M1 in direzione Gyor, all'altezza della città di Tatabanya, l'auto su cui viaggiava Bela Csaba saltò in aria insieme alla prima auto della scorta, per una bomba ad altissimo potenziale posta sul lato destro della carreggiata.

Per gli occupanti delle prime due auto non ci fu possibilità di scampo, morirono sul colpo dilaniati dall'esplosione. Si salvarono, non si sa come, solo gli occupanti della seconda auto di scorta che, terrorizzati, non si fermarono nemmeno a verificare l'evidente esito dell'esplosione e corsero immediatamente a Gyor per dare l'allarme.

La guerra era cominciata.

Nelle settimane successive, Budapest diventò teatro di una battaglia senza esclusione di colpi; da una parte la fazione che faceva capo a Istvan Nemeth, spalleggiato dal gruppo di Gyor che voleva vendicare l'uccisione di Bela Csaba e da altre bande giunti da Pecs e Eger, dall'altra la banda di Hector Molnar, che si avvaleva della collaborazione di quasi tutte le altre cellule mafiose della città e del nutrito gruppo di uomini facenti capo a Kunesov.

I due capi tennero fuori dalla mischia solo gli esattori, che per loro erano estremamente importanti e non volevano che fossero coinvolti in qualche sparatoria o altre situazioni pericolose.

La cosa non dispiacque per niente a Marton che, pur rimettendoci qualcosa in termini economici, non era esattamente il tipo del guerriero e soprattutto non aveva mai dovuto e voluto sparare a nessuno. Questo però non gli impediva di poter essere un bersaglio, per coloro che volevano mettere fine all'impero di Istvan. Per questo motivo si era chiuso in casa e metteva il naso fuori solo per situazioni di estrema necessità o per qualche rara cenetta con il suo migliore amico, Szoltan Hattyasy; il fatto di vivere in periferia e di aver sempre tenuto un basso profilo, lo favoriva molto, perché poteva starsene fuori da quella guerra, senza dover rischiare più di tanto.

La città sembrava diventata un grande campo di battaglia, non passava sera che non ci fosse qualche morto ammazzato e la situazione sembrava destinata a peggiorare ulteriormente con il quotidiano arrivo in città di forze fresche, che andavano ad ingrossare le fila dei due schieramenti. Hector dirigeva le operazioni dal suo bunker di Budakeszi, con l'obiettivo dichiarato di arrivare a colpire Istvan Nemeth; morto lui avrebbe potuto sedersi da vincitore, a un tavolo con gli altri capi mafiosi e avrebbe finalmente avuto in mano l'intera città.

Una sera un, gruppo di uomini di Nemeth sorprese Igor Malikov fermo al semaforo, sulla rotatoria dell'Oktagon e gli piantò trenta pallottole in corpo, uccidendolo all'istante. La vendetta di Hector fu tremenda; sguinzagliò i suoi in ogni posto dove potessero trovarsi gli uomini di Nemeth, bar, night club, ristoranti e perfino le abitazioni private delle loro donne, alcune delle quali pagarono con la vita o con gravissime ferite e mutilazioni, il solo fatto di essersi innamorate, molto spesso del tutto inconsapevolmente, dell'uomo sbagliato.

I morti in città superavano le cinquanta unità, ma la Polizia si guardava bene dall'intervenire; finché si ammazzavano tra di loro tanto di guadagnato.

Hector era deciso a porre fine a quella strage, che gli aveva già portato via molti uomini validi e anche qualche amico, ma perché ciò avvenisse bisognava trovare il modo di arrivare a Istvan Nemeth e chiudergli la bocca una volta per tutte.

Era consapevole che, con quella specie di guerra aperta, non sarebbe mai riuscito a risolvere il problema, anche perché i sistemi di sicurezza di tutte le residenze dei boss erano stati potenziati al massimo livello e bisognava agire d'astuzia. D'altra parte il centro operativo di Nemeth era inattaccabile frontalmente, persino per un esercito organizzato. L'unico metodo che avrebbe potuto funzionare, era quello di riuscire a trovare un uomo davvero in gamba, capace di infiltrarsi nella banda di Nemeth, di acquisire la sua fiducia e quella dei suoi uomini e arrivare a lui.

Cercò di passare in rassegna uno per uno gli uomini che aveva a disposizione, ma nessuno sembrava essere adatto per quell'esigenza, anche perchè i migliori erano ben conosciuti dalla banda rivale e si rese conto che avrebbe dovuto assumere un professionista esterno. Cercò anche di contattare alcuni specialisti di cui si era servito in passato, ma non ebbe fortuna. Erano pochi i killer che avrebbero osato mettersi contro Nemeth e comunque c'era sempre il rischio che, se i suoi avversari gli avessero offerto somme superiori, avrebbero potuto fare il doppio gioco. Quando sembrava aver finito le opzioni, gli venne in mente un uomo molto particolare, che aveva conosciuto qualche anno prima, durante un suo viaggio di piacere in Italia, un piccolo ma intelligentissimo mafioso siciliano, che viveva a Ragusa, un tale Luciano Lo Giudice, che era un tipo deciso e senza molti scrupoli. Decise che avrebbe cercato subito di contattarlo.

Passarono diversi giorni prima che potesse avere un recapito certo, cercò qualcuno degli amici fidati che avevano fatto quel viaggio insieme a lui e alla fine riuscì ad avere un numero di telefono. Chiamò il numero che si era procurato e gli rispose una donna che dalla voce sembrava abbastanza anziana e che parlava in un siciliano strettissimo. Hector, che conosceva abbastanza bene l'italiano, non riuscì a capire una sola parola e parlando molto lentamente, cercò di spiegare che cercava Luciano Lo Giudice, ma non riuscì a farsi intendere. Tentò come ultima risorsa, di lasciare il suo numero di telefono, poi alla fine dovette rinunciare, perchè si rese conto che continuare quella sterile conversazione sarebbe stato assolutamente inutile.

Provò a battere altre strade, cercò altre soluzioni, ma non ebbe successo; nessuno voleva mettersi contro la gang di Istvan Nemeth.

Quando sembrava non avere più alcuna risorsa, la fortuna decise di ricordarsi di lui e ricevette una inattesa telefonata dalla Sicilia.

"Buongiorno, sono Luciano Lo Giudice, parlo con Hector Molnar?" disse una voce cantilenante, con un inconfondibile accento siciliano.

"Luciano, che piacere sentirti. Come hai fatto a trovare il mio numero di telefono?" rispose Hector sorpreso e soprattutto felice.

"Mia madre mi ha detto che avevi chiamato e mi ha dato anche il numero"

Hector rimase esterrefatto; la vecchia madre aveva capito tutto e aveva riferito a Luciano la sua chiamata.

"Luciano carissimo, prima di tutto come stai?" con i siciliani era necessario fare un po' di cerimonie.

"Bene stò, perché mi chiamasti?" rispose invece Luciano, venendo subito al punto.

"Beh Luciano. ho un problema molto particolare, che purtroppo non ti posso spiegare al telefono. Mi rendo conto di chiederti molto, ma avrei bisogno che tu venissi a Budapest e qui potremmo parlare liberamente. Naturalmente tutte le spese sarebbero a carico mio e qualora tu non potessi aiutarmi, avresti comunque fatto una bella vacanza, completamente gratuita."

Ovviamente il dialogo non avveniva esattamente in questo modo, vuoi perché Luciano parlava un siciliano abbastanza stretto, vuoi perché Hector non era proprio espertissimo della lingua italiana e faceva un enorme fatica a comprendere le parole del siciliano. Comunque riuscirono a spiegarsi e Luciano concluse con un tono possibilista, dicendo però che ci avrebbe dovuto pensare un po' e lo avrebbe richiamato di lì a due giorni.

La sera del giorno dopo Luciano richiamò, dicendo che avrebbe accettato l'invito a condizione di poter portare con se sua moglie Teresa. Volle precisare che era da un po' di tempo fuori dal giro e quindi temeva di non poter essere molto utile. Chiedeva anche informazioni su come fare per il viaggio e Hector rispose che gli avrebbe inviato subito due biglietti aerei Palermo/Budapest, via Roma. Fu così che tre giorni dopo Luciano Lo Giudice sbarcava all'aeroporto Feriegy di Budapest, vestito da perfetto mafioso siciliano, con tanto di coppola in testa. Ad attenderlo c'era la lussuosa Bentley di Hector e due auto di scorta. Lui e la moglie si godettero il breve viaggio fino a casa di Hector. Per arrivarci dovevano attraversare praticamente tutta la città, superare il Danubio passando sopra l'Erzsebet Hid e proseguire fino alla parte opposta di Budapest, fino a Budakeszi dove sorgeva la villa di Hector. Ci volle circa un'ora per arrivare, ma loro non ci fecero nemmeno caso, affascinati com'erano dalla bellezza di quella città fantastica.

Finalmente arrivarono a casa del boss, che li ha accolse con grande entusiasmo e presentò loro sua moglie Andrea, una bellissima quarantenne molto alta, coi capelli del colore del grano, che subito volle prendersi cura della signora Teresa, anche se la loro conversazione doveva esprimersi principalmente a gesti.

Luciano rimase molto impressionato dalla casa del capo mafioso; non aveva mai visto un'abitazione cosi bella, grandissima e piena di ogni confort. Il siciliano era un uomo vicino alla quarantina, con i capelli corvini che arrivavano quasi alle sopracciglia; non era molto alto, ma decisamente robusto e da buon meridionale, aveva dei profondi occhi neri, dei baffetti cortissimi e un paio di orecchie leggermente a sventola che sovrastavano un collo molto corto e nerboruto. Per l'occasione si era vestito con il suo abito migliore e la cravatta a fiori sembrava dovesse strangolarlo da un momento all'altro.

Gli uomini si appartarono nello studio di Hector, che offri all'ospite una pregiatissima slivapalinka di prugne, una grappa a sessantacinque gradi, che Luciano ingurgitò senza scomporsi minimamente.

"Hai fatto un buon viaggio, Luciano?" chiese Hector, sedendosi sulla sua costosissima poltrona ed invitando l'ospite ad accomodarsi di fronte a lui.

"Ottimo grazie. È stato tutto perfetto. Sei stato molto gentile ad offrirci la prima classe in aereo. E poi non immaginavo che questa città potesse essere così bella"

"Beh, gli ospiti importanti vanno trattati come si deve e si, Budapest stà diventando davvero una delle più splendide città del mondo" disse Hector, con un certo compiacimento.

"Allora dimmi un po', come potrei esserti utile? Mi hai incuriosito con la tua telefonata" chiese Luciano, sedendosi di fronte alla scrivania e ponendo fine ai convenevoli.

"Ti dirò tutto. Forse saprai già che a Budapest è in atto una guerra sanguinosa tra bande rivali" esordì Hector, senza soffermarsi sul particolare che era lui il capo di una di queste bande, anche perché Luciano l'aveva già tranquillamente capito.

"Sì ho sentito dire qualcosa, ne hanno parlato anche televisioni e giornali italiani"

"Il problema è che questa guerra è destinata a non finire mai, nonostante i tanti morti ammazzati, anzi il numero dei contendenti aumenta ogni giorno"

"E io cosa posso fare in una situazione di questo genere?" chiese Luciano, che non riusciva a capire.

"Parliamoci chiaro Luciano, tu sei considerato un vero artista nell'arte dell'inganno"

" Mi stai adulando Hector"

"No sto semplicemente dicendo le cose come stanno. Abbiamo contro un nemico veramente speciale, Istvan Nemeth e dobbiamo assolutamente riuscire a neutralizzarlo per porre fine a questa carneficina. Il problema più grosso, che in questo momento sembra insormontabile, è che questo personaggio vive in una specie di castello, a Sarlospuszta, quaranta chilometri a sud della capitale, guardato a vista da decine se non centinaia di guardie armate fino ai denti"

"E come credi che io potrei arrivare a lui?" chiese Luciano, visibilmente interessato.

"Beh, l'unico modo che io ritengo possibile, sarebbe quello di riuscire a infiltrarsi nella sua organizzazione" rrispose Hector, senza tanti fronzoli.

"E assassinarlo?" domandò Luciano, che già ovviamente conosceva la risposta.

"Sono già morti quasi un centinaio di uomini, questo è l'unico modo per far finire questa odiosa guerra" rispose con franchezza Hector.

"Non vorrei sembrarti particolarmente venale, ma quale sarebbe il mio compenso?"

Hector girò la testa da un'altra parte, fingendo di guardare uno dei tanti quadri appeso alla parete , poi con aria noncurante disse:

"Io avevo pensato che forse centomila euro potessero essere la cifra giusta per questo lavoro"

"Il compito mi sembra molto particolare e soprattutto rischioso, potrebbero volerci anche dei mesi per ottenere qualche risultato, ammesso che sia possibile" obiettò il siciliano.

"Va bene, ho capito, non voglio discutere di soldi con te; facciamo duecentomila euro e non parliamone più" concluse Hector.

"Più altri cinquantamila, se ci riesco in meno di tre mesi" precisò Luciano.

"Mi sta bene, aggiudicato" concluse Hector "Allora siamo d'accordo su tutto?"

"Naturalmente capirai che avrò bisogno di molta collaborazione"

"Per questo non preoccuparti, io e tutti i miei uomini saremo a tua completa disposizione per qualunque cosa di cui tu abbia bisogno " rispose il boss.

"Molto bene, ora se non ti dispiace, mi servirà un giorno per recuperare dalle fatiche del viaggio e da dopodomani comincerò a studiare la situazione, ma ascoltami con attenzione, non posso garantirti niente, la città mi è completamente sconosciuta così come la lingua e non è facile operare in queste condizioni"

"Benissimo Luciano, ne ho la consapevolezza, ma non posso che essere veramente contento di poter contare sulla tua collaborazione"

"Spero di poterti dare risultato che ti aspetti" disse il siciliano.

"Quantomeno sono certo di aver fatto la scelta giusta, so che sei il migliore di tutti in questo campo. Adesso però basta parlare di lavoro, andiamo a farci un bagno turco e una bella nuotata. Naturalmente potrai alloggiare qui, avrai un bell'appartamento solo per te e tua moglie e due ragazze per la servitù"

"No Hector, non voglio contraddirti, ma è meglio che io alloggi fuori di qui, magari in un albergo del centro, per evitare di far saltare la mia copertura"

"Sapevo di aver deciso nel migliore dei modi!" esclamò Hector entusiasta "questa scelta dimostra la tua genialità e la tua attenzione ai dettagli"

"In questo mestiere, se si vuole sopravvivere, bisogna fare attenzione ad ogni particolare"

"Perfetto ti prenderò una stanza al Kempisky, uno degli hotel più belli e centrali della città" concluse Hector, che era molto soddisfatto per l'esito della chiacchierata.

"Si è la scelta migliore, un bell'albergo che dia anche l'impressione di una certa disponibilità economica è quello che ci vuole"

Lasciarono lo studio di Hector e si diressero verso la piscina.

3

Due giorni dopo Luciano cominciò a lavorare al suo progetto; era un disegno molto ambizioso e complicato, soprattutto perché non conosceva nessuno a Budapest e molto pericoloso perché infiltrarsi nell'organizzazione di Istvan Nemeth sarebbe stato veramente difficile e lui non sapeva bene da che parte cominciare. La città gli era completamente sconosciuta e se da un lato questo poteva essere un vantaggio perché nessuno lo aveva mai visto in giro, dall'altro gli creava non poche difficoltà, perché aveva la necessità di entrare negli ambienti di Budapest e questo sarebbe stato assai problematico, anche per la difficoltà non secondaria, di non conoscere una sola parola di ungherese.

Aveva preso alloggio al Kempinski, un albergo del centro città, per evitare che qualcuno potesse collegarlo a Hector e aveva cominciato a girare per i locali del centro, bar, ristoranti, night club e ogni altro luogo dove poter trovare un aggancio, sempre seguito come un'ombra dalla signora Teresa, che era diventata la sua migliore copertura; sembravano proprio due turisti italiani un pò smarriti in quella immensa città. Anche su suggerimento degli uomini di Hector, individuò quattro locali, una discoteca, due ristoranti e un pub notturno, dove sembrava esserci un movimento un pò particolare e nelle settimane successive cercò, senza dare troppo nell'occhio, di diventarne un frequentatore abituale.

Intanto in città, la guerra continuava sempre più cruenta e la polizia era stata costretta suo malgrado ad intervenire, quando in un ristorante del centro, si era verificato un episodio terribile. Nel tentativo di far fuori due uomini di Hector, che peraltro riuscirono a scamparla, gli scagnozzi di Istvan Nemeth lasciarono sul terreno un'intera famiglia di tre persone, il padre, la madre e un bambino di 6 anni.

A questo punto il governo ungherese si risolse ad impiegare addirittura l'esercito, per presidiare le zone più a rischio della città.

Questo rese il lavoro di Luciano molto più difficile, perché gli uomini del capo mafioso uscivano molto più raramente dal loro bunker e frequentavano i locali in modo del tutto occasionale.

Lui non si perse comunque d'animo e continuò a uscire frequentemente con sua moglie, visitando, in particolare, i due locali che aveva ormai messo nel mirino.

Una sera, mentre cenava al Ciranò's etterem, un noto ristorante del centro, notò due giovani uomini, che discutevano con una certa animosità e ne fu particolarmente incuriosito. I due erano seduti in un angolino appartato del ristorante e sembravano molto impegnati nei loro ragionamenti. Luciano cercò un modo per avvicinarli, ma non trovò nessun sistema che potesse permetterglielo senza insospettirli e dovette per il momento rinunciare al suo proposito. Tre giorni dopo tornò nel locale, ma i due uomini non si fecero vivi.

Tentò ancora la settimana successiva e finalmente una sera trovò i due uomini seduti allo stesso tavolo. Approfittando della sua innata teatralità siciliana, aveva stretto buoni rapporti con il proprietario del locale, che si dimostrava molto soddisfatto di quell'ottimo cliente, così affezionato e soprattutto spendaccione.

Al momento di pagare il conto, si mostrò incuriosito dai due soggetti seduti al tavolino e cercò a gesti di informarsi con il proprietario, ma lui finse di non capire o veramente non capì, dandogli comunque la conferma che aveva imboccato la strada giusta.

L'occasione migliore capitò qualche giorno dopo quando, trovando ancora i due soggetti a cena nello stesso locale, attese il momento in cui si apprestavano a pagare il conto e prese l'iniziativa. Si alzò con noncuranza dal tavolo per pagare e quando giunse di fronte alla cassa, urtò volontariamente con il piede uno dei due uomini.

"Le chiedo umilmente scusa, sono proprio uno sbadato" disse in siciliano.

"Non si preoccupi. Sono cose che capitano" rispose l'uomo in un italiano quasi perfetto.

Luciano restò per un momento con la bocca aperta, quell'uomo parlava l'italiano meglio di lui.

"Ma lei parla benissimo la mia lingua!" disse, veramente stupito.

"Sì, ho lavorato sei mesi in un'azienda Italo/ungherese, che si occupava di Import/Export di materiali da falegnameria. C'erano anche molti dipendenti italiani e quindi ho imparato da loro"

"Complimenti. Le dispiace se parliamo un po'? Qui a Budapest non trovo nessuno che conosca la mia lingua" disse Luciano, con un grande sospiro.

"Con grande piacere. Lei è italiano?"

"Siciliano, per la precisione" disse Luciano ridacchiando, "Questa è mia moglie Teresa"

"Molto piacere signora Teresa. Siete a Budapest in vacanza?"

"Veramente no. Ci siamo trasferiti qui dall'Italia oltre un mese e mezzo fa" disse Luciano assumendo un tono leggermente misterioso.

"Sono molto contento di conoscerla e poter parlare nuovamente l'italiano" rispose Marton, cercando di capire con chi aveva a che fare.

"Fa molto piacere anche a me trovare finalmente qualcuno che parla la mia lingua, sono a Budapest ormai da oltre un mese e mi esprimo principalmente a gesti" disse il siciliano, commiserandosi.

"Beh, l'ungherese non è proprio una lingua facilissima da imparare" rise il ragazzo e poi tradusse il senso del discorso all'amico. "Mi chiamo Marton Somogy e questo è il mio fraterno amico Szoltan Hattyasy"

"Molto piacere, Io mi chiamo Luciano Lo Giudice e vengo dalla provincia di Ragusa. Posso offrirvi il caffè?"

"Non ci pensi nemmeno e questo vale anche per il conto, quì è ospite nostro. La Sicilia è un po' lontana e la prego di non protestare. E cosa fa qui a Budapest, se non sono indiscreto?" chiese Marton incuriosito.

Luciano era indeciso su come rispondere, poi alla fine si risolse ad affondare il colpo.

"Innanzitutto voglio ringraziarla per la sua cortesia; diciamo che ho dovuto prendermi un lungo periodo di vacanza, lontano dalla Sicilia"

Osservò la reazione dei due uomini e capi di aver colto nel segno.

"Interessante" disse Marton, che aveva capito di avere che fare con un tipo un po' particolare "dovremmo vederci più spesso"

"Sarebbe un piacere anche per me, qui a Budapest non frequento ancora nessuno, anche perchè c'è il grande problema della lingua"

"La capisco. Dove alloggia ora?" chiese il ragazzo.

"All'hotel Kempinski" rispose Luciano, lasciando intendere una notevole disponibilità economica, visto che quell'albergo era uno dei più cari della città.

" Allora se non le dispiace troppo, la chiamerò lì"
disse Marton.

"Sono molto contento, se vuole le posso lasciarle
anche il mio numero di cellulare"

Si scambiarono i numeri di telefono, presero il
caffè e poi si salutarono con grande cordialità.
Luciano uscì dal locale, convinto di aver fatto un
decisivo passo in avanti.

Quella sera, con mille precauzioni, riuscì ad
incontrare Hector e gli riferì l'accaduto.

"Sapevo di poter fare affidamento su di te" disse il
boss visibilmente soddisfatto.

"Non ho fatto ancora niente e non so chi siano
quei due uomini, potrebbero essere venditori di
aspirapolvere per quanto ne so. Io gli ho solo
offerto un caffè" disse Luciano ridendo "il resto lo
hanno fatto loro"

"Sento che questa potrebbe essere la strada
giusta" ribadì Hector.

"Sì, sembra anche a me che sia una buona pista.
Adesso vedremo cosa accadrà nei prossimi giorni,
perché è meglio aspettare che mi chiamino loro"

"Mi raccomando Luciano, non mollare ora" lo
esortò Hector.

"No non si preoccupi, non sono proprio il tipo" lo rassicurò Luciano.

"Come pensi di procedere?" chiese il boss.

"Intanto bisogna capire se sono realmente uomini di Nemeth. Aspetterò una loro chiamata, sono certo che si faranno sentire, magari per un invito a cena"

"Ottimo Luciano, hai la mia completa approvazione, se hai bisogno di noi, ricordati che basta una telefonata"

"La ringrazio, ma per il momento non mi serve nulla. Ci sentiamo tra qualche giorno e speriamo di avere qualche buona notizia"

"Ci conto anch'io" disse Hector "arrivederci Luciano. Mi raccomando fai molta attenzione"

"Stia tranquillo, credo di sapere come muovermi in queste situazioni"

Si congedarono molto rapidamente, perchè se qualcuno li avesse visti insieme, la copertura del siciliano sarebbe saltata ed in questo momento era l'ultima cosa che volevano.

Sarlospuzta

4

Marton non aveva nulla da fare, viveva confinato in casa per il timore di essere fatto oggetto di qualche attentato. Qualche rara uscita a cena nel suo ristorante preferito, il Ciranò's, insieme a Szoltan e poi la clausura.

Si allenava anche tre ore al giorno ed era in forma splendida, ma questo non sarebbe servito a nulla perché, perdurando quella guerra tra bande, non avrebbe avuto nessuna possibilità di combattere.

Mentre rimetteva nell'armadio la sua giacca, ritrovò nella tasca il biglietto con il numero di telefono di Eva e pensò di chiamarla.

"Ciao Eva, sono Marton" esordì.

"Marton? Scusa non ricordo" rispose la ragazza, che lo ricordava benissimo.

"Come non ti ricordi? Il tuo tassista preferito" scherzò lui, facendo l'offeso.

"Tassista? Ma io.. veramente… oh si scusami Marton, come stai?" chiese Eva.

"Bene, ma ti disturbo?"

"No, sono uscita ora dal lavoro, dimmi"

"Niente di particolare, volevo solo risentirti" rispose il ragazzo.

"Hai fatto benissimo, allora come vanno le tue uscite notturne?"

"Sono uscito tre volte in un mese, una cenetta con un amico e poi subito a casa"

"Devo crederci? E come mai questa clausura?" chiese lei, dubbiosa.

"Nessun motivo particolare" mentì lui "volevo stare un po' a casa. Mi sono allenato molto"

"A prendere pugni?" scherzò lei.

"Beh veramente preferirei darne, comunque ci si allena anche per saper incassare"

"Tu sei tutto matto! Come si fa a fare uno sport del genere?" chiese lei, stupita.

"A me piace molto, ma posso capire che a un profano possa sembrare strano"

"Infatti è proprio così. Senti una cosa, ti va che ci vediamo?" disse lei improvvisamente.

"Non osavo chiffertelo. Certo che mi farebbe piacere, potremmo andare una sera a cena, pago io"

"Certo che paghi tu, ci mancherebbe" disse lei ridendo "tutto sommato ti costa anche poco, considerando la sventola che ti porti fuori"

"Simpatica" pensò lui.

"Va bene" disse poi "facciamo venerdì? Siccome pago io, scelgo anche il posto, d'accordo?"

"Si d'accordo, ti aspetto qui a casa mia, tanto la strada la conosci"

"Va bene Eva, allora a venerdì "

" Ok, ciao Marton"

"Ciao"

Marton chiuse la comunicazione e si sentiva allegro, di un'allegria nuova, inconsueta. Gli piaceva l'idea di portar fuori quella ragazza e in quel momento stranamente non pensava solo al sesso.

Il venerdì successivo alle 19,30, era puntuale sotto casa sua; dovette attendere una ventina di minuti, poi finalmente lei scese di casa. Indossava un cappotto bianco, che non lasciava intravedere nulla, ma era lo stesso molto carina. Lui scese ad aprirle la portiera e si misero in viaggio.

"Dove mi porti" disse lei, dopo averlo salutato con un inatteso bacio sulla guancia.

"Andiamo in un ottimo ristorante, un po' fuori città, a Sarlospuszta"

"Sarlospuszta? Ma è uno dei più cari d'Ungheria!!"

"Non ti preoccupare, ho degli ottimi amici là, mi fanno degli sconti eccezionali "

"Per me va bene. L'ho sempre sentito nominare, ma con il mio stipendio non ci sono mai potuta andare"

Viaggiarono per quasi un'ora, lei continuava a scherzare sulla sua attività di pugile; non riusciva a capire come quel ragazzo così carino, potesse fare tanti sacrifici e tanto allenamento, per poi salire su ring a farsi massacrare di pugni. Non aveva neppure le sembianze del pugile; il suo naso era bello diritto e il suo viso non sembrava aver sofferto colpi particolarmente violenti.

Arrivarono davanti al grande cancello di legno di Sarlospuszta, Eva fu molto colpita di vedere le due guardie armate che presidiavano l'ingresso. Si rasserenò quando vide l'accoglienza riservata a Marton, che fu salutato e abbracciato come un fratello. Il cancello fu aperto e l'auto percorse il lungo viale che portava all'edificio del ristorante, che sorgeva al centro di un complesso immobiliare imponente, una specie di castello, sicuramente di proprietà un uomo ricchissimo.

Nel piazzale c'erano solo una mezza dozzina di auto costosissime, Marton parcheggiò la sua Alfa Romeo ed entrarono nel locale.

Ad accoglierli c'era un Maître molto cordiale, che li fece accomodare su un tavolo completamente apparecchiato con le preziosissime stoviglie di Herend. Eva era terrorizzata all'idea di romperne qualcuna, perché sapeva che valevano un patrimonio.

La cena fu a dir poco superba, insalata di fegato d'oca con formaggio fuso e basilico, crema di funghi porcini, oca al forno con patate arrosto e per finire una meravigliosa crema catalana fatta in casa, il tutto innaffiato con un profumatissimo Chardonnay del lago Balaton. I camerieri trattavano Marton con grande amicizia e Eva ne fu molto sorpresa.

Al momento di pagare il conto, il colpo di scena finale; il Maître disse loro che tutto era già stato pagato e che potevano considerarsi loro graditissimi ospiti.

A quel punto un signore molto corpulento, vestito elegantemente e con due grandi baffi a manubrio, venne verso di loro e salutò Marton con grande affetto.

"Marton, carissimo amico mio, che piacere averti qui. Non mi presenti la signorina?"

"Buonasera signor Nemeth e grazie per l'ospitalità; lei è Eva Farkas, una mia cara amica"

"Molto lieto signorina e complimenti per la sua eccezionale bellezza, sono Istvan Nemeth, il proprietario di questo modesto casolare"

"Alla faccia del modesto casolare!" pensò Eva, poi guardò meglio l'uomo ed ebbe una sgradevole sensazione; le sembrò di averlo già conosciuto, ma poi si rese conto che era impossibile e sfoderò il suo sorriso migliore.

"Buonasera signor Nemeth, la ringrazio per il complimento e per l'ospitalità"

"Di nulla signorina, Marton è un mio grande amico ed è un grande piacere avervi qui stasera"

Le cerimonie andarono avanti per un po', poi finalmente i due ragazzi riuscirono a congedarsi.

Uscirono a rischiararsi le idee, nella freddissima serata della puszta ungherese, erano pieni fino all'inverosimile, ma Eva provava nuovamente quella sensazione di turbamento che aveva avvertito poco prima. Ancora una volta non gli diede peso e salì allegramente sull'auto di Marton.

"Hai proprio tutte le fortune" gli disse ridendo "questa cena ti sarebbe costata un mese di stipendio"

"Il signor Nemeth è un uomo molto generoso, in particolar modo con gli amici" rispose lui, che era abbastanza abituato a vedersi offrire la cena dal suo capo. Eva non rispose e quando lui, fingendo di cambiare marcia le prese la mano, non la ritirò anzi, la strinse anche lei con una certa forza.

Lui guidò in silenzio fino ad arrivare in città ed andò direttamente a casa sua. Quando arrivarono, salirono rapidamente i tre scalini che davano sull'ingresso della villetta, entrarono e si sedettero sul divano con una birra in mano. Non dissero niente, ma si guardarono negli occhi e il bacio scoccò, quasi spontaneo e particolarmente appassionato. Lui l'accompagnò con molta delicatezza in camera da letto e comincio lentamente a spogliarla; lei lo lasciò fare continuando a baciarlo, poi improvvisamente stralunò gli occhi, si mise a sedere sul letto e disse:

"Perdonami Marton, non è colpa tua, ma non posso. Per favore puoi riaccompagnarmi a casa?"

" Perché, cosa ho fatto?"

"Te l'ho già detto, non è colpa tua, ma preferirei tornare a casa"

Lui capi che non era il caso di insistere, si rivestì e insieme andarono verso la porta della villetta. Lei continuava a scusarsi e a dirgli che non doveva sentirsi responsabile del suo comportamento e Marton, anche se deluso, fu molto comprensivo.

"Non devi preoccuparti di niente Eva, non so cosa ti sia accaduto, se e quando vorrai me ne parlerai. L'importante adesso è che ora tu stia bene e che non ci siano problemi tra di noi"

"Sei tanto carino Marton e davvero adorabile. Spero più avanti, quando anch'io l'avrò capita, di poterti spiegare la vera ragione del mio comportamento"

"Solo se lo vorrai, Eva dolcissima, non hai nessun obbligo. Capisco solo che c'è qualcosa che ti turba e me ne parlerai solo quando ti sentirai pronta"

Nel frattempo erano giunti davanti a casa di lei e fu proprio Eva a mettergli le braccia al collo, dandogli un bacio appassionato.

"Ti ringrazio di nuovo Marton, se ti fa piacere ti chiamo tra qualche giorno, va bene?"

"Se mi fa piacere? Lo pretendo!" Eva finalmente rise, gli diede un altro bacio e poi salì in casa.

Lui risalì in auto pieno di dubbi, cercava di capire che cosa poteva essere accaduto, ma non riusciva a immaginare niente di plausibile. Era comunque soddisfatto della serata, sperava di poter avere qualche altra occasione e si ripromise di cercare saperne di più la prossima volta che l'avesse incontrata.

D'altra parte anche lui aveva un grosso segreto da confessarle; il lavoro che faceva non era certamente il massimo per sedurre una ragazza come quella e si rendeva conto che, qualora fosse nato qualcosa di serio, avrebbe dovuto parlargliene.

Cominciava comunque a stancarsi di quel tipo di vita, nonostante la facesse fin da quando era bambino; si era ormai da tempo reso conto che quell'esistenza non era adatta a lui; spesso gli capitava di provare un sentimento di compassione nei confronti di quei commercianti che taglieggiava, specialmente verso qualcuno che sapeva essere in grosse difficoltà.

E ora c'era anche Eva. Non poteva neanche immaginare di iniziare una relazione con quella ragazza, continuando a fare quel mestiere.

Promise a se stesso che quando l'avesse rivista, le avrebbe parlato a cuore aperto, a costo di rischiare che lei lo escludesse dalla propria vita. In ogni caso, se il rapporto fosse andato avanti, lei prima o poi lo avrebbe saputo e quindi non aveva nulla da perdere.

Prima però doveva chiarire con se stesso se aveva davvero voglia di cambiare vita, di trovarsi un lavoro vero, di abbandonare sull'esistenza fatta di lustrini e meschinità che indipendentemente da Eva, aveva cominciato a pesargli molto.

Il problema più grosso era comunque riuscire a venir fuori da quel giro; non sarebbe stato facile lasciare Istvan, anche se lui contava molto sul rapporto padre/figlio che loro avevano sempre avuto, per riuscire a convincerlo a lasciarlo libero di crearsi una vita diversa.

Questo pensava Marton, mentre tornava a casa, pieno di speranze e di timori.

Nonostante il freddo, sì aprì una birra e si stese a riflettere su una sdraia, che teneva sempre a portata di culo, sulla piccola veranda di casa.

Come potevano cambiare le cose in pochi giorni, incontrando la persona giusta!

Dopo mezz'ora passata a riflettere, a guardare le stelle e a sentire un freddo bestiale, si alzò, entro in casa e si buttò sul letto.

5

Qualche giorno dopo Marton incontrò casualmente, o almeno così lui credeva, Luciano Lo Giudice e la moglie Teresa a passeggio in Vaci utca, la strada più elegante di Pest e si salutarono con grande entusiasmo. In realtà Luciano passava in quella strada dieci volte al giorno, sperando di incontrare Marton.

"Il mio amico italiano!" esclamò il ragazzo.

"Sono felice di rivederti, Marton" rispose Luciano, sorridendo sotto i baffetti.

"Venite, andiamo a sederci da Anna, fa il miglior caffè italiano di tutta Budapest"

"Bene, prendo molto volentieri un buon caffè" disse Luciano, intimamente molto scettico.

Entrarono nel locale, che si trova in Vaci utca, quasi all'intersezione con Vorosmarty ter, la piazza più famosa della città.

Il bar è elegantissimo e fa dei dolci eccezionali; la signora Teresa, golosissima, ne ordinò una porzione monumentale, il marito e il ragazzo si limitarono al caffè, con due biscottini all'anice.

"È onestamente incredibile trovare un caffe cosi buono a Budapest" esclamò Luciano, sorpreso.

"Cosa le avevo detto? È davvero eccezionale!" disse Marton, orgogliosamente.

"Proprio ottimo, come nei migliori bar d'Italia, fino ad ora avevo bevuto degli intrugli mostruosi, perlomeno per il palato di un siciliano" sentenziò l'italiano, veramente soddisfatto.

"Mi fa piacere. Allora come procede la sua vacanza?" Chiese Marton incuriosito.

"Beh, come ti ho già detto, non sono proprio in vacanza. Diciamo pure che sono ferie un pò forzate" rispose Luciano e osservò con molta attenzione quale fosse la reazione del ragazzo.

"Scusa se te lo chiedo, ma hai dei problemi con la giustizia?" azzardò Márton.

"No, non proprio, piuttosto con qualcuno che non mi vuole troppo bene"

"Capisco" disse Marton, che invece non aveva capito praticamente nulla "e pensi di dover stare parecchio qui in Ungheria?"

"Fin quando le acque non si saranno calmate" rispose l'italiano, senza aggiungere più di tanto.

Marton preferì non insistere, anche se molto incuriosito. Pensava anche che un personaggio del genere, avrebbe potuto fare molto comodo nel clan di Istvan Nemeth e pensava anche che portare un uomo come quello nell'organizzazione, avrebbe forse reso più semplice la sua uscita.

Salutò Luciano e tornò all'auto; l'idea continuava a frullargli in testa e decise di non perdere ulteriormente tempo; imboccò la statale 5 e in meno di mezz'ora arrivò a Sarlospuszta.

Appena arrivò, chiese immediatamente di poter parlare con il signor Nemeth e dopo venti minuti di noiosa attesa, fu accontentato.

"Ecco il nostro pugile, a cosa devo il piacere?" chiese Istvan, lisciandosi i baffi.

"Buongiorno signor Nemeth, avrei bisogno di parlarle di una cosa un po' delicata" esordì Marton.

"Vieni nel mio studio" e così dicendo lo accompagnò in una stanza enorme, totalmente tappezzata di quadri, armi e trofei di caccia.

"Sei mai entrato qui altre volte?" chiese Istvan, con una punta d'orgoglio, vedendo il ragazzo molto ammirato.

"Solo una volta, qualche anno fa, quando siamo arrivati a Budapest e lei ha acquistato questo complesso" ammise Marton.

"Bene allora dimmi, a cosa devo il piacere di questa improvvisata?" chiese il signor Nemeth.

"Ecco è una cosa un po' particolare. Un po' di tempo fa ho conosciuto casualmente un italiano, un siciliano per la precisione, tale Luciano lo Giudice, che è a Budapest insieme alla moglie"

"Vai avanti" lo incoraggiò Istvan.

"Ecco, mi è sembrato di capire che non sia propriamente in vacanza, ma in fuga da una situazione particolarmente complicata"

"Che vuol dire "complicata?"

"Beh, i casi sono due, o ha la polizia alle calcagna, oppure sta fuggendo da una banda rivale, io sarei più per questa seconda ipotesi" disse Marton convinto.

"E tu che cosa avresti pensato?" chiese Nemeth molto interessato.

"Ho pensato che, vista la penuria di uomini che abbiamo in questo momento, un soggetto del genere potrebbe fare molto comodo" rispose prontamente il ragazzo.

Istvan ristette a pensare per qualche attimo e poi alla fine disse:

"Sei un ragazzo davvero in gamba Marton e hai fatto benissimo a parlarmi di questa opportunità, ma in questo momento dobbiamo avere gli occhi anche dietro le spalle. Ho bisogno di garanzie su questa persona"

"Voglio essere sincero" rispose il ragazzo "ora come ora non saprei proprio come dargliene"

"Va bene, facciamo così, se lui è disponibile fammelo incontrare; sarò io a valutarlo"

"Credo che questa sia l'idea migliore" disse Marton, sollevato "nessuno meglio di lei, è in grado di rendersi conto del reale valore del personaggio e della sua affidabilità "

"Mi stai adulando" rise il signor Nemeth.

"No dico sul serio, lei ha più esperienza di tutti noi messi insieme" dichiarò convinto il ragazzo.

Questo era sostanzialmente vero, Istvan ne aveva passate di tutti i colori nella sua lunga carriera criminale, aveva visto tradimenti, slealtà e complotti ed era sicuramente la persona più giusta per valutare il nuovo arrivato.

"Va bene facciamo così. Tu portamelo domani sera a cena qui, senza dirgli niente, poi penserò io a parlargli e a vedere che aria tira"

"Probabilmente verrà insieme a sua moglie, non se ne separa mai"

"Bene, anzi meglio. Mi farò trovare qui con la mia compagna Clara, almeno tutto avrà un'atmosfera più familiare"

"Va bene, allora glie lo porterò qui domani sera. Ho il suo numero di telefono e so che alloggia all'hotel Kempinski"

"Si tratta bene il ragazzo!" osservò Istvan.

"Sì, credo che quanto a soldi non sia messo affatto male" disse Marton sorridendo.

"Meglio così, è più facile fare affari con gente in grana che con i morti di fame; si vendono per un niente"

"Sono d'accordo con lei. Allora ci sentiamo tra qualche giorno. Arrivederci signor Nemeth"

"Arrivederci Marton e grazie "

Il ragazzo uscì, si infilò rapidamente nell'auto e si avviò verso la città. Era molto contento di aver reso un buon servizio al signor Nemeth e per il momento non ci pensò più.

Pensò invece chi aveva molta voglia di rivedere Eva e la chiamò durante il viaggio di ritorno.

"Buonasera principessa, mi riconosci stavolta?"

"Ciao Marton, certo che ti riconosco. Dove sei, a Budapest?"

"Sono sulla strada 5, sto tornando da Sarlospuszta e ho pensato che una di queste sere potremmo rivederci, magari ancora a cena"

"Sei sempre molto gentile, dove pensi di andare?"

"Pensavo di andare al Remiz, a mangiare un po' di fegato d'oca. Tu che ne dici?"

"Dico che è un'idea grandiosa, ma che io non me lo posso permettere" rispose Eva, che sapeva che il Remiz era uno dei ristoranti più cari della città.

"Stai scherzando? Ci penso io, non preoccuparti" disse ridendo Marton.

"Sei un ottimo sponsor" rise lei "vorrà dire che metterò il tuo nome su una maglietta, per farti pubblicità"

A lui la battuta piacque da morire "però, davvero simpatica la fanciulla" disse fra sé "e anche tremendamente carina" aggiunse.

"Il problema è che domani ho un impegno, ti andrebbe bene per dopodomani?"

"Certo, va benissimo, anche se altri due giorni di digiuno mi sembrano un po' troppi da sopportare" disse lei maliziosamente.

" Ti prego, resisti, fallo per me!" rispose lui, senza capire il doppio senso.

"Cercherò di farcela, ma sarà dura dover andare ancora al McDonald's"

"Ci vediamo dopodomani alle 8, va bene?"

"Non posso dire di no al mio sponsor preferito"

"Ok a giovedì allora"

"A giovedì, ciao"

Eva riattaccò e si sentì davvero euforica. Marton si era dimostrato una bravissima persona, aveva accettato le sue scelte ed era stato gentile e disponibile con lei; oltretutto era anche un gran bel ragazzo, fatto che non era del tutto secondario.

C'era qualcosa che la disturbava in questa relazione, ma non riusciva bene a capire di cosa si trattasse; era come un tarlo che le scavava nel cuore e nella mente. Certamente non poteva essere colpa di Marton, ma era qualcosa che in qualche modo era collegata a lui.

"Sei la solita scema" pensò "trovi un ragazzo in gamba, bello e che sembra volerti davvero bene e ti fai un miliardo di problemi"

Decise in cuor suo, che giovedì non sarebbe andata come la volta precedente e tornò a casa fantasticando.

6

Márton chiamo Luciano la mattina dopo e si misero d'accordo per incontrarsi quella sera; sarebbe andato lui a prenderlo all'hotel Kempinski per condurlo a Sarlospuszta, insieme a sua moglie.

Durante il giorno, non avendo impegni, decise di fare una passeggiata a Torokbalint, dove lavorava Eva e passare a salutarla.

La trovò immersa in mille scartoffie, depliants, fatture, ordini e si rese conto di quanto duro potesse essere il suo lavoro. Si limitò solo a un saluto, ma lei fu molto contenta, perché questo gli dimostrava che lui la pensava molto spesso.

"Ma tu sei sempre in ferie?" gli chiese lei.

"No, è che d'inverno per noi è sempre un periodo di fermo e non abbiamo molto da fare"

Lei prese per buona la scusa e non indagò oltre.

Trovarono anche il modo di andare a mangiare qualcosa insieme, in un piccolo ristorantino all'interno di un centro commerciale vicino all'ufficio di Eva, ma subito dopo lui dovette lasciarla ai suoi impegni di lavoro e tornò in città.

Era molto contento di questo rapporto che stava nascendo, ma era cosciente che avrebbe dovuto affrontare il problema relativo al suo lavoro e temeva che lei non avrebbe potuto accettarlo. Sì rendeva conto che una ragazza come Eva, non avrebbe potuto condividere la propria vita con un uomo che viveva di espedienti e di malaffare.Prima o poi avrebbe dovuto parlargliene ed era quasi sicuro che lei si sarebbe tirata da parte.

D'altro canto quella era l'unica vita e l'unico mestiere che conosceva; nato e cresciuto nei sobborghi di Debrecen, aveva iniziato fin dalle scuole medie a bullizzare i suoi compagni di classe, approfittando del suo fisico e della la sua propensione alla lotta. A quindici anni aveva conosciuto Istvan Nemeth, allora solo un piccolo boss della malavita locale, che lo aveva subito preso sotto la sua ala protettrice. Faceva piccoli furti, da solo o in compagnia di una banda di amici, anche loro al soldo di Nemeth e guadagnava benissimo per un ragazzo della sua età. A 18 anni cominciò a fare il lavoro nel quale si sarebbe poi specializzato, quello di riscuotere tangenti dai commercianti della città.

L'anno dopo aveva abbandonato la famiglia e si era trasferito a Budapest al seguito di Nemeth, che aveva tentato con successo il salto di qualità. Nel primo anno lavorò in un'azienda di Nemeth, che faceva import-export di legname con l'Italia, ma Istvan aveva una grande considerazione del ragazzo e a nemmeno vent'anni, gli aveva affidato le riscossioni in tutta la zona di Andrassy utca. Lui si era dedicato a quel lavoro con grande passione e portava a casa risultati notevoli.

Ora, per la prima volta, si trovava a fare i conti con ciò che era stata la sua vita; aver conosciuto Eva lo aveva costretto a riflettere sulla sua esistenza e l'aveva trovata vuota e senza senso. Per la prima volta, inconsciamente, si trovò a pensare a quello che avrebbe potuto essere una vita normale, semplice, avere una donna al suo fianco, una famiglia, dei figli, un lavoro onesto e provò un vago senso di nostalgia.

Nel tardo pomeriggio, andò all'appuntamento con Luciano; l'italiano usci dall'ascensore dell'hotel Kempinsky, vestito di tutto punto, con la coppola d'ordinanza in testa e un improbabile completo a quadrettini; ovviamente era accompagnato dall'inseparabile consorte.

"Buonasera Marton, allora dove mi porti di bello?" domandò incuriosito.

"Se lei è d'accordo, la porto a conoscere un mio carissimo amico, che è proprietario di un ottimo ristorante, a quaranta chilometri dalla città"

"Onoratissimo sono, basta che guidi tu" disse Luciano, che era non aveva ormai dubbi sul fatto di aver imboccato la strada giusta. Quel ristorante a quaranta chilometri dalla città, gli rammentava molto le parole di Hector, sul fortino dove abitava Istvan Nemeth.

"Prego, accomodatevi allora, ho la macchina parcheggiata fuori dall'hotel"

Salirono nell'auto e Marton ripercorse per l'ennesima volta, la strada verso Sarlospuszta.

"Chi è questo amico che vuoi farmi conoscere?" chiese Luciano.

"Il mio datore di lavoro" rispose Marton "è un personaggio eccezionale e un uomo molto importante. Potrebbe, in qualche modo essere interessante anche per lei. Ma queste sono faccende che discuterete tra di voi."

"Sono contento che tu mi offra questa opportunità, vuol dire che hai stima di me"

"Beh, lei mi è sembrato un uomo molto in gamba e noi abbiamo molto bisogno di persone del genere"

Quando arrivarono, Luciano rimase molto impressionato dal complesso di Sarolpusta, che era veramente stupendo; comprendeva un hotel a cinque stelle, una stazione termale di duemila metri quadrati, dotata di tutte le comodità possibili. Il siciliano ebbe inoltre la certezza di aver visto giusto; quello non poteva che essere il covo di Nemeth.

Entrarono nel locale e Istvan gli andò subito incontro, seguito dalla moglie Clara e da Edith, un'interprete diplomata di venticinque anni, alta, elegante e molto graziosa. Istvan non conosceva una parola di italiano e Luciano parlava un siciliano abbastanza stretto, quindi la conversazione tra i due era una cosa abbastanza complicata. Cionondimeno Nemeth sì sperticò in complimenti, soprattutto rivolti alla signora Teresa, che fu poi affidata alle cure amorevoli di sua moglie Clara. Le due donne, nonostante i problemi di lingua, sembravano capirsi molto bene e l'interprete si dedicò quindi totalmente a Istvan e Luciano.

Conversano amabilmente per oltre un quarto d'ora, parlando soprattutto della Sicilia, che il boss sognava di visitare in futuro, poi Istvan condusse Luciano nel suo studio, lasciando Marton con le due donne. Il boss aveva disposto due guardie del corpo sulla porta del suo ufficio e altre due all'interno. Erano giovani che sembravano fatti con la fotocopiatrice, alti un metro e novanta, biondi, con i capelli a spazzola e con due spalle enormi. Ognuno indossava una Beretta, bene in vista nella fondina. Fece accomodare Luciano sulla poltrona dinnanzi a lui, mentre l'interprete andò a sedersi alle sue spalle e si accinse a un lavoro tremendo.

"Allora, qual è il motivo di questa sua graditissima visita?" esordì Istvan, senza ulteriori preamboli.

"Se devo essere sincero, non lo so nemmeno io" rispose Luciano "è stato Marton a insistere affinché la potessi conoscere"

"Márton è un ragazzo molto in gamba e sicuramente ha fatto la cosa giusta. Mi dica Luciano, di che cosa si occupava in Italia?"

"Beh ecco, a dire la verità è una cosa non molto semplice da spiegare. Diciamo pure che mi occupavo principalmente di contabilità"

"Di contabilità? In che senso? Si spieghi meglio se le è possibile"

" Sì ha ragione, avevo degli amici che si occupavano, diciamo così, di affari e io gli tenevo i conti a posto e verificavo che non ci fossero ammanchi"

"Luciano siamo uomini di mondo, possiamo parlare chiaramente; lei teneva i conti di una organizzazione di tipo mafioso?"

"Ma cosa dice?" esclamò Luciano ridacchiando "Lei sa bene che la mafia non esiste!"

"Sì, va bene, la capisco" disse Istvan, anche lui ridendo sotto i baffi "e qual era il giro di affari di questa 'azienda'?"

"Diversi milioni di euro, oltre una ventina"

"Caspita" esclamò Istvan "E perché è dovuto, diciamo così, venire in vacanza in Ungheria?"

"Negli ultimi tempi è entrata sul mercato un'azienda concorrente, molto forte e organizzata e ha messo in serio pericolo il nostro lavoro....e anche le nostre vite!"

"Ora capisco meglio e mi dica, intende fermarsi per molto tempo qui in Ungheria?"

"Il paese è molto bello, la città è stupenda, i soldi per il momento non mancano e quindi potrei fermarmi anche per molto tempo. Il problema più grosso è imparare questa maledetta lingua, che mi sembra veramente incomprensibile" rispose Luciano, cercando di essere il più convincente possibile.

Istvan rise per la battuta di Luciano, perché sapeva che era la verità; l'ungherese è forse una delle lingue più difficili del mondo e si può imparare solo studiandolo e con il massimo impegno.

"Potrebbe interessarle fare per me lo stesso lavoro che faceva in Italia? Noi abbiamo un fatturato un po' più alto, circa venti miliardi di Fiorini, che corrispondono a più o meno a settanta milioni di euro e contiamo quest'anno quantomeno di raddoppiare il volume d'affari. La spaventa?" Chiese Istvan, guardandolo attentamente negl'occhi.

"Beh, l'impegno mi sembra davvero gravoso" disse Luciano, cercando di restare serio; in Italia

aveva gestito cifre almeno dieci volte più grandi
"Potrei tentare"

"Lei mi piace molto perché non è uno sbruffone,
sono certo che potrebbe dare un grande
contributo alla nostra organizzazione"

"Se lo dice lei sarà sicuramente così, in effetti non
mi piacciono troppo le persone superficiali. E dove
dovrei svolgere questo mio lavoro?"

"Qui a Sarolpuszta. Le potrei assegnare una bella
casa, dove poter vivere tranquillamente con sua
moglie e potrebbe diventare il mio capo contabile,
visto che in questo settore siamo molto carenti ed
ho anche la necessità di fare qualche verifica sulla
correttezza dei miei uomini. Il fatto che lei sia
molto amico di Marton non mi crea nessun
imbarazzo, perché di lui mi fido come se fosse mio
figlio"

"Beh signor Nemeth, la sua proposta mi sembra
davvero molto allettante, anche perché i soldi
prima o poi potrebbero finire e non vorrei un
giorno trovarmi in qualche difficoltà economica. Se
non sono troppo indiscreto, ha pensato a quanto
sarebbe retribuito questo mio lavoro?"

"Ecco, se per lei va bene, io avrei pensato
inizialmente a un milione e cinquecentomila Fiorini

al mese, che corrispondono a circa cinquemila euro, che ne pensa"

"Mi ci lasci riflettere qualche altro giorno" disse Luciano, tanto per fare la parte.

"Ho capito, facciamo due milioni e non ci pensiamo più. Le va bene?"

A Luciano non importava chiaramente nulla dello stipendio, ma continuando la sua recita, storse la bocca e disse con aria rassegnata:

"Se meglio di così non si può fare!"

"Le assicuro che sarà contentissimo di lavorare per me, se le cose vanno bene, cosa della quale mi sento assolutamente sicuro, non le farò certo rimpiangere questa decisione. So essere estremamente generoso con coloro mi danno un buon servizio"

"Va bene allora, credo che potremmo esserci; naturalmente mi ritengo in prova, ma penso che non si pentirà della sua scelta. Quando devo cominciare a lavorare?"

"Il prima possibile, Marton mi ha detto che lei alloggia attualmente all'hotel Kempinski. Per quanto mi riguarda, la sua casa sarà pronta al massimo in due giorni. È superfluo che io le ricordi

che mi aspetto dai miei uomini la massima fedeltà"
disse Istvan, con aria vagamente minacciosa.

"Signor Nemet, non dimentichi che io sono un
siciliano, quando sposiamo una causa diamo tutto
per fare del nostro meglio"

"Era quello che volevo sentirle dire. Adesso credo
che sia ora di smetterla di parlare di affari,
andiamo a cena" esclamò Istvan, alzandosi.

Per reggere tutta questa conversazione,
l'interprete era letteralmente uscita di testa, ma
aveva comunque fatto un ottimo lavoro,
traducendo dal siciliano all'italiano e poi finalmente
dall'italiano all'ungherese e viceversa. Si prese le
congratulazioni di entrambi, un premio di
centomila fiorini e naturalmente anche lei fu
invitata a cena.

Márton ero rimasto con le due donne ad aspettare
in sala da pranzo e cercava di fare un po' da
interprete, ma era terribilmente curioso di sapere
come fosse andato a finire l'incontro tra Istvan e
Luciano. Il fatto che la chiacchierata si protraesse
da più di mezz'ora, gli faceva pensare che le cose
si stessero mettendo bene, ma aspettava lo
stesso con una certa ansia, che i due uomini
uscissero dallo studio di Nemeth per conoscere

l'esito del colloquio; quando li vide arrivare, conversando allegramente come fossero amici di vecchia data, capì di visto giusto e che Luciano aveva fatto colpo sul suo capo.

Pensò anche che forse il merito di aver trovato quell'uomo, gli dava qualche possibilità in più per potersene andare.

I due uomini apparivano molto soddisfatti e raccontarono succintamente a Marton e alle signore che cosa era accaduto nell'ufficio di Istvan.

Finalmente si misero a tavola.

7

Marton aveva riaccompagnato Luciano e la moglie al Kempinski e durante il viaggio, il siciliano non aveva fatto altro che ringraziarlo per l'opportunità che gli aveva concesso; gli aveva anche detto che sicuramente avrebbe trovato il modo di ricambiare quella cortesia. Marton si era schernito e aveva dato loro appuntamento per due giorni dopo, quando il Luciano avrebbe preso servizio a Sarlospuszta poi era corso a casa a dormire. La giornata era stata faticosa, ma soddisfacente e lui dormì fino a mezzogiorno. Si allenò per tutto il pomeriggio, anche per scaricare un po' la tensione; aveva deciso che avrebbe parlato francamente con Eva e gli avrebbe raccontato tutto di sé, correndo naturalmente il rischio che lei lo rifiutasse. Alle sei aveva già cominciato a prepararsi, doccia, barba, acqua di colonia e abiti casual superfirmati; si guardò allo specchio e fu molto contento. Il problema fu che alle sette e un quarto era già in strada e aveva dovuto girare mezz'ora per la città, senza una meta precisa.

Eva si stava facendo bella per la cena, operazione che le riusciva molto facilmente, aveva indossato il tailleur più elegante che aveva nell'armadio, la gonna appena sopra il ginocchio, un filo di trucco e si guardò soddisfatta allo specchio. "Stasera lo faccio morire" pensò, non senza un certo compiacimento.

Alle otto in punto Marton fermò l'auto di fronte a casa di Eva; lei era prontissima già da un po', ma si fece attendere un quarto d'ora, poi finalmente scese, con studiata lentezza, i tre gradini che la separavano dalla strada e a lui parve di sognare. Era semplicemente bellissima!! Scese di corsa dall'auto, incespicò goffamente sul paraurti e si precipitò ad aprirle la portiera.

"Prego, mia regina, si accomodi sulla mia umile e inadeguata carrozza" disse, quando riuscì a riprendere fiato.

"Stasera sei semplicemente stupenda, mi sei sembrata un angelo!" esclamo lui, tornando serio.

"Ma cavaliere, lei mi confonde" rise lei imbarazzatissima, continuando a scherzare.

" Sei tu che mi stai confondendo e non puoi nemmeno immaginare quanto"

Le rise di gusto e si infilò in auto, non prima di avergli elargito un grosso bacio.

"Sei sempre dell'idea di andare al Remiz?"

"Naturalmente e adesso che ti ho vista mi sembra anche poco, ti dovrei portare da Gűndel" disse lui, riferendosi al ristorante più famoso della città e forse di tutta l'Europa dell'est.

"No no, va benissimo il Řemiz, non ho voglia di una serata piena di violini zigani"

"Allora in marcia" disse lui con enfasi.

In realtà il ristorante distava pochissime centinaia di metri da casa di Eva e vi arrivarono in cinque minuti.

Il Remiz è una vecchia rimessa di tram in disuso, all'interno della quale è stato realizzato un ristorante molto accogliente, ma soprattutto dotato di una cucina eccellente e di porzioni mostruose. Gli ungheresi adorano mangiare così; il concetto di ristorante gourmet non ha ancora attecchito in Ungheria e speriamo non attecchisca mai!

Furono condotti a un tavolino vicino all'anziano pianista, che li accolse con un sorriso e un inchino, da un cameriere cerimonioso e Marton esordì con un Egri Bikaver, il celebre Sangue di Toro di Eger, un vino rosso che definire "corposo" è decisamente riduttivo.

Ordinarono una cena abbondantissima, Eva nonostante il suo aspetto fisico, era una ottima forchetta.

"Quando sono a cena insieme a te, mangio in una sera quello che normalmente mangio in una settimana" disse lei sorridendo.

"Io invece quando esco con te, spendo in una sera, quello che normalmente spenderei in un mese" rispose lui sghignazzando.

Lei fece la faccia offesa e disse "Va bene, allora stasera pago io"

"Beh, mi sembrerebbe giusto" disse lui con un sorriso beffardo "pago io, non ti preoccupare, tu pensa solo a mangiare le cose che ti piacciono di più"

"Per fortuna, temevo che accettassi, mi sarebbe costato più di un mese di stipendio!" disse Eva, con una punta di preoccupazione.

La serata scorse via molto piacevolmente, le battute si sprecavano, Eva si dimostrava simpatica e divertente, doti che unite alla sua avvenenza fisica, facevano girare la testa a Marton.

Lui si sentiva euforico, una porzione colossale di costine di maiale e qualche bicchiere di Egri

Bikavér fecero il resto. Quando arrivarono al dolce però, accade qualcosa di inatteso. Improvvisamente Eva si rabbuiò, diventò pensierosa e si chiuse in sé stessa.

Come al solito Marton temette di aver fatto qualcosa di sbagliato, ma lei scosse la testa con grande energia, poi due grandi lacrimoni le rigarono quel viso bellissimo. Lui pagò in tutta fretta il conto e uscirono rapidamente all'esterno del ristorante; nonostante il freddo pungente, si misero seduti su una panchina situata nel giardino del locale.

"Eva, io mi sento molto vicino a te, ma devi capire che a questo punto ho assolutamente bisogno di sapere che cosa ti turba" disse lui.

"Sì, è giusto che tu debba sapere anche se, puoi credermi, è stata una vera rivelazione anche per me" affermo lei, tre le lacrime.

"Allora, raccontami tutto ti prego, non tenermi ancora sulle spine"

"Non è per nulla facile per me, ma tu sei stato veramente meraviglioso e quindi meriti che io te ne parli" disse lei con aria grave.

Lui annui e non disse nulla.

"Ricordi quando siamo andati a Sarolpuszta?" lui annuì nuovamente.

"Quella sera qualcosa di strano mi ha infastidito, ma non riuscivo bene a capire di cosa si trattasse"

Lui tacque e lei continuò

"Ci ho messo un po' a metabolizzare la situazione, poi alla fine ho capito" si fermò per qualche istante, tirò su col naso e poi proseguì.

"Devi sapere che circa un anno fa, ho vissuto un'esperienza davvero terribile. Mentre stavo passeggiando sul Korut con due amiche, una grossa auto nera si è fermata vicino a noi e un uomo molto gentile è sceso dicendo di aver bisogno di un'informazione su un locale della zpna. Mentre io mi stavo consultando con le mie amiche, l'uomo mi ha afferrata per il collo e trascinata dentro l'auto, dove c'era un altro uomo in attesa, poi l'auto è partita sgommando. Mi sono ritrovata con un cappuccio in testa e delle mani luride che mi frugavano dappertutto"

Eva tacque per riprendere fiato, mentre lui la osservava sconcertato ma anche ammirato, per il suo coraggio e la sua sincerità.

"Il viaggio è durato per oltre un'ora" riprese lei "durante la quale sono stata ripetutamente violentata" aveva detto la cosa più importante e poté ricominciare a piangere.

Márton sentiva un'ira tremenda salirgli nella testa e avrebbe voluto avere per le mani quell'uomo per strangolarlo seduta stante.

Lei era ormai un fiume in piena e continuò:

"Nonostante il cappuccio in testa, ho avuto modo di intravedere la bocca e soprattutto i baffi dell'uomo che mi stava violentando. L'altra sera quando siamo andati a Sarolpuszta, ho avuto una brutta sensazione che poi stasera è all'improvviso diventata certezza. Quell'uomo era sicuramente Istvan Nemeth"

Si fermò sopraffatta dall'emozione e dal risentimento; Marton non trovò di meglio che stringerla forte a se. Era davvero sconcertato da quella incredibile rivelazione. Istvan, il suo secondo padre!

"Sei proprio certa di quello che dici?" chiese Marton, quando lei si fu ripreso un po'.

"Sì, ora ne sono sicurissima. La cosa che mi aveva colpito a Sarolpuszta, ma che sul momento non ero riuscita a collegare, era il particolare odore del sigaro che lui fumava, ora me lo ricordo bene perché in auto mi aveva tremendamente nauseato"

Márton era turbato. Sapeva che la cosa era assolutamente possibile, perché quella di violentare ragazze sole per la strada, era una delle attività preferite di Istvan Nemeth, ma sapere che aveva messo le mani addosso a Eva lo faceva letteralmente partire di testa.

Avrebbe potuto forse superare lo shock per la violenza che lei aveva subito, di cui tra l'altro non era affatto responsabile, ma il problema ora era quello di doverle confessare di essere un uomo di Istvan. Era consapevole che la cosa sarebbe stata difficilissima anche prima di quella rivelazione, ma ora aveva perso qualsiasi speranza. Non appena gli avesse confessato di lavorare per Nemet, lei di sicuro non ne avrebbe più voluto sentir parlare.

Adesso che era così vicino a perderla, sì rendeva conto di quanto fosse diventata importante per lui, ma era consapevole che non avrebbe potuto impostare il loro rapporto sulla menzogna e quindi doveva dirle le cose come stavano realmente.

Eva era molto composta, anche se ogni tanto una grossa lacrima le rigava il volto.

Marton pensò a come affrontare il problema poi trasse un lungo sospiro e disse:

"Credo che le brutte notizie non siano finite!"

"Cos'altro ci può essere di peggio di questo?" chiese lei sorpresa.

"Il fatto è che di ciò che ti è accaduto non hai nessuna responsabilità, mentre per quanto mi riguarda e per quello che ora dovrò dirti, il responsabile c'è e quello sono io!"

Ora era lei che lo guardava smarrita, con un grande punto interrogativo disegnato sulla faccia.

"Voglio essere onesto con te, anche se so di correre il rischio di perderti per sempre. Io lavoro per Istvan Nemeth, anzi sono uno dei suoi uomini preferiti e mi occupo di riscuotere tangenti per suo conto"

Tacque tenendosi le testa tra le mani e cercando di valutare l'effetto che le sue parole avevano fatto su di lei e quanto potessero averla turbata; ovviamente non aveva speranze, lei se ne sarebbe andata e lui non l'avrebbe rivista più; era comunque orgoglioso del proprio comportamento, per la prima volta nella sua vita aveva trovato una persona per la quale valeva la pena di essere sincero fino in fondo e a qualunque costo.

"Per favore Marton, ti dispiacerebbe riaccompagnarmi a casa?" disse lei con una voce profonda che sembrava provenire dall'oltretomba e lui ormai rassegnato, andò subito a recuperare la sua auto.

Eva si rannicchiò sul sedile con gli occhi bassi ed in qual breve tragitto non disse nulla, ma non aveva ancora finito di sorprenderlo e quando furono davanti a casa sua disse semplicemente:

"Ti piacerebbe salire un attimo a bere qualcosa?"

Lui era stupito, ma si affrettò a scendere dalla macchina e salirono in casa; con quella ragazza, nulla andava secondo le attese.

Lei lo fece accomodare sul divano, preparò due drink e si venne a sedere vicino a lui.

"Voglio essere il più possibile sincera con te Marton" esordì lei imbarazzata, porgendogli il bicchiere "questa sera ero pronta a far l'amore con te e soprattutto a dirti che mi sono innamorata"

Lui non osava interromperla.

"Quello che mi hai detto complica tremendamente la situazione, ma di una cosa sono sicura: io non ho nessuna intenzione di perderti!"

"Si...ma io... insomma lavoro per l'uomo che ti ha fatto del male e non faccio propriamente l'impiegato!" balbettò Marton con il cuore a mille.

"Lo so, me ne rendo conto, ma capisco anche che volendo si può cambiare e sono sicura che se anche tu mi vuoi bene come te ne voglio io, ce la puoi fare" disse Eva, fissandolo negli occhi.

A quel punto lui guardò al di sopra delle sue spalle, per vedere dove fossero nascoste le sue ali da angelo, non riuscì a trovarle e concluse che forse se le era smontate prima di uscire per motivi di praticità.

Le mise le braccia al collo e l'abbracciò più forte che poteva, colpito da quelle parole.

"Lo farò Eva, te lo prometto, uscirò da questa situazione perché non la sopporto più e soprattutto perché anche tu sei diventata importantissima per me e farei qualunque cosa al mondo per poterti vivere accanto. Non sarà facile, ci vorrà un po' di tempo perché tirarsi indietro in queste situazioni è molto pericoloso, ma ormai ho deciso e lo farò, qualunque cosa accada"

Lei si staccò dal suo abbraccio, lo guardò nuovamente negli occhi e ci lesse una grande determinazione.

Le remore improvvisamente scomparvero e lei gli diede cento baci sulla bocca, ognuno più appassionato dell'altro. Lui sentì il suo basso ventre arrivare ad una temperatura di oltre cinquanta gradi, la prese una volta ancora in braccio e la portò in camera da letto.

Quella volta nulla riuscì a fermarli, lui l'accarezzò a lungo, poi fecero finalmente l'amore senza alcun timore; si erano ormai detti tutto, si erano compresi e lui sapeva benissimo che cosa avrebbe dovuto fare.

Rientrò a casa che albeggiava, adesso veniva la parte più difficile.

Fino a quel momento, preso dall'amore per lei non ci aveva riflettuto molto, ma ora si rendeva conto di quanto sarebbe stato complicato mantenere quella promessa, fatta prima di tutto a se stesso. Non era uno stupido e sapeva benissimo che da quelle situazioni era difficilissimo uscire in posizione verticale. Istvan lo adorava, è vero, ma era un uomo di ghiaccio e non ci avrebbe messo un istante a ordinare che fosse ammazzato, se solo avesse avuto il sentore di un tradimento.

Cerco di dormire qualche ora, ma non ci riuscì che a tratti; ormai la decisione era presa. Adesso si trattava di porla in atto, uscendone possibilmente vivo. D'altra parte il sentimento per Eva era diventato troppo forte e non intendeva in nessun modo rinunciare a lei. Cercò ancora inutilmente di prendere sonno ma si rese conto che non sarebbe stato possibile, si rivestì lentamente e usci a fare un giro per la città; andò a fare una sontuosa colazione da Gerbaud, l'amore mette fame!.

Si trovava vicinissimo all'hotel Kempinski ed ebbe la tentazione di andarsi a confidarsi con Luciano che gli era sembrato una persona di grande saggezza, poi si rese conto che, tutto sommato, anche se gli aveva dichiarato amicizia, lui era comunque diventato un uomo di Istvan e avrebbe potuto tranquillamente denunciarlo.

Attese Il tardo pomeriggio e poi andò a prelevare il siciliano per condurlo dio nuovo a Sarolpuszta; quando arrivò, inventò una scusa per non fermarsi a cena. Disse a Istvan, che aveva per le mani una mora mozzafiato; la verità era che non riusciva più

neanche a guardarlo in faccia, dopo aver saputo
che cosa aveva fatto a Eva.

8

Luciano aveva regolarmente preso servizio nel giorno concordato e si era subito trovato in grande difficoltà in mezzo a quei conti scritti in ungherese e su registri improvvisati o addirittura su foglietti volanti, nonostante l'assistenza assidua e instancabile di Edith. Quanto era carina quella ragazza! In altri tempi e soprattutto in una situazione diversa, ci avrebbe fatto più di un pensierino.

Cercò di organizzare il lavoro in modo professionale, con l'aiuto di due ragazzi di Istvan che sembravano più svegli degl'altri, ma l'impresa sembrava davvero superiore alle sue forze.

Ero riuscito a mandare un messaggio brevissimo a Hector, dove gli diceva soltanto che era riuscito a entrare nella tana del lupo; subito dopo aveva buttato il telefono in un cassonetto della spazzatura e ne aveva comprato un altro, totalmente vergine.

Nulla doveva essere lasciato al caso, anche perché ne andava della sua vita e di quella di sua moglie.

Dopo qualche giorno cominciò a districarsi un po'
meglio in mezzo a quei conti e a imparare anche
qualche parola di ungherese; l'aiuto di Edith era
fondamentale e in capo a una settimana,
conosceva un centinai di parole in magiaro,
soprattutto in materia di contabilità.

Scoprì perfino un ammanco piuttosto rilevante
sull'incasso delle tangenti di Vaci Utca e
l'incaricato fu messo subito sotto interrogatorio; lui
si difese, sostenendo che il negoziante che non
aveva pagato era morto. Istvan fece fare una
verifica, dalla quale venne fuori che il ragazzo
aveva detto la verità e l'esattore fu perdonato.

Nemeth fu comunque molto contento di
quell'episodio, che dimostrava l'attenzione e la
competenza di Luciano nel suo lavoro; quel
siciliano cominciava a piacergli parecchio e aveva
in mente un futuro molto importante per lui nella
sua organizzazione.

Non aveva ancora potuto valutare le sue capacità
di menare le mani o di usare un'arma, ma non
aveva fretta, prima c'era da sistemare i conti e non
voleva in alcun modo distoglierlo da
quell'incombeza.

Nel frattempo sua moglie Clara si stava prendendo cura della signora Teresa; Clara era sempre sola in quell'immenso castello ed era felice di aver trovato un'amica, con la quale condividere tutte le comodità di Sarolpuszta. Passavano le loro giornate a godersi lunghi bagni nella stazione termale, facendo interminabili cavalcate, sparando nel bellissimo tiro a volo di cui era dotata la struttura e facendo anche qualche battuta di caccia a lepri e fagiani. Non parlavano molto, anche se Teresa dimostrava una insospettabile facilità nell'apprendere l'ungherese, ma comunque era per il momento troppo poco per poter pensare di intavolare una conversazione degna di questo nome. Si capivano comunque benissimo e stavano quasi tutto il giorno insieme. Teresa non conosceva le reali intenzioni di luciano, ma erra una donna intelligente e aveva capito che presto quel paradiso sarbbe stato perduto.

Nel frattempo fuori da quel'oasi, in città, la guerra infuriava sempre più cruenta e la polizia, che era finalmente intervenuta, non riusciva in nessun modo ad arginare quella spirale di violenza. Solo negli ultimi quindici giorni, c'erano stati dieci morti e si era sfiorata una strage di cittadini innocenti, quando un uomo di Hector era stato fatto bersaglio di scariche di mitra, all'interno di una sala cinematografica particolarmente affollata.

La polizia sapeva chi erano i responsabili di quella carneficina e in particolare conosceva benissimo sia Hector Molnar che Istvan Nemeth, conosceva le loro lussuose residenze, ma non aveva in mano nulla per accusarli di essere i mandanti di quelle stragi e quando anche avessero avuto in mano delle prove, avevano il timore che prendere d'assalto i loro bunker avrebbe causato una carneficina.

La situazione era in completo stallo e l'unica cosa che gli agenti potevano fare, era quella di presidiare i locali abitualmente frequentati dagli esponenti dell'una o dell'altra banda; In pratica avevano assunto il ruolo di guardaspalle dei malviventi.

La guerra stava volgendo a favore di Nemeth, che poteva contare su un maggior numero di uomini, meglio armati e aveva una intelligence molto più attiva e capace di quella di Hector.

Le uniche speranze di Molnar erano legate al successo dell'operazione "Ragusa", come lui stesso aveva definito l'incarico dato a Luciano, ma il siciliano doveva fare in fretta, perché i suoi uomini non avrebbero potuto resistere ancora per molto.

Luciano aveva avuto il permesso di frequentare liberamente l'ufficio di Istvan ma, nelle occasioni in cui lui era presente, c'era sempre almeno una guardia del corpo sulla porta e una all'interno della stanza, ad impedirgli qualsiasi libertà di movimento.

Lui portava sempre i suoi conti perfettamente in ordine e questo gli aveva creato un clima di grande fiducia da parte degli uomini di Istvan.

Marton non si era più fatto vedere da quelle parti, ma mancavano ancora molti giorni alla fine del mese e quindi Istvan non poteva avere nessun tipo di sospetto su di lui.

Hector era riuscito a far sapere a Luciano che la situazione stava degenerando e che avrebbe dovuto agire in fretta; a quel punto lui aveva subito spedito sua moglie a Budapest, con la scusa di aver bisogno di qualche giorno in città, per fare acquisti in qualche boutique del centro e si era messo ad aspettare il momento propizio. Teresa si era ovviamente rifugiata a casa di Hector e qui attendeva trepidando l'arrivo di Luciano.

Una mattina, Istvan entrò nel suo studio con gli occhi fuori dalle orbite; un suo fidatissimo luogotenente era stato assassinato nella notte dagli uomini di Hector in un night club della capitale e lui intendeva andare a Budapest con una squadra di uomini fidatissimi, per fare giustizia sommaria. Luciano, in quel momento, era dentro l'ufficio, cosa che faceva abitualmente, per sistemare una cartella sulla scrivania del capo, ma non si scompose più di tanto, anche perché lui aveva al seguito la solita guardia del corpo.

Nemeth uscì dalla stanza senza curarsi di lui, ma pochi istanti dopo rientrò di corsa, per prendere una mitraglietta, che aveva nell'ultimo cassetto della scrivania; era solo, si chinò per prendere l'arma e Luciano gli piantò alla base del collo, un cacciavite che teneva sempre in tasca per qualsiasi eventualità. Istvan si accasciò stecchito sulla scrivania senza un lamento, Luciano sentì i passi della guardia del corpo che stava arrivando e si lanciò nel vuoto dal terrazzo dello studio, atterrando sul patio tre metri sotto di lui, si fece male a una caviglia, ma riuscì ugualmente a mettersi a correre come un forsennato verso il grande cancello della proprietà.

Senti le urla della guardia, poi una scarica di proiettili si abbatté intorno a lui, mentre cercava di raggiungere disperatamente il muro di recinzione; corse come forse non aveva mai fatto in vita sua e quando giunse davanti al muro di cinta, cercò di scavalcarlo con un sol balzo, ma la parete era troppo alta e non ci riuscì. Rimase appeso al muro con le mani, cercando in tutti i modi di trovare un appiglio per appoggiare il piede e saltare dall'altra parte; nel frattempo un uomo armato arrivò a trenta metri da lui e lo prese di mira con un fucile di precisione, lui si girò verso il muro rassegnato e si irrigidì, aspettando il colpo mortale.

Con suo grande stupore, la pallottola colpì il muro a oltre due metri di distanza da lui; Luciano si voltò istintivamente per capire cosa stesse accadendo; l'uomo con il fucile era steso esanime a terra e Marton era sopra di lui, con una pala in mano.

A quel punto l'adrenalina gli diede la forza che cercava e riuscì finalmente a saltare al di là dalla recinzione. Marton, che veniva subito dietro di lui, fece molto più agevolmente la stessa manovra e poi si dileguarono nei boschi intorno alla tenuta.

Márton quella mattina aveva deciso di affrontare Istvan; sapeva che l'unico modo per tirarsi fuori da quella situazione, era ottenere il suo consenso, perché fuggire non sarebbe servito a nulla, anzi così facendo avrebbe fatto pensare a un tradimento, mettendo a repentaglio anche la vita di Eva; Nemeth aveva una rete di informatori efficientissima e li avrebbero trovati in ogni luogo dove avessero tentato di nascondersi.

Aveva una paura tremenda, perché Istvan avrebbe potuto anche pensare a un inganno e in quel caso la sua vita non avrebbe più avuto nessun valore. Ripassò cento volte a mente il discorso che avrebbe voluto fare; per percorrere i quaranta chilometri che separavano Budapest da Sarolpuszta, ci mise oltre un'ora, poi arrivò davanti al grande portone di legno. Le guardie lo salutarono allegramente come al solito e lo fecero immediatamente entrare.

Quando fu dentro ebbe giusto il tempo di fare cento metri e successe il finimondo; urla, grida, spari e pallottole che arrivavano da tutte le parti, sembrava la scena madre di un film poliziesco.

Si fermò subito e scese di corsa nascondendosi dietro l'auto, terrorizzato; non aveva idea di cosa stesse realmente accadendo, ma in quel momento il suo unico obiettivo era solo quello di evitare di essere colpito.

Mentre si nascondeva vide Luciano correre come un centometrista inseguito dagli spari, che cercava di raggiungere il muro di cinta; riuscì ad arrivarci, ma non a saltarlo; un uomo di Istvan arrivò a poche decine di metri da lui e lo prese di mira con il suo fucile. Lui non riusciva a capire cosa stesse accadendo, ma ebbe una reazione d'istinto; si guardò intorno, trovò una pala da giardiniere abbandonata sul prato, la raccolse e colpì violentemente il tiratore alla testa, salvando così la vita di Luciano, poi anche lui dovette darsi alla fuga insieme al siciliano.

Vagabondarono insieme per i boschi e attraversando campi, non sapendo bene che direzione avessero preso, ma con l'obiettivo di allontanarsi quanto più possibile da Sarolpuszta e dalla caccia degli uomini di Nemeth, fino a quando videro in lontananza, il campanile del paese di Tartarszentgyorgy; seguirono quella indicazione e arrivarono in paese; qui, con mille precauzioni, trovarono la piccola stazione ferroviaria, presero un treno locale per Budapest ed arrivarono alla stazione Deli intorno a mezzogiorno. Sul treno Luciano fu costretto a raccontare a Marton tutta quanta la faccenda, dall'incarico ricevuto da Hector Molnar, al suo inganno, fino all'omicidio di quella mattina, ammettendo di averlo usato per raggiungere il suo obiettivo.

Marton rimase sconcertato da quella storia incredibile, ma Luciano non aveva dimenticato che lui gli aveva letteralmente salvato la vita.

"Da questo momento sei per me come un figlio; so di averti ingannato e usato, ma non avevo nessun altro modo per arrivare a Nemeth. La mia vita ti appartiene e ti apparterrà per sempre" disse il siciliano, con grande enfasi.

Márton cercò di concentrarsi sul fatto di avere a che fare con un freddo assassino, con un abile millantatore che per portare a compimento il suo piano, aveva lavorato per oltre due mesi, con una determinazione e una ferocia disumane. Eppure sentiva di non riuscire ad odiare del tutto quell'uomo; in fin dei conti si era comportato come un militare in guerra, perché quella era una guerra vera e propria e poi la si rendeva conto che la morte di Nemeth avrebbe messo probabilmente fine a quella carneficina.

Luciano volle dargli il suo nuovo numero di telefono.

"Per qualunque cosa di cui tu abbia bisogno, dico qualunque cosa, chiamami; ricordati che io ti sono debitore per l'eternità"

Marton non riuscì ad aggiungere nulla, si salutarono con una semplice stretta di mano e Luciano corse subito a prendere un taxi per andare immediatamente a casa di Hector, dove lo aspettava Teresa.

Marton si ritrovò solo nella hall della stazione ed era completamente attonito; realizzò solo in quel momento che non aveva nessun posto sicuro dove andare. Avrebbe avuto tutti contro, gli uomini di Hector per essere stato per anni al servizio di Nemeth e gli scagnozzi di Istvan, che avevano assistito al suo tradimento nell'occasione in cui aveva salvato Luciano, per non parlare della polizia che sicuramente conosceva i suoi movimenti e il suo indirizzo.

Adesso, approfittando dello sbandamento delle due fazioni in lotta, ci sarebbero state sicuramente molte retate e lui era uno tra i più conosciuti tra gli uomini di Nemeth. Oltretutto si era giocato anche l'auto, che era rimasta nel piazzale di Sarolpuszta.

Di tornare a casa nemmeno a parlarne, era uno degli uomini probabilmente più ricercati della città e quello era il primo posto dove sarebbero venuti a beccarlo, nè tantomeno poteva pensare di appoggiarsi su Eva, che non voleva minimamente coinvolgere in questa storia.

Già, Eva, avrebbe mai potuto recuperare il rapporto con lei? Forse la cosa migliore che avrebbe potuto fare, era quella di andare a costituirsi all'autorità giudiziaria, ma aveva una grande paura di finire in carcere, perché era consapevole che lì i criminali delle due fazioni avrebbero potuto colpirlo con grande facilità.

Aveva in tasca abbastanza denaro e per quella notte decise di rifugiarsi in un piccolo albergo vicino alla stazione, il giorno dopo avrebbe cercato la soluzione migliore. Scese solo per qualche minuto, per mangiare qualcosa in un piccolo fast food vicino all'albergo e poi risali immediatamente in camera. Non riusciva a fare a meno di pensare a Eva e decise di telefonarle:

"Ciao amore mio. Come stai?" esordì, cercando di essere il più naturale possibile.

"Io bene, ma tu dove sei? "chiese lei, con una punta di preoccupazione dettata dall'istinto femminile.

"È molto meglio che tu non lo sappia. Ti volevo solo dire che le cose sono precipitate, Istvan oggi è stato assassinato ed è meglio che per un po' di tempo io mi tenga nascosto"

"Perché, tu cosa c'entri, lo hai ucciso tu?" lo incalzò lei molto spaventata, ma in qualche modo felice di ricevere la notizia; quel lurido maiale aveva avuto finalmente quello che si meritava.

"No, no, io non c'entro proprio niente, però ho aiutato l'assassino a fuggire da Sarolpuszta ed è probabile che in questo momento mi stiano cercando tutti, ma soprattutto gli uomini di Nemeth per farmela pagare; quindi è meglio che io stia nascosto e soprattutto, che non abbia nessun tipo di rapporto con te, potrebbe essere molto pericoloso"

"Quando pensi che potremmo rivederci?" chiese la ragazza, sempre più spaventata.

"In questo momento non lo so Eva, dobbiamo stare a vedere come si evolverà la situazione. Nei prossimi giorni o nelle prossime settimane ne saprò di più, per il momento l'unica cosa che posso fare è restarmene nascosto" rispose lui, cercando di essere il più razionale possibile.

"Lo sai che ti amo da morire?" chiese lei, cambiando improvvisamente discorso.

"Anch'io ti amo, me ne rendo conto ogni giorno di più ed è per questo che voglio tenerti fuori da queste situazioni. Ero andato da Nemeth proprio a parlargli del mio desiderio di uscire da questo giro, ma non ne ho avuto il tempo, è stato ucciso proprio qualche minuto prima che io potessi andare da lui"

"Pensi che avrebbe accettato?" chiese la ragazza.

"Non lo so, non ci credo molto, ma io ti avevo fatto una promessa e qualunque fosse stato il prezzo da pagare dovevo tentare" disse lui, con grande convinzione.

"Sei un uomo molto coraggioso e io ti amo ogni giorno di più" disse Eva molto colpita.

"Tu sei una donna molto coraggiosa ad esserti innamorata di un individuo come me. Spero tanto un giorno di poterti ripagare"

"Vedrai che tutto si sistemerà e potremo vivere tanti giorni felici e senza preoccupazioni. Resta nascosto e abbi cura di te, io ti aspetterò per tutto il tempo che serve. Buonanotte amore mio"

"Buonanotte a te"

Chiuse la comunicazione e si senti molto meglio, l'amore di Eva gli dava il coraggio di affrontare quella situazione tanto pericolosa.

Gli venne in mente per un attimo Luciano, forse lui avrebbe potuto fare qualcosa, aveva dimostrato di essere un uomo pieno di risorse e poi gli aveva giurato riconoscenza eterna. Intanto era necessario dormire qualche ora, per riprendere le forze, il giorno dopo lo avrebbe chiamato.

9

Luciano era tornato a casa di Hector ed era stato accolto da tutti come un eroe, il boss non riusciva a capacitarsi di come quel piccolo uomo fosse riuscito in un'impresa, che sembrava impossibile per chiunque.

Ora che Istvan era stato eliminato, la guerra sarebbe rapidamente finita e lui avrebbe avuto presto in mano l'intera città.

La prima cosa che fece fu di portare Luciano nel suo ufficio, aprire la cassaforte e consegnargli i duecentocinquantamila Euro pattuiti.

Restò un attimo pensieroso e poi sospirò e ne aggiunse altri cinquantamila, per dimostrargli quanto fosse soddisfatto.

Luciano incassò ringraziando e poi disse.

"L'Ungheria mi piace molto e piace anche a mia moglie. Ti dispiacerebbe se non tornassimo subito in Italia? Vorremmo visitare un po' il paese"

"No tutt'altro, ma è preferibile che tu resti nascosto qui per qualche settimana, fino a quando la situazione non si sarà normalizzata; adesso, che tu lo voglia o no, sei diventato famoso e potrebbe esserci qualcuno che non ti ha in grande simpatia" gli rispose Hector, sedendosi sulla sua poltrona preferita.

"Certo, mi rendo conto e intendo seguire il tuo consiglio. Aspetterò che tu mi dica quando sarà possibile mettere fuori il naso, poi voglio fare un giro di qualche settimana"

"Allora è tutto a posto, possiamo andare a festeggiare!" esclamò Hector alzandosi.

"No, scusami tanto Hector, ma c'è ancora una piccola cosa" disse Luciano.

"C'è qualche altro problema?" domandò Hector, ritornando a sedersi, un po' preoccupato.

"Non è affatto un problema" lo tranquillizzo Luciano "è una questione di coscienza. Il ragazzo che mi aveva presentato Istvan mi ha salvato letteralmente la vita e adesso è nel mirino di tutti, dei suoi ex compagni, della polizia e anche dei nostri uomini. Pensi di poter fare qualcosa per lui?"

"Certo che posso e persino devo! Se ti ha veramente salvato la vita merita tutta la mia gratitudine. Per quanto riguarda i nostri uomini, non preoccuparti, farò subito sapere in giro che non gli deve essere torto un capello"

"Ma resta il problema degli uomini di Nemeth, che vorranno sicuramente vendicarsi e poi è sicuramente nel mirino della polizia" lo incalzò Luciano.

"Ho capito" disse Hector con un sorriso "se vuoi puoi dirgli di venire a stare qua, almeno finché le acque non si saranno calmate"

"Sapevo che avresti capito, sei davvero generoso, ti sono debitore"

"Debitore di cosa? Se è vero quello che mi dici, è un uomo in gamba che in questo modo associamo alla nostra causa" disse Hector, con convinzione.

"È in gamba,è in gamba, puoi stare tranquillo, te lo posso garantire io"

"Bene adesso parliamo di cose un po' più serie. Le faccio i miei più vivi complimenti per l'importante incarico, signor capo contabile"

Luciano lo guardò con gli occhi spalancati per la sorpresa; Hector proseguì:

"Non vorrai mica startene qui senza fare niente? Mi dicono che tu sia un ottimo amministratore, vediamo quello che sai fare con i miei piccoli affari"

"Ho capito, devo ricominciare un'altra volta a vivere in mezzo ai numeri" disse Luciano, rassegnato.

"Ti pagherò molto bene, non preoccuparti, sicuramente meglio di Nemeth e poi non devi mica cominciare domani, puoi prenderti tutto il tempo che vuoi. Ok, adesso abbiamo proprio finito, possiamo andare a festeggiare" esclamò Hector, con l'aria soddisfatta.

I festeggiamenti andarono avanti fino a notte fonda e furono consumate diverse casse di champagne e quintali di fegato d'oca e caviale; erano giunti dalla città anche altri uomini di Hector, che avevano saputo la notizia della morte di Nemeth e venivano a rendere omaggio al capo ormai indiscusso della città.

Luciano era stanchissimo per quella giornata piena di eventi importenti e fu uno dei primi a lasciare la compagnia per andarsene a dormire. Per quanto freddo e determinato, aver dovuto assassinare Nemeth in quel modo lo aveva comunque turbato. Lui e la moglie lo avevano comunque accolto nella loro casa come un amico e lui non li aveva certo ripagati come meritavano.

Cercò di scacciare quel rimorso e prima di addormentarsi, promise a se stesso che il giorno dopo avrebbe telefonato a Marton, per invitarlo a installarsi nella villa di Hector.

Il mattino seguente si svegliò di buonora, fece una fantastica colazione e poi chiamò il suo salvatore:

"Marton buongiorno, sono Luciano"

"Buongiorno Luciano" rispose Marton con la bocca ancora impastata dal sonno." Ti avrei chiamato io, magari un po' più tardi"

"Posso sapere dove ti trovi esattamente in questo momento?" domandò il siciliano.

"Sono in un piccolo albergo, credo si chiami Hotel Atlas, alla periferia della città, vicino alla stazione Deli; ho un po' di timore ad uscire fuori"

"Ecco bravo, non ti muovere e resta chiuso in camera, adesso mando una macchina a prenderti perchè credo di aver trovato una soluzione ai tuoi problemi"

"Una soluzione? E quale? Ti prego dimmi qualcosa di più" si meravigliò il ragazzo.

"E' molto semplice, ho parlato della tua situazione con Hector e mi ha dato la disponibilità a farti vivere al sicuro quì, nella sua casa.Ti piace l'idea?"

"Ma come è possibile? Noi siamo stati nemici fino a pochi giorni fa!" obiettò Marton stupito.

"Stai tranquillo, è roba passata, gli ho raccontato tutto quello che è accaduto a Sarolpuszta e lui ne è rimasto molto colpito, poi tu, per quello che mi risulta, non hai mai fatto niente direttamente contro di lui"

"No, in effetti questo è vero, io ho solo riscosso tangenti e non ho mai oltrepassato la zona di mia competenza"

"Ecco vedi, quindi non ci sono problemi. Dammi l'indirizzo del tuo alberghetto e tra un'ora arriverà un'auto che verrà a prenderti per portarti qui"

Lui gli diede l'indirizzo e riagganciò, era uno sviluppo imprevisto, ma pensò che tutto sommato era una grande opportunità per uscire indenne da quel casino che gli si era creato intorno.

Un'ora dopo, come promesso, un'auto di grossa cilindrata con tre uomini a bordo, si fermò davanti al piccolo albergo. Lui scese di corsa, ci si infilò dentro e l'auto partì sgommando in direzione di Budakeszi.

10

Márton aveva preso possesso del suo piccolo alloggio, in una dépendance della villa di Hector e per ripagarlo cercava di rendersi utile, ripulendo il giardino, la piscina e facendo alcuni piccoli servizi di pulizia in casa; aveva anche cucinato qualche volta per loro, ma non era stato un grande successo e aveva desistito.

Tutto sommato quella vita non gli dispiaceva più di tanto, ma gli mancava tremendamente Eva; nello stesso tempo si rendeva conto che non avrebbe mai potuto portarla lì, perché quello era comunque Il covo di una banda di delinquenti e di assassini.

Lui stesso aspettava con una certa impazienza, il momento che la situazione in città si fosse normalizzata per potersene andare da quella casa; aveva il motivato timore che Hector prima o poi gli avrebbe chiesto di ricominciare con il suo lavoro di esattore.

L'unica cosa che lo distraeva era allenarsi tre o quattro ore al giorno, in quella attrezzatissima palestra posta al piano seminterrato della villa; spesso Luciano scendeva a vederlo lavorare e qualche volta aveva addirittura scambiato qualche colpo con lui, perché in passato e soprattutto in gioventù, aveva tirato di boxe da dilettante.

"Lo sai che sei davvero molto bravo Marton. Hai un destro molto potente e veloce, un gran gioco di gambe e una discreta guardia, dovresti fare qualche incontro serio" gli aveva detto convinto.

"Piacerebbe molto anche a me, ma in questo momento non credo di riuscire a trovare qualcuno, che abbia voglia di organizzare un incontro di un certo livello"

"Quanto a questo vedremo, fammici lavorare qualche giorno" disse Luciano, pensieroso.

"Magari accadesse. Grazie per l'interessamento Luciano, per me sarebbe la realizzazione di un sogno"

Naturalmente Luciano si rivolse a Hector e approfittando di un momento di relativa calma, lo affrontò una sera dopo cena, mentre sorseggiavano una slivapalinka.

"Sai Hector, quel ragazzo ci sa fare parecchio con i pugni; l'ho visto allenarsi più di una volta e mi è sembrato davvero che abbia le caratteristiche un ottimo pugile. Oddio, non credo che potrà mai combattere per il titolo mondiale, ma ha un ottimo gancio destro e si muove molto bene"

"Parli di Marton? No Luciano, mi dispiace ma ho altri progetti per lui; mi serve un buon esattore e a quanto mi dicono, lui è uno dei migliori in questo campo"

"Hai ragione, ma per questo avrai tempo in seguito, tanto non credo voglia muoversi da qui; nel frattempo potresti cercare di organizzargli qualche incontro. Roba da poco, a livello regionale, tanto per vedere come si comporta di fronte ad avversari veri"

"Luciano tu hai il potere di farmi fare sempre ciò che vuoi, ma io ti devo tanto e lo faccio volentieri. Va bene, gli organizzerò qualche incontro qui a Budapest, ma ti avverto, saranno avversari piuttosto forti e non vorrei che il tuo ragazzo si dovesse fare troppo male"

"Tu organizza gli incontri e stai tranquillo che Marton non farà brutta figura"

"Va bene, mi hai convinto come sempre; domattina farò qualche telefonata e vedrò che cosa si può fare" acconsentì Hector.

"Ti ringrazio tanto Hector, sei sempre molto generoso. Ti voglio comunque far notare che qualche sua vittoria potrebbe portare beneficio anche a te, in qualità suo sponsor e mecenate. Un'attività pulita potrebbe farti molto comodo, per spostare le attenzioni delle autorità su cose un po' più leggere"

"Non ci avevo pensato. Hai sempre ragione tu maledetto siculo. Non ti sopporto più! Vade retro Satana!" esclamò Hector, ridendo a più non posso.

Hector mantenne la promessa e Il giorno dopo chiamò alcuni organizzatori di tornei minori, anche nelle città vicine. In quel momento, vista la sua posizione, erano pochi quelli che avrebbero potuto dirgli di no e tutti diedero la propria adesione entusiastica alla sua richiesta.

A quel punto c'era solo l'imbarazzo della scelta, ma Hector voleva un pugile vero e alla fine l'opzione cadde su un medio massimo di Gyongos piuttosto famoso, un pugile abbastanza maturo ma in ogni caso parecchio forte, che aveva vinto qualcosa come ventidue incontri su ventotto, tra i dilettanti della regione.

Fu naturalmente Luciano a dare la notizia a Marton e lui si senti in paradiso per quella grande opportunità che gli veniva offerta.

"Non ci credo, non è possibile! Luciano sei un grande!" esclamò appena si fu ripreso.

"Te lo meriti, ma mi raccomando, continua ad allenarti come ora ed anzi intensifica il lavoro, perché il tuo avversario mi è stato descritto come un tipo per niente facile, a sentire quello che dicono gli uomini di Hector ed è un gran picchiatore. Non vorrei essere costretto a portati in ospedale dopo l'incontro" disse Luciano sghignazzando.

"Quanto agli allenamenti non preoccuparti, ce la metterò tutta. Spero solo che questo tipo non sia così forte come dici" gli rispose Marton.

"Sì, lo spero anch'io soprattutto per il tuo bene. Adesso voglio vedere se tra gli uomini di Hector, riesco a trovare qualche buon sparring partner"

"Mi farebbe davvero comodo, perché il contatto fisico è importante. Luciano sei un amico straordinario. Ti ringrazio davvero dal profondo del cuore" esclamò con sincerità il ragazzo.

"Non lo dire nemmeno, io non ho fatto nulla di particolare e non dimenticare mai che io ti devo la vita" rispose Luciano, facendosi serio.

"Beh, ti ringrazio lo stesso, stai facendo cose molto importanti per me"

"Vorrà dire che mi offrirai una cena al Cirano's, insieme a mia moglie. Sarebe carino se invitassi anche la tua bella" disse Luciano, ridendo sotto i baffi.

"La mia bella? Ma io non ho…. non so….Ma di che cosa parli?" disse Marton sorpreso.

"Sì vabbè. Mi sa che tu ti sei dimenticato che io sono un siciliano e i siciliani sanno sempre tutto di tutti"

"Va bene, è meglio che cambiamo discorso. Certo che ti offro la cena, specialmente se vinco"

"Devi vincere, altrimenti che figura ci faccio con Hector?"

"Hai ragione, farò l'impossibile, puoi giurarci. E quando sarebbe previsto questo incontro?"

"Hector non era ancora del tutto sicuro, ma probabilmente sarà tra tre settimane, nel salone principale dell'hotel Marriott. Mi hanno detto che è un locale molto grande, dove organizzano abbastanza spesso incontri di boxe; ci saranno più incontri, ma il vostro sarà tra quelli principali"

"Tre settimane non sono moltissime, ma va bene così, comincerò a contare i giorni"

"Forza campione, sotto con gli allenamenti" disse Luciano, andandosene.

Dopo che Luciano fu uscito, Marton pensò che non poteva non dare quella notizia a Eva e la chiamò subito. La reazione della ragazza fu però quella che lui temeva.

"Non ti bastano i problemi che hai? Adesso hai deciso anche di farti massacrare? " chiese lei, incredula e preoccupata.

"Ma Eva questa è una grande opportunità per me, cerca di capirmi. Potrebbe iniziare anche una bella carriera!" rispose Marton, un po' deluso per la sua freddezza.

"Si, ci manca la carriera! Va bene fai come ti pare, ma non immaginare neppure per un attimo di chiedermi di venire ad assistere, odio questo tipo di spettacoli e morirei nel vederti prendere un sacco di pugni"

"Se devo dire la verità, era proprio quello che pensavo di chiederti" rispose lui, che ormai aveva perso le speranze.

"Non ci contare, non mi piacciono queste esibizioni così disumane e in questo caso mi piacciono anche di meno perché ci sei di mezzo tu" disse lei, con una certa intransigenza.

"Va bene ti capisco. Fammi almeno gli auguri" disse Marton, dispiaciuto.

"Auguri testone e cerca, se puoi, di non farti troppo male" rispose la ragazza.

" Grazie, comunque prima dell'incontro ci risentiamo" disse lui, per ammorbidirla un po'-

"Vorrei vedere, però è meglio che mi chiami tu, non vorrei disturbare la tua preparazione" disse ironicamente, la ragazza.

"Sì, come al solito hai ragione" rispose lui, sempre più mortificato.

"Ciao campione. Abbi cura di te e se ci riesci, vedi di tornare tutto intero"

"Non mi prendere sempre in giro. Ciao amore mio, felice notte"

Lui riattaccò deluso e scaricò la rabbia su un punging ball appeso alla parete, che prese a pugni per più di mezz'ora, poi decise che era ora di andare a dormire.

11

L'ispettore Victor Horbat, funzionario della polizia ungherese, era in riunione con un gruppo di colleghi, per valutare la nuova situazione che si stava delineando in città. L'ispettore era un uomo sulla quarantina, già praticamente calvo e con una spiccata attitudine all'azione. Era molto alto, magrissimo ed indossava un minuscolo paio d'occhiali circolari che nascondevano solo parzialmente, due occhi vivissimi di un azzurro quasi bianco.

Dopo la morte di Istvan Nemeth molte delle bande che stavano sotto il suo comando si erano disperse in gruppuscoli autonomi e scarsamente strutturati; Hector Molnar aveva così preso facilmente il controllo di tutta Budapest, lasciando ai suoi vecchi nemici solo le briciole. Hector era un uomo ambizioso ma molto intelligente; sapeva che lasciando in giro qualche osso da spolpare, quei piccoli gruppi si sarebbero accontentati e non avrebbero tentato azioni contro di lui. L'unica sacca di resistenza restava dunque Sarolpuszta dove Clara, la vedova di Nemeth, insieme ad alcune persone fidate, stava radunando uomini per organizzare una grande controffensiva.

Nel grande complesso in mezzo alla grande pianura ungherese, si erano radunati oltre cento malavitosi, che si stavano organizzando al meglio per dare battaglia, con lo scopo di recuperare almeno una parte dell'impero che era stato di Nemeth.

Clara non era una stupida e aveva seguito giorno dopo giorno il lavoro di Istvan, imparando molto dei suoi loschi affari. Inoltre era una donna molto pratica e aveva già metabolizzato la pur dolorosa perdita del marito. D'altra parte era stata sempre cosciente che Istvan correva molti rischi con le sue imprese e con la sua proverbiale irascibilità, che spesso lo portava a rischiare più del necessario; la sua morte improvvisa non l'aveva sorpresa più di tanto. Era il metodo che era stato usato che le faceva crescere una rabbia incontrollabile; avrebbe voluto avere Luciano Lo Giudice tra le sue mani, per farlo soffrire nel modo più orribile, il suo tradimento le era apparso inaccettabile.

Per il momento lei stava cercando di recuperare quanti più uomini e quante più armi possibile e

dava l'impressione che quando ne avesse avuti a
sufficienza, avrebbe scatenato una battaglia senza
esclusione di colpi con lo scopo, nemmeno tanto
nascosto, di arrivare a stanare Hector Molnar e il
suo tirapiedi siciliano e cancellarli per sempre
dalla faccia della terra.

Era certa che Luciano si nascondesse nella casa
del boss antagonista e quindi avrebbe potuto
prendere due piccioni con una sola fava.

Mentre lei era impegnata in queste attività,
l'ispettore Horbat cercava di capire quale fosse il
modo migliore per assaltare Sarolpuszta senza
dover ricorrere all'intervento dell'esercito e
soprattutto senza rischiare di perdere molti uomini.
Era una questione di primaria importanza, perché
se gli uomini di Nemeth si fossero riorganizzati,
sarebbe ricominciata molto presto una guerra
anche più cruenta e sanguinosa della precedente.
Aveva le prove per poterli arrestare praticamente
tutti, ma entrare a Sarolpusta appariva un'impresa
superiore alle sue forze.

La città stava vivendo in quei giorni dei momenti di
relativa tranquillità, ma era fin troppo evidente che
si trattava di una quiete apparente, destinata a
finire non appena il gruppo facente capo a Clara

Nemeth si fosse minimamente riorganizzato, oppure quando la banda di Molnar avesse deciso di sferrare l'attacco decisivo per ripulire definitivamente la città dai gruppi antagonisti.

Occorreva fermare questa gente il prima possibile, perché Budapest tornasse a essere la città allegra e vivibile che era sempre stata.

Horbat e i suoi collaboratori fecero più di una ipotesi d'intervento, ma nessuna sembrava soddisfarli pienamente e soprattutto nessuna era esente da rischi molto gravi.

Non era pensabile assaltare frontalmente Sarolpuszta, perché ci sarebbero stati un numero di morti impressionante e, cosa che preoccupava particolarmente l'ispettore, molti sarebbero stati tra le forze di polizia.

La forma migliore poteva essere quella antica, ma sempre funzionale, dell'assedio. Li avrebbero presi per fame, anche se le risorse del luogo erano moltissime e sicuramente Clara aveva messo in preventivo questa ipotesi e si era organizzata di conseguenza.

I tempi sarebbero stati di sicuro molto lunghi, ma l'ispettore non vedeva alternative. L'assedio avrebbe avuto comunque il vantaggio, da una parte di bloccare le attività degli uomini di Clara in città e dall'altra di non permettere che il suo gruppo si ingrossasse ulteriormente, perchè avrebbe almeno impedito che altri uomini potessero arrivare a Sarolpuszta.

Decisero, senza particolare entusiasmo, di seguire quella strada e il cinque di marzo, una lunga teoria di circa cinquanta camionette della polizia, giunse di fronte al grande portone di Sarlospuszta. Molti degli uomini dell'ispettore Horbat si disposero subito intorno alla enorme proprietà, per circondare la quale occorsero oltre centocinquanta agenti.

L'ispettore per poter giustificare l'operazione, aveva l'obbligo formale di notificare a Clara Nemeth e ai suoi uomini i mandati di perquisizione e di arresto nei loro confronti e una volta che loro si fossero rifiutati di arrendersi e consegnarsi alla giustizia, avrebbe avuto una giustificazione legale per assediare la proprietà.

Come previsto dalla legge, suonò quindi il campanello della proprietà, correndo poi a ripararsi dietro un auto, perché era certo che la risposta sarebbe stata una prima sventagliata di mitragliatrice, che sarebbe sicuramente partita dalle torrette d'avvistamento.

Attese un paio di minuti e poi con sua grande sorpresa, il grande portone meccanizzato si aprì lentamente, ruotando su se stesso. Horbat non sapeva più che cosa fare ma il protocollo era chiarissimo; non essendoci alcun segno evidente di resistenza o di ostilità, sarebbe dovuto entrare all'interno della proprietà e procedere alla notifica dei mandati.

Scelse dieci volontari tra gli uomini che gli erano rimasti vicini e poi, con grande cautela, attraversò con cinque sole auto l'ingresso della proprietà.

Con suo grande stupore non incontrò la benché minima resistenza e giunse facilmente di fronte alla sontuosa villa di Nemeth. La signora Clara li attendeva sul portico, con un sorriso aperto e affabile.

precedettero l'incontro, rallentò di molto il ritmo dei suoi allen"Sono qui per notificarle una serie di mandati di arresto e di perquisizione" esordì l'ispettore, cercando di darsi un certo contegno, ma continuando a restare nei pressi dell'auto.

"Prego ispettore si accomodi in casa insieme ai suoi uomini; posso offrirle una slivapalinka?" disse la signora Nemeth con grande cordialità.

"Signora, temo che lei non abbia capito che cosa le ho appena detto" disse Horbat sconcertato, tentando di mantenersi il più calmo possibile.

"Ho capito benissimo ispettore e le assicuro che non intendiamo opporre alcuna resistenza alle sue attività investigative" disse la donna con un'incredibile calma e continuando a sorridere.

Horbat era allibito. Non sapeva se attendersi da un momento all'altro, lo scatenarsi di un inferno di fuoco e di proiettili. Restava prudentemente vicino all'auto, pronto a farsene scudo e gettarsi a terra nel tentativo, che sarebbe stato abbastanza vano, di salvarsi la pelle.

"Avrei bisogno che lei faccia radunare tutti gli uomini sul piazzale antistante il ristorante" riuscì a dire, tremando leggermente.

"Va bene, non ci sono problemi ispettore. Allora questa Slivapalinka?" disse la donna, mentere impartiva ai suoi uomini l'ordine di eseguire senza discutere gli ordini del poliziotto.

L'ispettore e i suoi uomini entrarono in casa ancora molto sospettosi, non riuscivano a capacitarsi dell'atteggiamento di Clara Nemeth.

"Vede ispettore" esordì la vedova Nemeth, invitandoli a sedersi "noi siamo gente molto pratica e sappiamo capire quando la partita è definitivamente perduta. Le chiedo solo una grande cortesia, non mi porti via da qui in manette, non credo di meritarlo"

L'ispettore non poteva credere alle sue orecchie, ma decise di non porre tempo in mezzo e fece radunare gli uomini di Clara nel piazzale, dove i suoi agenti li ammanettarono tutti e cominciarono a caricarli sui cellulari.

Poi l'ispettore, rinfrancato, si rivolse alla donna.

"Mi scusi signora, ma io ho assolutamente bisogno di capire. È plausibile pensare che lei abbia radunato qui i suoi uomini proprio per evitare altre carneficine e permetterne la cattura da parte nostra?"

"Lei ispettore è un uomo davvero molto perspicace; la verità è che, dopo la morte di Istvan, io mi sono resa conto che questa guerra andava in qualche modo fermata. Non voglio apparire una santa e mi prenderò tutte le mie responsabilità e i conseguenti anni di carcere, ma non potevo permettere che questo bagno di sangue sì protraesse all'infinito"

"I suoi uomini erano consapevoli di questa sua scelta?" chiese l'ispettore ammirato.

"Non ne abbiamo mai parlato apertamente, ma credo che in cuor loro avessero capito e anche approvato questa mia decisione; nessuno di noi era intimamente convinto che fosse una buona idea continuare questo massacro"

"E' davvero incredibile! Lei è una persona davvero straordinaria ed ha tutta la mia ammirazione! Non posso prometterle nulla, ma farò tutto quanto in mio potere affinchè il magistrato tenga in debito conto ciò che lei è riuscita a fare oggi"

Horbat provava, suo malgrado, una grande ammirazione per quella donna e per la sua intelligenza. Aveva scongiurato una catastrofe che sembrava ormai inevitabile ed aveva impedito che i suoi uomini dovessero combattere per mesi una battaglia comunque persa, che avrebbe inevitabilmente comportato un grande numero di morti inutili.

Clara uscì per ultima dal portone di Salrolpuszta e non si voltò nemmeno a guardare indietro.

Appariva provate e commossa. L'ispettore le evitò l'umiliazione delle manette e lei salì liberamente sul sedile posteriore dell'auto della polizia e senza sirene, si avviarono lentamente verso la città.

12

Quanto accaduto a Salrolpuszta fu riportato ovviamente da tutti i giornali e dalle televisioni locali e nazionali; l'ispettore Horbat e i suoi uomini ricevettero un encomio solenne da parte del capo della polizia e del sindaco della città.

Lui sapeva di non avere molti meriti, se non quello di aver avuto il coraggio di entrare all'interno di quel pericoloso covo di vipere, ma si prese ugualmente e con molto piacere i complimenti di tutti e la promessa di una promozione a commissario.

I festeggiamenti più grandi, si ebbero comunque nella villa di Molnar, dove l'evento fu salutato da tutti come la consacrazione del ruolo di Hector quale capo ormai indiscusso della malavita cittadina.

Márton era particolarmente contento, sarebbe potuto tornare presto nella sua casa di Budaors e soprattutto avrebbe potuto finalmente rivedere Eva; gli mancava da morire quella ragazzina e adesso che la banda di Nemeth era stata definitivamente sgominata, avrebbe potuto finalmente cambiare la propria esistenza senza rischiare nulla e rifarsi una vita completamente nuova, come le aveva promesso tante volte..

L'incontro di boxe che Luciano ed Hector avevano organizzato per lui, non gli sembrava più così importante, ma continuava comunque ad allenarsi con il massimo impegno; non poteva dimenticare che il siciliano si era fatto garante per lui e quindi avrebbe rispettato il suo obbligo a qualunque costo. Tra l'altro mancavano solo quattro giorni all'incontro e poi sarebbe stato libero di andarsene; e poi confrontarsi con un pugile vero era una cosa che lo intrigava molto, perché voleva capire quali fossero le sue reali potenzialità.

Nei due giorni che amenti, per scaricare un po' dell'acido lattico che aveva accumulato e per seguire qualche indispensabile lezione di tattica di cui aveva estremo bisogno; arrivò così al fatidico giorno in ottime condizioni di forma e molto concentrato.

La sera dell'incontro arrivò insieme all'inseparabile Luciano nel salone dell'hotel Marriot e rimase molto stupito nel vedere quanta gente fosse venuta a godersi quella kermesse. Erano accorse oltre un migliaio di persone, stipate come sardine in una sala che avrebbe potuto contenerne al massimo cinquecento.

Prima di entrare nello spogliatoio cercò di individuare Eva, ma sapeva benissimo che non l'avrebbe trovata e dovette rassegnarsi.

Il suo era l'incontro principale e quindi l'ultimo della serata e lui impiegò il tempo a sua disposizione per fare esercizi di riscaldamento nello spogliatoio, assistito come un ombra da Luciano, che ormai sembrava diventato il suo manager a tempo pieno.

Quando dopo due ore, lo speaker chiamò il suo nome,si avviò per il breve corridoio che dallo spogliatoglio portava all'interno del salone, con le gambe che gli tremavano per l'emozione; indossava un accappatoio di un rosso sgargiante, regalo di Hector, che era in primissima fila con quattro guardie del corpo intorno, a godersi lo spettacolo. Cercò nuovamente Eva ma lei non c'era e questo lo amareggiò, ma non lo sorprese più di tanto.

L'arbitro chiamò i due pugili al centro del ring per le raccomandazioni di rito e Marton cercò a fatica di sostenere lo sguardo del suo avversario, poi i contendenti tornarono al loro angolo, si infilarono in bocca il paradenti e il gong decretò l'inizio del match.

Il suo avversario era veramente un tipo tosto, cinque centimetri più basso di lui, ma con un fisico massiccio, il collo molto corto e l'aria cattiva. Nelle prime due riprese Marton dovette difendersi dai suoi attacchi scatenati e ci riuscì a fatica solo grazie al suo maggior allungo, che gli permetteva di tenerlo lontano da se. Nonostante questo, fu costretto a incassare qualche colpo al volto, che però non gli fece più male di tanto.

Nella terza ripresa, il pugile di Debrecen riuscì ad entrare nella sua guardia e lo fece oggetto di una serie di colpi molto potenti, che lo fecero vacillare. Lo stesso canovaccio si ripeté di nuovo nella quarta ripresa e Marton era veramente in grandissima difficoltà. L'incontro durava solo sei riprese e in quel momento lui era in netto svantaggio, anche se il problema più grosso gli sembrava quello di riuscire a restare in piedi fino al termine dell'ultimo round.

All'inizio del quinto round, mentre prendeva posto al centro del quadrato, diede istintivamente uno sguardo verso il pubblico e in fondo alla sala, seminascosta dietro una colonna, c'era lei!

Quando la ripresa iniziò, lui era talmente sconcertato da quell'apparizione che non alzò la guardia e rischiò di finire knock-out dopo dieci secondi; riuscì miracolosamente a scamparla e riprese a boxare prima con maggiore attenzione, poi con una forza che non credeva di possedere; a metà ripresa riuscì a entrare nella guardia del suo avversario e gli assestò tre jab di sinistro al mento, poi caricò la spalla ed esplose un potentissimo gancio destro che lo alzò letteralmente da terra.

Gli occhi girati dietro la testa del pugile di Gyongos, fecero subito capire a tutti che non sarebbe più riuscito a rialzarsi e quindi l'arbitro decretò la fine dell'incontro e la vittoria di Marton, tra le urla del pubblico in delirio.

Luciano e i due ragazzi che lo assistevano, saltarono festanti sul ring e lo abbracciarono, lui guardò dalla parte di Eva, ma lei se n'era già andata.

Restò ancora qualche minuto sul ring, per raccogliere l'applauso convinto del pubblico, poi tornò nello spogliatoio insieme al suo piccolo staff, una veloce doccia, poi uscirono dal salone ancora eccitati e andarono a festeggiare nella villa di Hector; i suoi uomini avevano organizzato un ricevimento veramente straordinario. Hector aveva fatto le cose in grande, caviale, fegato d'oca e champagne, furono serviti in quantità industriale.

"Cosa ti avevo detto?" lo stuzzicò Luciano, appena riuscì a parlargli.

"Cominci a darmi molto fastidio Luciano, con questo fatto di aver sempre ragione" gli rispose Hector, fingendosi molto seccato.

Ormai aveva eletto quel buffo siciliano come il miglior elemento della sua banda, il consigliere più valido che avesse mai potuto sperare di trovare e non avrebbe accettato di separarsene per nessuna ragione al mondo.

"Ti prego non ti arrabbiare Hector, volevo solo dire che quel ragazzo mi sembra sprecato per fare l'esattore; quello è uno che può combattere per il titolo nazionale"

" Sì, lo ammetto, è un ottimo pugile, è molto rapido e sufficientemente cattivo, ma per il titolo nazionale mi sembra un po' acerbo!" esclamò Hector dubbioso.

"E perché no? Non mi sembra che qui in Ungheria voi abbiate dei pugili così eccezionali, con rispetto parlando"

"Quanto a questo, tanto per cambiare hai ragione, ma comunque il campione nazionale dei mediomassimi è uno davvero tosto e rischi veramente che il tuo pupillo si faccia molto male"

"Se sei d'accordo, facciamo una cosa, lasciamo che a decidere sia lui; è abbastanza adulto e maturo per poter valutare che cosa è meglio per se"

"Sì, mi pare una buona idea. Naturalmente ci vorrai parlare tu, non è vero?"

"Devi decidere tu, sei tu il capo" disse Luciano con un sorrisetto.

"Sei davvero un vecchio volpone ed è per questo che mi piaci, dai sempre l'impressione agli altri che possano decidere, ma hai già deciso tutto tu"

"Tu mi sopravvaluti, Hector" sì schernì il siciliano.

"Tu sei un uomo che non potrà mai essere sopravvalutato, anzi semmai può capitare il contrario e sono convinto che è proprio questo quello che desideri"

"Beh, diciamo che sentirmi al centro dell'attenzione non mi fa molto piacere" disse Luciano, con estrema franchezza.

"Certo, perché così puoi fare quello che vuoi, senza che nessuno ti dia più considerazione di tanto" rispose Hector, ammirato.

"Forse è come dici tu, ma adesso basta parlare. Che ne dici di andare a farci un bicchiere di champagne e due belle tartine al caviale?"

Nel frattempo Márton non stava più nella pelle. Era contento per la vittoria, ma nella sua testa c'era solo la voglia di rintracciare Eva. D'altra parte però, lui sapeva di essere l'ospite d'onore della serata ed era complicato riuscire ad andarsene.

Gli venne in soccorso Luciano, che gli si avvicinò, lo prese da parte e gli disse:

"Dai Marton, non avvilirti così, se vuoi puoi andare pure a cercare la tua bella"

Lui rimase letteralmente incredulo di fronte alla perspicacia dell'italiano.

"Beh.... allora ....insomma, se tu pensi che non sia un problema io me ne andrei"

"Vai, ma non salutare nessuno, non ti permetterebbero di scappare. A Hector ci penso io"

"Grazie Luciano. Sei un vero amico"

"Amuninne campione e ricordati di darle un grosso bacio da parte mia"

Marton non capì che cosa Luciano avesse detto, ma capì benissimo che era ora di squagliarsela; andò di corsa verso l'auto nuova che Luciano gli aveva procurato, mise in moto e partì senza voltarsi indietro, aveva un disperato bisogno di vederla.

Eva era tornara a casa e combatteva con dei sentimenti contrastanti. Continuava a pensare che la boxe fosse uno sport assurdo e incomprensibile, ma nello stesso tempo era tremendamente orgogliosa, per quello che aveva visto fare a Marton nel salone dell'hotel Marriott.

Le era sembrato bello come un Dio greco, con quei pantaloncini al ginocchio e quel fisico muscoloso e agilissimo nello stesso tempo.

Quanto avrebbe desiderato che fosse stato con lei, in quel momento! Gli avrebbe fatto vedere di che cosa era capace una ragazza ungherese innamorata, altro che il pugilato!

Ma lui, giustamente, era con i suoi amici a festeggiare la vittoria e quella sera non avrebbe avuto certamente tempo per lei; e poi lei era stupidamente scappata via appena finito l'incontro e non era nemmeno del tutto sicura che lui l'avesse vista.

"Che cretina sono stata" pensava "Sempre il mio stupido orgoglio; avrei potuto almeno fargli un cenno di saluto, magari ora sarebbe qui"

Mentre era impegnata in queste riflessioni, senti il clacson di un'auto risuonare nella strada.

"Chi è questo scemo che suona il clacson a mezzanotte" pensò. Il clacson suonò nuovamente. A quel punto corse fuori con un presentimento; lui era lì, in piedi dietro la sua nuova Alfa Romeo, con un sorriso a quarantaquattro denti e aspettava solo un suo invito per entrare.

Lei saltò i tre scalini che la separavano dalla strada, mentre lui girava intorno alla macchina; Eva lo abbracciò più forte che poteva e gli scoccò un bacio a ventosa, che non si interruppe nemmeno quando rientrano in casa, né quando entrarono in camera e nemmeno quando si buttarono sul letto avvinghiati come due serpenti.

Lui la spogliò rapidamente, lei spogliò lui e fecero l'amore come se fosse il loro ultimo giorno, in modo quasi brutale; avevano una voglia incontrollata l'uno dell'altra e non si resero nemmeno conto di cosa stesse loro davvero accadendo: provavano solo una meravigliosa sensazione di totale abbandono e di irrefrenabile desiderio.

Quando qualche ora dopo si fermano a riprendere fiato, si resero conto che in tutto quel tempo, non si erano detti neanche una parola e cominciarono a ridere, senza riuscire a fermarsi.

"Allora, dimmi la verità, hai deciso che ti piace la boxe?" chiese lui tra le lacrime.

Lei riuscì per un attimo a tornare seria e disse:

"È una cosa davvero abominevole"

"Non mi sembrava da come guardavi l'incontro" disse lui continuando a sghignazzare.

"Non fraintendermi, ero solo terrorizzata all'idea che tu potessi farti male. Non ho nemmeno capito come è andata a finire" mentì lei, che aveva fatto in tempo a vederlo esultare e soprattutto a vedere il suo avversario steso a terra, privo di sensi.

"Beh, allora ti voglio informare che ho vinto, pensavo che tu potessi esserne felice" proclamò lui, con orgoglio.

"Non me ne importa assolutamente niente e spero vivamente che tu non faccia mai più una cosa di questo genere, non riuscirei a sopportarlo" disse lei, cercando di nascondere un sorriso.

"Veramente stasera a casa di Hector, Luciano accennava alla possibilità di farmi combattere per il campionato nazionale" disse lui, preoccupato per la sua reazione.

"Tu fallo e ti giuro che non mi vedrai più per il resto della tua vita!" esclamò Eva, inorridita.

"Tanto sicuramente era solo uno scherzo, quindi non stare a preoccuparti"

"Non mi preoccupo? Stasera sono quasi morta di paura quando ho visto quell'omaccione peloso che ti prendeva a cazzotti, sarei voluta salire sul ring per fermarlo"

"Probabilmente con questa grinta avresti vinto tu!" disse lui, ridendo "dai non ti arrabbiare sempre, vieni qui vicino a me"

Lei lo guardò per un attimo, poi non seppe resistere, si rannicchiò contro il suo petto, lo baciò teneramente sul collo e ricominciarono dal punto in cui avevano lasciato.

13

I festeggiamenti erano finiti e il commissario Horbat, fresco di nomina, si era rituffato con determinazione nella sua occupazione principale. Si rendeva conto che la criminalità organizzata della città era tutt'altro che sconfitta, anche se l'operazione Salrolpuszta aveva portato dietro le sbarre oltre centocinquanta persone, ma tutto sarebbe stato inutile se non fosse riuscito a mettere le mani su Molnar.

La polizia conosceva benissimo Hector e le sue molte attività illecite, ma non aveva nessuna prova tangibile per incastrarlo. Hector si muoveva sempre con grande prudenza e se poteva essere relativamente semplice per gli uomini del commissario, arrestare qualcuno dei suoi, non era mai stato possibile arrivare fino a lui.

La residenza di Budakeszi era stata oggetto di appostamenti, pedinamenti, indagini di ogni tipo, ma tutto era apparso sempre disperatamente regolare; anche la presenza di un noto mafioso siciliano, il probabile autore materiale dell'assassinio di Istvan Nemeth, non dava loro alcuna concreta possibilità di intervento, essendo l'uomo incensurato persino in Italia.

Il commissario era cosciente che fino a quando non fosse riuscito a sgominare la banda di Molnar, la città non sarebbe potuta tornare alla normalità.

Questo era diventato il suo chiodo fisso e lo tormentava continuamente; tutti i giorni inviava i suoi uomini a Budakeszi, per cercare di raccogliere qualche prova contro il boss, ma fino a quel momento i suoi tentativi erano rimasti totalmente infruttuosi.

Cercava disperatamente di farsi venire un'idea, ormai era diventata una questione di principio, si sentiva impotente e questo lo faceva infuriare. Poi un giorno ebbe un'idea un po' particolare; se non si poteva risolvere la faccenda agendo frontalmente, avrebbe dovuto operare in un altro modo, magari trovando a carico di Hector qualche reato minore: la cosa importante era che il criminale finisse in qualche modo in carcere, anche solo per un anno o due, era sicuro che se questo fosse accaduto, la sua organizzazione si sarebbe completamente dissolta.

Cominciò a ragionare in modo diverso rispetto a prima, non cercava più estorsioni, rapine, omicidi, sequestri di persona e altri reati gravi, ma fatti minori, certo non una multa per eccesso di velocità, ma comunque qualcosa a cui non aveva mai pensato in precedenza.

Una mattina, dopo l'ennesima infruttuosa riunione col suo staff, gli venne in mente una possibilità e chiamò un suo carissimo amico, all'ufficio delle Entrate.

"Ciao Janos, sono Victor. Come stai, vecchio puttaniere?" esordì Horbat

"Come sto io? Come stai tu, che sei diventato il poliziotto più famoso e celebrato di tutta l'Ungheria" lo apostrofò ridendo Il funzionario.

"Non mi prendere in giro, lo sai che non mi piace. Io non ho fatto praticamente nulla"

"E già certo, arrestare la moglie di Istvan Nemeth e centocinquanta dei suoi uomini, non è nulla!" ribattè l'amico, fingendosi arrabbiato.

"Si sono arresi senza fare resistenza e senza sparare un colpo" sì schernì Il commissario.

"Sì va bene, tanto tu minimizzi sempre tutto. A che devo l'onore?"

"Ascoltami molto attentamente Janos, noi dobbiamo assolutamente mettere le mani su

Hector Molnar e con i sistemi tradizionali non riusciamo a farlo. È solo un idea balzana, ma avevo pensato che forse potremmo aggredirlo su qualche questione fiscale, tipo una grossa evasione che possa prevedere l'arresto"

"Un po' come fece l'FBI con Al Capone!" disse il funzionario, ridendo.

"Ecco, sì bravo, hai capito benissimo. Per carità è solo un'ipotesi, ma con questi soggetti non si sa mai"

"L'idea mi sembra geniale" disse Janos "ma non riesco a capire come io potrei aiutarti"

"Beh, tu hai dei sistemi di ispezione fiscale molto approfonditi e puoi entrare in assoluta legalità e senza dover dare spiegazioni nella sua casa, per fare una verifica. Io invece ho bisogno di un mandato di perquisizione o meglio ancora d'arresto e senza qualche prova concreta non li otterrei mai" ammise tristemente il commissario.

"Sì questo è vero. Ma cosa speri di riuscire a trovare?" chiese incuriosito l'amico.

"Innanzitutto avresti la possibilità di riferirmi ogni giorno cosa accade dentro quella casa e poi chi lo sa, potresti imbatterti in qualche importante frode fiscale, una grossa partita di pagamenti o incassi in nero, che per me sarebbe più che sufficiente per sbatterlo dentro"

"Beh, non è male come idea devo ammetterlo, potrebbe anche funzionare; ne voglio parlare subito col mio capo e poi ti farò sapere" disse il funzionario, che cominciava ad appassionarsi alla cosa.

"Grazie Janos. Sapevo di poter contare su di te. Fai più in fretta che puoi" concluse Horbat, con un certo entusiasmo.

"Ti richiamo domani o dopodomani ok?"

"Va benissimo, grazie. Ciao"

Il commissario riattaccò e sentiva di aver forse imboccato la strada giusta. In effetti i funzionari delle Entrate potevano accedere liberamente a casa e soprattutto ai libri contabili di chiunque e continuare l'ispezione anche per mesi, quindi potevano diventare degli ottimi collaboratori per le sue indagini.

Se poi fossero riusciti a scoprire un evasione fiscale di una certa importanza, il problema si sarebbe automaticamente risolto. Certo, non poteva fare un particolare affidamento su quella eventualità, perché sapeva che quella gente non lasciava mai niente al caso e teneva la contabilità delle attività lecite in perfetto ordine, ma era una strada che andava comunque percorsa.

Due giorni dopo Janos lo richiamò:

"Abbiamo il via libera da parte del mio capo. Possiamo cominciare l'operazione"

Tre giorni dopo una squadra di dodici uomini dell'Ufficio delle Entrate, si presentò nella residenza di Hector.

"Buongiorno signor Molnar" esordì con naturalezza Janos, che ovviamente aveva chiesto e ottenuto di dirigere quella squadra, per non farsi sfuggire quella ghiotta occasione di carriera "Abbiamo l'ordine di eseguire una ordinaria ispezione fiscale delle sue attività"

"Prego dottore, si accomodi. La mia casa è a vostra completa disposizione, non abbiamo nulla da nascondere" disse Hector, cerimonioso.

"Questo è quello che vedremo" pensò Janos e poi invece disse:

"La ringrazio per la disponibilità, avremmo bisogno di vedere i registri contabili delle sue società ed avere un ufficio solo per noi, che sigilleremo ogni sera. Naturalmente non è obbligato, ma in caso contrario dovremmo portare tutti i registri alla nostra sede"

"No no, va benissimo. Vi posso dare tranquillamente il mio ufficio, dovrebbe andare bene"

"Andrà sicuramente bene signor Molnar, ora per favore faccia portare nell'ufficio tutti i libri contabili delle aziende di sua proprietà" disse Janos, un po' indispettito dalla sicurezza ostentata da Hector. Era abituato a vedere gente avere problemi di incontinenza intestinale, di fronte a un ispezione fiscale e quella tranquillità lo sconcertava.

Nei giorni successivi rimasero solo sei funzionari per portare avanti la verifica e si chiusero in quell'ufficio meraviglioso, arredato lussuosamente, che aveva alle pareti quadri stupendi, di certo del valore di molte centinaia di milioni di Fiorini.

Dopo pochi minuti arrivarono i registri contabili, portati nell'ufficio da ben cinque persone, capeggiate dall'ineffabile Luciano.

Il siciliano, con l'aiuto di un'interprete, un'attempata signora di nome Krisztina, proveniente da Solnok, si presentò agli ispettori del fisco come il capo contabile di tutte le aziende di Hector e diede loro, con un sorriso beffardo, la propria disponibilità per qualunque necessità o chiarimento.

Janos fu ancora più irritato dal modo di fare dell'uomo, che si comportava come se la loro presenza gli fosse totalmente indifferente e quasi gradita.

Si buttò a lavorare con grande zelo sulle carte, insieme ai suoi colleghi e non ci penso più.

14

Márton era potuto finalmente tornare a casa sua
ed era veramente un uomo felice; era libero, non
aveva più obblighi verso nessuno e poteva
dedicarsi completamente a Eva ed ai suoi
allenamenti.

La ragazza veniva a trovarlo praticamente ogni
giorno e avevano anche parlato della possibilità
che lei venisse a vivere a casa di lui; la ragazza
però, per il momento, aveva preferito restarsene a
casa sua. Gli aveva detto, ridendo, che vivere in
casa di un energumeno che passava le sue
giornate a dare pugni a dei sacchi di sabbia, non
era proprio il massimo delle sue aspirazioni.

In realtà lei era felicissima di questo cambiamento
intervenuto nella vita di Marton, è vero che non
amava molto il pugilato, ma tra praticare uno
sport, qualunque esso fosse e fare l'esattore per
conto di una gang di malavitosi, c'era una bella
differenza.

Certo, lui avrebbe dovuto trovarsi un lavoro serio,
perché il pugilato non poteva essere un mestiere,
ma per il momento aveva un po' di soldi da parte,

aveva guadagnato una borsa di tre milioni di Fiorini nell'incontro che aveva fatto e quindi aveva un po' di tempo per pensarci.

Il problema più grosso era che in cuor suo, lui continuava a sperare in quell'incontro per il titolo ungherese e la cosa non le piaceva per due motivi; prima di tutto perché era convinta che stavolta si sarebbe fatto massacrare e in secondo luogo perché per poter sperare di fare quell'incontro, doveva continuare ad avere rapporti con la banda di Hector Molnar ed in particolare con quel tale Luciano lo Giudice, di cui lui gli aveva parlato come di un suo grandissimo amico, ma che a lei non piaceva per niente.

Rifiutava l'idea che lui potesse avere ancora che fare con quella gente, temeva che prima o poi gli avrebbero chiesto qualcosa in cambio e sarebbe rimasto ancora invischiato in quel giro. Lui le aveva giurato che questo non sarebbe stato possibile, che la sua vita era cambiata definitivamente, che indipendentemente dal pugilato non sarebbe mai più tornato indietro.

Lei credeva alle sue buone intenzioni, ma c'era un problema e questo problema si chiamava Luciano lo Giudice. Quell'amicizia non le piaceva, lo teneva ancorato al suo passato e questo la spaventava.

Dopo un breve periodo di tranquillità, arrivò la telefonata di Luciano. Eva in quel momento era al lavoro e Marton potè parlare liberamente.

"Ciao Marton, come stai? Sei in forma? Ti alleni con regolarità?" esordi ii siciliano.

"Benissimo grazie Luciano, si mi alleno tutti i giorni almeno tre ore. E da voi come va?"

"Non troppo bene, amico mio. Abbiamo in corso una verifica dell'Ufficio delle Entrate e sembrano piuttosto determinati. Comunque noi non dovremmo avere nulla da temere, perché i nostri conti sono assolutamente in regola, al limite potrebbe venir fuori qualche insignificante sanzione per errori formali. Il problema è che finché ci sono questi, i nostri "altri" affari sono praticamente bloccati"

"Mi dispiace per voi, spero che finisca presto"

"Parlano di tre mesi, purtroppo" rispose il siciliano "Va bene, ora basta preoccuparci. Parliamo di cose positive" disse Luciano, cambiando argomento.

"E cosa c'è di tanto positivo?" chiese Marton, drizzando le orecchie.

"Beh, innanzitutto c'è che sono riuscito, tramite Hector, a prendere contatto con il manager di Ferenc Pap, il campione ungherese dei mediomassimi"

Márton entrò subito in fibrillazione, ma non disse nulla e attese il seguito.

"Per il momento" prosegui il siciliano "non c'è nulla di concreto, è stata solo una chiacchierata, ma mi è sembrato di capire che lui ha saputo del tuo incontro al Marriott Hotel ed è curioso di conoscerti"

"Dove vive questo manager?" chiese il ragazzo.

"A Gyor, una città che naturalmente non conosco; credo che se dovessimo trovare l'accordo, l'incontro si svolgerebbe nel palazzetto di quella località"

"Per me andrebbe benissimo. Dai Luciano, fammi questo regalo!" disse il ragazzo, quasi supplicando.

"È troppo presto per dirlo, ti terrò informato" concluse l'italiano.

"Ti ringrazio tanto, ciao"

Chiuse la comunicazione con la testa che gli girava per l'emozione. Il campionato nazionale! Il sogno di sempre che si realizzava; ora il problema era parlarne con Eva, che immaginava si sarebbe arrabbiata moltissimo. Preferì tacere per il momento, almeno finché non avesse avuto conferme da Luciano.

Nel frattempo gli ispettori continuavano il loro lavoro, frustrati dal fatto che, dopo oltre due settimane, non avevano trovato assolutamente niente di irregolare nei registri contabili delle varie società.

Avevano anche cercato di buttare l'occhio fuori dallo studio di Hector, per individuare qualche movimento sospetto, ma dovevano farlo con molta cautela e comunque non sembrava accadere assolutamente nulla di particolare.

Luciano si occupava assiduamente di loro e faceva in modo che non gli mancasse mai nulla, nè bevande, né cibo.

Una mattina, durante una pausa, si era seduto con gli ispettori, accompagnato da Krisztina e dopo aver preso un caffè, aveva detto:

"Abbiamo una società che ha riportato un utile straordinario, ma non sappiamo se dichiararlo come utile o darlo in beneficenza"

"E' una buona idea. Posso sapere di che cifra si tratta?" chiese Janos piuttosto interessato.

"Più o meno sessanta milioni di Fiorini" disse Luciano, fingendo indifferenza.

"È una bella somma" esclamò il funzionario "E perché vorreste darla in beneficenza?"

"Vede dottore, anche se non sembra, Hector è un filantropo e vorrebbe regalare questa somma a qualcuno che ne abbia realmente bisogno"

Janos improvvisamente capì! Sessanta milioni di Fiorini, dieci milioni a testa per chiudere la verifica velocemente, senza ulteriori problemi.

Dieci milioni! Il loro stipendio di 3 anni! Janos fece ovviamente finta di non aver capito nulla. Voleva restare solo con i suoi colleghi, per parlarne senza orecchie indiscrete che potessero udirli.

"È molto generoso da parte vostra pensare alle persone bisognose" disse, guardando attentamente in faccia Luciano, per vedere la sua reazione.

"Hector è fatto così, non c'è da stupirsi che sia tanto benvoluto" disse il siciliano, con un sorrisetto che confermò i suoi sospetti.

"Grazie signor Lo Giudice ora, se non le dispiace, dobbiamo riprendere il nostro lavoro, ci vediamo stasera per la solita apposizione dei sigilli"

"Grazie a lei dottore, buon lavoro" e lo disse in ungherese, senza ricorrere all'interprete, perché queste erano tra le poche parole che aveva imparato.

Non appena Luciano se ne fu andato, loro si guardarono negli occhi increduli. Avevano la certezza che nello studio ci fossero delle cimici e quindi pensarono bene di esprimere i loro pensieri scrivendoli su dei foglietti di carta.

"Avete capito? Ci ha offerto dieci milioni a testa" scrisse Janos, per primo.

"Certo è una bella somma" ammise Endrè, il suo più stretto collaboratore.

"Potrei fare un sacco di cose con quei soldi" scrisse un altro suo uomo.

Gli altri tre uomini tacevano, anche perché non erano funzionari delle Entrate, ma poliziotti infiltrati dal commissario Horbat, anche a protezione degli altri tre.

Alla fine l'iniziativa la prese Janos, che scrisse una specie di poema:

"Amici, dieci milioni sono una somma che può far girare la testa, ma ricordiamoci che siamo in presenza di assassini seriali, di gente che non si è fatta scrupoli di ammazzare anche persone che non c'entravano niente, donne e bambini, durante le loro scorribande per scovare gli uomini di Nemeth. Quindi io sono per portare avanti la verifica e cercare qualcosa di irregolare, ma mi rimetto alla vostra decisione"

Gli altri cinque si guardarono in faccia e poi fecero contemporaneamente un cenno affermativo con la testa e sorrisero. Janos fu estremamente fiero della correttezza e dell'onestà di quegli uomini e cominciarono a lavorare ancor più alacremente di prima.

Quel pomeriggio, quando chiusero i verbali e sigillarono le porte dell'ufficio, Luciano si rivolse a loro con uno sguardo interrogativo.

"Bene signor Lo Giudice, anche per oggi abbiamo finito. A proposito, siamo veramente felici che voi vogliate fare una donazione così importante" disse

Janos con un sorriso "e pensiamo che un ospedale pediatrico o una casa di riposo per anziani potrebbero essere i destinatari ideali" proseguì l'ispettore, pesando le parole.

Luciano incassò quel rifiuto senza battere ciglio. D'altra parte era molto tranquillo circa l'esito della verifica, perché i suoi libri contabili erano ineccepibili. L'unico motivo per cui gli aveva offerto quel denaro, era che la loro presenza all'interno della casa di Hector cominciava a dar sui nervi a parecchi ragazzi e qualche testa calda avrebbe potuto combinare qualche casino.

Qualche giorno dopo, durante la pausa pranzo, Endré stava facendo il giro dell'ufficio, per osservare da vicino gli stupendi quadri appesi alle pareti. Ce n'erano di meravigliosi, anche di autori importanti e rappresentavano perlopiù paesaggi della favolosa puszta ungherese e nature morte. Un dipinto colpì particolarmente la sua attenzione; non era il più bello di tutti, ma aveva un qualcosa di particolare e lui non riusciva a capire bene che cosa fosse.

Lo guardò con più attenzione, lo osservò da tutte le angolazioni e alla fine capì; Il quadro era storto! L'ufficio di Hector era curato in modo maniacale e tutte le mattine un manipolo di cameriere riordinava la stanza in maniera perfetta; quella cosa non aveva senso. Si avvicinò istintivamente al quadro per raddrizzarlo e notò che la parete aveva un colore leggermente diverso dalle altre. Sollevò il dipinto e colpì istintivamente la parete con le nocche della mano. Aveva un suono strano, come se ci fosse stato un vuoto. Fece la stessa cosa a un metro di distanza e il muro appariva solido e compatto.

A quel punto avvertì Janos della scoperta; il suo capo sì mostrò particolarmente incuriosito e andò anche lui a battere il muro con la mano.

Decisero di agire, chiusero a chiave la porta dello studio, si fecero prestare dai poliziotti i coltelli d'ordinanza e cominciarono a tagliare il muro dietro il quadro. La cosa si rivelò facilissima, trattandosi di una finta parete di compensato, ma la loro sorpresa fu grande quando si accorsero che, sotto la prima parete, ce n'era un'altra che sembrava molto più robusta. Si armarono di pazienza, cercarono di tirar via anche questo secondo pannello e l'operazione si rivelò molto più difficile della precedente. Dopo aver concluso il lavoro, trovarono un terzo pannello e cominciarono a scoraggiarsi, ma la curiosità era ormai più forte di tutto e attaccarono anche questo ulteriore ostacolo.

Finalmente dopo aver tirato via anche il terzo riquadro, apparve loro una complicata cassaforte, che non potevano sperare di aprire in nessun modo.

Avevano solo un sistema per sapere cosa ci fosse là dentro ed era quello di farsela aprire dal proprietario; da un punto di vista squisitamente legale, ne avevano tutti i diritti.

Chiamarono Luciano, lo misero dinanzi all'evidenza e gli chiesero di aprire la cassaforte. Il siciliano, che era veramente sorpreso, corse a chiamare Hector che si precipitò nella stanza seguito da tre uomini armati, con le pistole in pugno. I tre funzionari si barricarono dietro la monumentale scrivania, i tre poliziotti invece impugnarono le loro pistole di ordinanza, pronti a far fuoco al minimo accenno di pericolo. Ci fu un attimo di grandissima tensione, poi Hector urlò:

"Basta, fermi, abbassate le armi!!"

Qui grido ebbe l'effetto di placare gli animi di tutti e una volta ristabilita la calma e rimesse le pistole nelle fondine, Hector accettò, con un sospiro rassegnato, di aprire la cassaforte. Aveva capito prima di tutti che lo avevano incastrato e si era arreso all'evidenza dei fatti.

All'interno di quella specie di forziere, i funzionari trovarono un tesoro; oltre a circa trecento milioni di fiorini in contanti e diamanti per un valore anche superiore, scoprirono documenti concernenti profitti per ogni genere di crimine, dal racket, al commercio di droga, allo sfruttamento della prostituzione, fino alla compravendita illegale di oggetti preziosi di dubbia provenienza.

Luciano osservava questa scena sbigottito, con gli occhi fuori dalla testa; era al corrente che Hector aveva molte entrate in nero, soprattutto per l'attività di riscossione delle tangenti dagli esercizi commerciali, ma non immaginava nemmeno lontanamente le dimensioni dei suoi traffici sotterranei.

Le manette scattarono subito ai polsi di Hector, che aveva un volto imperscrutabile, nemmeno Luciano riusciva a capire a cosa stesse pensando. I funzionari e i poliziotti condussero il capo mafia fuori dalla casa e non ebbero nessun problema con i suoi uomini, perché il boss ordinò loro di non muoversi e di non fare nulla.

Anche Luciano venne condotto alla stazione di polizia, ma senza manette e solo per mettere in chiaro la sua posizione. Il siciliano apparve subito completamente estraneo alle attività illecite di Hector, la polizia dovette a malincuore rilasciarlo e verso mezzanotte poté far rientro alla villa.

Al suo arrivo trovò una situazione tremenda, la signora Andrea piangeva disperatamente accasciata su un divano, stringendo in braccio i suoi due figli, i circa venti uomini che Hector teneva di guardia alla sua villa, erano sconcertati e discutevano animatamente tra di loro, su quale fosse la cosa migliore da fare.

Luciano decise di prendere subito le redini della situazione, aveva già vissuto un'esperienza simile in passato, li convocò tutti quanti nello studio di Hector e parlò con la sua consueta calma:

"Ragazzi, non posso negare che la situazione sia molto preoccupante e complicata, ma noi abbiamo la necessità di restare calmi e vedere come si svilupperanno le cose nei prossimi giorni; è importante che in questo periodo vengano sospese tutte le attività e vi prego di far conoscere questa decisione anche agli uomini che lavorano fuori"

In effetti era molto più preoccupato di quello che voleva dare a vedere, ma sapeva che gli uomini avevano bisogno di una guida sicura e ora che Hector era in carcere, quella guida non poteva essere che lui. Sperava che il capo potesse tornare il prima possibile, perche non amava ruoli da protagonista, ma sapeva che non sarebbe stato facile e per il momento dovava fare di necessità virtù.

I ragazzi capirono immediatamente che lui era l'uomo giusto per gestire quella situazione d'emergenza e gli conferirono tacitamente il ruolo di capo della banda, almeno finchè Hector non fosse tornato.

15

Victor Horbat non stava più nella pelle, con Hector in carcere il cerchio si era chiuso e adesso si trattava solo di lavorare un po' sugli sbandati della sua gang, ma quello sarebbe stato un gioco da ragazzi.

Era un po' contrariato perché non era riuscito a beccare il siciliano e lui era un uomo in grado di riorganizzare la banda di Molnar, ma non aveva trovato nulla per incriminarlo e l'aveva dovuto lasciar andare.

Comunque lo avrebbe seguito e fatto seguire come un'ombra dai suoi uomini e al primo passo falso anche lui sarebbe finito dietro le sbarre.

Luciano dal canto suo, sapeva che in quel momento doveva tenere un profilo basso; era perfettamente cosciente che la polizia lo teneva sotto stretta sorveglianza e non aveva nessuna libertà di movimento.

L'unica cosa che poteva fare liberamente, in quella situazione, era continuare a lavorare sulla possibilità di far combattere Marton per il titolo di campione nazionale.

Contattò nuovamente il manager di Ferenc Pap e stavolta ottenere una risposta un po' meno interlocutoria; la sua nuova posizione di reggente dell'impero di Hector Molnar, ormai conosciuta da tutti, gli dava una credibilità diversa e l'agente si dimostrò possibilista, promettendo di richiamarlo nel giro di una settimana.

Luciano telefonò a Marton e lo informò con molto tatto di questa novità; lui stava mangiando un panino e per poco non si strozzò, era la notizia più bella che potesse sperare di ricevere, ormai era sicuro che l'incontro si sarebbe fatto.

Luciano cercò di calmarlo, dicendogli che ancora non c'era nulla di certo e che dovevano aspettare ancora qualche giorno, ma in cuor suo anche lui era convinto che ormai Marton avrebbe potuto combattere per il titolo di campione d'Ungheria. Certo, le possibilità di vincere erano davvero molto poche, ma anche solo poterci provare era motivo di grande soddisfazione.

Márton la pensava allo stesso modo, per lui la cosa più importante era quella di poter fare quell'incontro, indipendentemente dall'esito; ne avrebbero parlato tutti i giornali sportivi e non e lui avrebbe avuto il suo piccolo momento di gloria e una cospiqua borsa di venti milioni anche in caso di sconfitta.

Non lo preoccupavano minimamente i colpi che avrebbe potuto prendere durante l'incontro, ma aveva invece il terrore di doverne parlare con Eva; lei lo aveva avvertito di non provarci nemmeno per scherzo, ma lui sapeva che quella era la sua grande occasione e non avrebbe voluto rinunciare, nemmeno per amor suo.

Quella sera, quando lei arrivò a casa, sorridente come al solito, tentò di parlarle.

"Sai Eva, ti ricordi quando ti ho parlato di quella possibilità di un incontro per il titolo nazionale?" attacco lui, cercando di partire da lontano.

"Preferirei non parlarne" rispose la ragazza, in modo quasi brusco.

"Fammi spiegare ti prego, il fatto è che oggi mi ha telefonato Luciano e mi ha detto che ci sono delle buone possibilità che l'incontro si possa fare" disse lui tutto d'un fiato, con il cuore che gli batteva a mille.

Lei non si scompose neanche più di tanto, lo guardò inferocita ma senza dire nulla, raccolse la sua borsa e se ne andò, senza voltarsi.

Marton avrebbe voluto fermarla, ma si rese conto che avrebbe solo potuto peggiorare la situazione e si disse che, magari nei giorni successivi, lei si sarebbe un po' tranquillizzata e avrebbe potuto parlarle con più calma.

Due giorni dopo Luciano richiamò, chiedendogli di poterlo raggiungere nella villa di Budakeszi; lui ebbe il presentimento di qualcosa di importante, si infilò in macchina e corse subito da lui.

Arrivò alla villa con il fiato corto per l'emozione, Luciano lo attendeva sul portone con un grande sorriso stampato sotto i baffi:

"Ciao campione. Allora come vanno le cose? La tua bella ti sopporta ancora?" chiese il siciliano, battendogli una mano sulla spalla.

"Veramente è un po' arrabbiata per questa storia dell'incontro, ma sono sicuro che le passerà"

"Ma sì, non preoccuparti, le donne amano gli uomini vincenti, quindi tu pensa a vincere e non avrai nessun problema" esclamò Luciano.

"Fosse così facile" pensò lui e poi disse "Sì, ne sono convinto anch'io. Speriamo che vada tutto bene. Ci sono novità?"

"Grandi notizie amico mio, il manager del campione mi ha chiamato ed ha confermato l'incontro a Gyor, per il venticinque maggio"

"Il venticinque maggio?" protestò senza convinzione, Marton "ma è tra quaranta giorni!"

"Sì lo so, in effetti il tempo non è moltissimo, ma ce lo dobbiamo far bastare. Ti ho già trovato una palestra molto ben attrezzata, un allenatore davvero in gamba e degli sparring partners giusti, che saranno sempre a tua completa disposizione"

"Non ci posso credere, tu sei un organizzatore perfetto!" esclamò Marton, ammirato.

"Non mi ci è voluto tanto, da un po' di giorni tutte le porte sembrano aprirsi con molta facilità" disse il siciliano, sorridendo.

Il giorno stesso lo condusse in quell'attrezzatissima palestra, gli presentò gli uomini che avrebbero lavorato con lui e misero giù insieme un programma di allenamento personalizzato, che prevedeva almeno cinque ore di lavoro al giorno in palestra, un'ora di corsa, oltre a una dieta ferrea e al divieto assoluto di bere alcolici e di fare sesso.

Márton cominciò subito a lavorare con grandissimo impegno, faceva impazzire gli sparring partners con sedute massacranti e nel tardo pomeriggio se ne andava a fare la sua ora di corsa per la città; era il momento che amava di più, Budapest è bellissima comunque, ma percorsa a piedi in una serata di primavera, diventa veramente meravigliosa. Partiva dalla zona del Parlamento e andava verso il ponte Margherita, qui entrava nell'isola omonima e percorreva incantato quei meravigliosi giardini, usciva dalla parte opposta sull'Arpad hid, attraversava il ponte e tornava indietro, dalla parte di Buda, fino al Ponte della Libertà; quando imboccava il ponte, non poteva fare a meno di ammirare lo splendido hotel Gellert, un albergo meraviglioso sul lungo Danubio, che aveva al suo interno una stazione termale del 1800, la più famosa di tutto il paese. Poi tornava dalla parte di Pest, imboccava Vaci utca e correva sull'isola pedonale fino a Vorosmarty ter, per poi rientrare in palestra a fare gli esercizi di defaticamento.

Di Eva nemmeno l'ombra; non rispondeva alle sue telefonate e lui preferiva non andare a cercarla a casa, per non farla arrabbiare ancora di più.

Era molto deluso da quell'atteggiamento, comprendeva le sue preoccupazioni, ma avrebbe voluto che si rendesse conto di quanto era importante quell'occasione per lui e lo avesse sostenuto.

La verità era che non riusciva a vivere senza di lei, era diventata la cosa più importante della sua vita, non gli era mai successo che una ragazza gli rubasse il cuore in quella maniera.

Era comunque sicuro che se anche lei lo amava davvero nello stesso modo, lo avrebbe capito e perdonato, era solo questione di tempo.

Intanto sfogava la sua frustrazione con gli sparring partners, che riempiva di pugni fino allo stremo delle forze; lo stesso allenatore era impressionato e anche un po' preoccupato dalla rabbia che lui metteva negli allenamenti, temeva potesse farsi male e compromettere tutto.

Luciano veniva tutti i giorni a godersi lo show del suo campione e a differenza dell'allenatore, era veramente soddisfatto del suo impegno e della sua tenacia. La strada per essere competitivo a livello nazionale era ancora lunga, ma Marton ce la stava mettendo davvero tutta!

I preparativi per l'incontro andavano avanti, erano stati stampati migliaia di manifesti con l'immagine dei due pugili e Marton, durante la sua corsa serale, non poteva fare a meno di vederli e di sentirsi molto orgoglioso. Avrebbe preferito che l'incontro si svolgesse a Budapest, ma quello era solo un dettaglio, comunque lui era quasi completamente sconosciuto rispetto al tuo avversario, che avrebbe comunque avuto tutto il pubblico dalla sua parte.

I giorni passavano ed il desiderio di Eva si faceva sempre più forte, i tentativi di chiamarla erano diventati una costante, ma sempre con lo stesso sconfortante risultato.

Una sera decise di allungare il suo giro di corsa e arrivò fino a casa sua, distante dalla palestra oltre quattro chilometri; la finestra del piccolo villino era illuminata e lui si nascose dietro un auto in sosta ad osservatore la situazione, sperando almeno di poterla scorgere. A un certo punto la figura di lei entrò nel riquadro della finestra e lui entro in fibrillazione; qualche attimo dopo però, anche la figura indistinta di un uomo si avvicinò ad Eva e lui si senti morire.

Sì disse di restare calmo, di cercare di capire meglio la situazione, ma i suoi buoni propositi durarono pochi secondi, non riuscì a resistere, attraversò la strada e fece irruzione dentro la villetta. I due si girarono increduli, lui aveva gli occhi fuori dalla testa, l'uomo era Luciano!

Márton non disse neanche una parola, accecato dalla rabbia si avventò contro l'ormai ex amico, con l'intento di strangolarlo; Luciano era tutt'altro che un tipetto remissivo e all'inizio si difese molto bene, ma la rabbia e la forza del ragazzo ebbero presto il sopravvento e il siciliano si trovò scaraventato a terra, con Marton che gli stringeva con forza il collo.

"Basta, smettetela!" urlò Eva, appena si fu ripresa dallo stupore "Marton, testone, non hai capito niente!"

Il ragazzo allentò per un attimo la presa e poi ricominciò a stringere il collo di Luciano.

"Basta Marton!" urlò di nuovo la ragazza "lascami almeno spiegare!"

Lui finalmente si staccò dal collo del siciliano, continuando a guardarlo con un odio mortale e Luciano poté rialzarsi, massaggiandosi il collo indolenzito.

"Sei il solito testardo e come sempre non hai capito assolutamente niente!" esclamò la ragazza ancora spaventata. "Luciano è venuto qui, e non è la prima volta, per cercare di convincermi ad accettare questa tua scelta di fare il combattimento"

Márton guardava ora l'uno ora l'altra, ancora molto sospettoso, poi lentamente si rese conto dell'assurdità dei suoi dubbi.

"Ma io vi ho visti insieme.... pensavo....credevo......." balbettò.

"Sì Marton, hai perfettamente ragione" disse Luciano, che era appena riuscito a riprendere fiato "avrei dovuto parlartene prima, ma speravo di poter mettere a posto le cose da solo"

"Mi sono reso conto" prosegui l'italiano "che il fatto che Eva non accettasse questa tua decisione, ti stava provocando molti problemi e rischiava di compromettere seriamente la tua preparazione, quindi sono venuto da lei a cercare di spiegarle la cosa e convincerla a sostenerti"

Il ragazzo era così mortificato che non sapeva più da che parte guardare:

"Io non so che dire. Mi dispiace tanto Luciano, non so davvero come potrò farmi perdonare. Ora che ho la mente fredda, mi rendo conto che avrei potuto sospettare di chiunque, ma non di te" disse il quasi sussurrando.

"Non stare a preoccuparti, non è successo niente, ti capisco anche troppo bene, non dimenticare che sono un siciliano! L'importante è che adesso ci siamo spiegati, che non mi hai rotto il collo e soprattutto che sono riuscito a chiarirmi con Eva" disse l'italiano, nascondendo il suo solito indefinibile sorrisetto.

"Ti ringrazio ma non mi pare che sia servito a molto" disse Marton, continuando a tenere la testa bassa.

"Beh, io ci dovevo almeno provare" disse Luciano, ancora con quello strano sorriso sotto i baffetti.

"Se lo avessi chiesto a me, ti saresti potuto risparmiare la fatica" esclamò Marton rassegnato.

"Ma mi sarei perso l'occasione di fare qualche chiacchierata con una bellissima figliola" ribatte lui.

"Beh, adesso io me ne vado, tanto stare qui non serve a niente" disse Marton, avviandosi verso il portone.

"Non direi proprio" rispose Luciano.

Lui si voltò e guardò Eva con uno sguardo interrogativo e pieno di speranza.

"Vai bestione, vai a fare il tuo incontro. Ti amo da morire e ti amerò anche con il naso rotto!" disse la ragazza, finalmente con un sorriso.

Luciano capì subito di essere di troppo ed infilò rapidamente il portone di casa, senza che loro se ne accorgessero.

Quella sera il programma di allenamento di Marton, subì una piccola ma sostanziale variazione; tutti i suoi buoni propositi sulla totale astinenza dal sesso, vennero spazzati via e dimenticati, ma era per una buona causa e l'allenatore lo avrebbe sicuramente compreso.

16

Il giorno atteso da sempre finalmente era arrivato,
la vita di Marton sarebbe comunque cambiata. Il
palazzetto dello Sport di Gyor era strapieno in ogni
ordine di posti e molta gente aveva dovuto
rinunciare per l'impossibilità di trovare un biglietto.
La boxe è uno sport molto amato in Ungheria e poi
quello era il campione locale e tutta quella gente
era venuta a fare il tifo per lui. Márton arrivò in
città tre ore prima dell'inizio del match che era,
come al solito, preceduto da un kermesse di
incontri minori, che il pubblico dimostrò comunque
di apprezzare moltissimo.

Un'ora prima di essere chiamato sul quadrato,
Marton era già pronto e concentrato, con i suoi
pantaloncini bianchi bordati di rosso, le mani già
fasciate e cominciò il suo riscaldamento con
l'allenatore, sotto lo sguardo attento e paterno
dell'immancabile Luciano.

Eva quella sera non si era nascosta dietro una
colonna, ma ero in primissima fila, insieme alla
signora Teresa. Poco distanti da loro, erano

assiepati tutti gli uomini di Hector e questi, insieme a un centinaio di tifosi arrivati da Budapest in pullman, che erano miracolosamente riusciti a trovare il biglietto, erano gli unici sostenitori su cui Marton poteva contare.

Molti spettatori erano dovuti salire anche sui tralicci di sostegno del palazzetto; gli organizzatori avevano furbescamente venduto almeno mille biglietti in più della capienza dell'impianto.

In questa specie di bolgia infernale, i due pugili fecero il loro ingresso nell'arena. Per primo toccò a Márton, che si presentò molto semplicemente, col solito accappatoio rosso, e salì rapidamente sul ring, sotto una bordata impressionante di fischi, risate e sberleffi.

Subito dietro di lui arrivò il campione, che fece la sua apparizione in modo molto spettacolare. Entrò con un accappatoio giallo bordato di nero e un copricapo regale in testa, in mezzo a due ali di fuoco. Indossava la cintura di campione nazionale ed era abbastanza impressionante per muscoli e statura. Il pubblico lo accolse con una grande ovazione, che durò qualche minuto e lui salì lentamente sul ring, fingendo di boxare con un avversario immaginario e continuando a salutare la sua gente.

Marton non si scompose più di tanto e non diede l'impressione di farci particolarmente caso; era tutto preventivato ed anzi questa cosa lo esaltò, fremeva dalla voglia gli far vedere a quella gente quale fosse il suo reale valore.

Non sperava certo di vincere, ma gli sarebbe bastato vendere cara la pelle e rendere le cose le più difficili possibile al suo avversario.

I pugili vennero presentati al pubblico da uno speaker che urlava come impazzito. La temperatura salì e quando l'arbitro chiamo i pugili al centro del ring, il boato del palazzetto si fece impressionante; quando però suonò II gong della prima ripresa un silenzio irreale calò all'interno dell'impianto.

I due pugili si studiavano al centro del ring, senza prendere l'iniziativa e si poteva sentire il loro ansimare. Il campione da scrupoloso professionista qual era, si era reso conto di avere a che fare con un ragazzo solido e giovane, ben allenato e molto forte, quindi prestava estrema attenzione e cercava di capire quali fossero i suoi punti deboli.

Dal canto suo, Marton si trovava di fronte quella impressionante montagna di muscoli e temeva che da un momento all'altro, sarebbe scoppiata una vera e propria tempesta.

E la tempesta scoppiò all'inizio della seconda ripresa; Ferenc Pap mise a segno qualche jab al volto che il ragazzo non riuscì a schivare e poi si scatenò in una serie di colpi al corpo, che lasciarono letteralmente Marton senza fiato. Quando non riusciva praticamente più a respirare, arrivò a salvarlo il suono del gong.

L'azione del campione aveva riacceso gli animi degli spettatori, che gridavano cose irripetibili, con gli occhi iniettati di sangue.

Márton si sedette ansimante sul suo sgabello e cercò disperatamente di riprendere fiato; rifiutò persino di bere, impegnato com'era a mettere un po' d'aria nei polmoni.

Luciano si avvicinò e gli consigliò, con molto garbo, di tenere i gomiti bassi e la guardia alta, cercando di far finire sulle braccia i colpi al corpo e difendendosi allo stesso tempo da quel jab mortifero.

Eva, seduta a pochi metri da lui, cominciava ad andare in moto e sembrava che il seggiolino le bruciasse sotto il suo delizioso sederino. Stava cominciando a dimenticare il suo orrore per la boxe ed era concentrata solo sul suo uomo. Quando l'avversario lo aggrediva, lei prendeva le mani della signora Teresa e le stringeva forte fino a farle male.

Nella terza e nella quarta ripresa non accadde niente di particolare. Il campione continuava a comandare l'incontro, ma non riusciva più a entrare frequentemente nella guardia di Marton, che dal canto suo cercava di alleggerire la pressione, con qualche sporadico colpo d'incontro al volto del suo avversario; continuava però a muoversi velocissimo sul ring e questo disorientava un po' Ferenc Pap, molto più lento e macchinoso.

Nella quinta ripresa tutto cambiò; dopo uno scambio molto vivace, Ferenc Pap riuscì a centrare Marton con un preciso destro al mento; il

ragazzo vacillò, appoggiò il ginocchio a terra e per questo fu contato dall'arbitro. Quando il conteggio fini, il campione cercò di approfittare della situazione e lo martellò con una serie impressionante di pugni al corpo e al volto; Luciano gli urlava di tenere le braccia basse e la guardia la più alta possibile e Marton obbedì, riuscendo a farsi passare sulle braccia e sui guantoni la maggior parte dei colpi.
Ciononostante, tornò all'angolo con un occhio completamente pesto e il costato dolorante.

Nell'altro angolo Ferenc Pap era tranquillo per la vittoria, ma ammirato dalla forza e dalla resistenza di quel ragazzo, che sembrava sempre sul punto di arrendersi, ma non si arrendeva mai.

Pap decise che era giunto il momento di farla finita, per non rischiare di trovarsi in difficoltà nelle ultime riprese, quando lo sfidante avrebbe potuto approfittare della maggiore freschezza dei suoi vent'anni.

Per questo, quando suonò Il gong della sesta ripresa, si gettò all'assalto e aggredì Marton con una serie di colpi davvero potentissimi; il ragazzo però assorbi molto bene quell'offensiva ed anzi riuscì, in un paio di occasioni, a centrarlo con dei colpi in contropiede al volto, cosa che infastidì e rallentò molto l'azione del campione.

Eva viveva emozioni contrastanti; da un lato era terrorizzata all'idea che Marton potesse prendere qualche colpo troppo pesante, dall'altro era, suo malgrado, affascinata dallo spettacolo offerto da quei due uomini potentissimi, che le apparivano come due vere e proprie macchine da guerra. Si era sorpresa un paio di volte a saltare in piedi sul suo seggiolino e incitare a gran voce Marton a colpire, salvo poi vergognarsene terribilmente.

Sul quadrato intanto l'incontro andava avanti; il campione sembrava poter gestire la sfida abbastanza agevolmente, ma non riusciva a trovare il colpo risolutore. Márton era concentratissimo, il suo primo obiettivo era quello di arrivare al dodicesimo round ancora in piedi e riusciva quasi sempre ad anticipare le mosse dell'avversario, limitando così i danni dei suoi assalti.

Ferenc Pap stava cominciando a boxare con la bocca aperta, segno evidente di una certa stanchezza. Nel nono round Marton riuscì ad entrare con una certa facilità nella guardia dell'avversario e mise a segno una serie di colpi molto interessanti, che fecero vacillare un po' le certezze del campione e del pubblico.

Il round successivo avvenne qualcosa di clamoroso; Marton riuscì a piazzare una serie di jab di sinistro. per poi colpire più volte con il destro Ferenc Pap, che vacillò e si attacco alle corde, legando poi il suo avversario per non farlo proseguire nell'azione. Il ragazzo cercò di divincolarsi, ma la stretta era troppo forte e dovette attendere che l'arbitro venisse a separarli. Quando l'incontro riprese, il campione aveva quasi completamente recuperato e la ripresa corse via senza altri sussulti. I due pugili apparivano molto provati e non avevano più molte energie da spendere; sembrava logico attendersi che gli ultimi due round fossero combattuti per onor di firma. Marton però sapeva che in quel caso avrebbe perso l'incontro ai punti, soprattutto per quanto avvenuto nella quinta ripresa, quando ero stato atterrato e decise di giocare il tutto per tutto, a costo di farsi ammazzare.

Quando l'undicesima ripresa cominciò, raccolte le forze residue e si gettò in avanti in un attacco quasi forsennato; Luciano dall'angolo gli gridava di coprirsi, ma lui ormai non lo ascoltava più e si buttava in avanti come un treno. Ovviamente così facendo, scoprì la sua guardia e incassò una serie di colpi tremendi al mento e alla testa; cercò di ripararsi coprendosi con i guantoni e sentì un fortissimo dolore alla mano destra, che lo costrinse ad appoggiarsi alle corde. Pap cercò di cogliere al volo quell'occasione ma lui riuscì, anche menomato, a difendersi comunque bene e a terminare la ripresa ancora in piedi. Quando torno all'angolo, la mano gli faceva un male da morire, ma cercò di non darlo a vedere. Luciano si accorse che lui aveva un qualche problema e gli chiese:

"Márton cose ti succede?"

"La mano, ho paura di essermela fratturata" disse il ragazzo, quasi piangendo.

 "Ti fa molto male? Vuoi che getti la spugna?"

"Non ci pensare nemmeno, manca una ripresa e io voglio finire l'incontro, non è niente, non ti preoccupare" lo rassicurò il ragazzo, che aveva recuperato il controllo.

"Aspetta un momento, togliamo il guantone e vediamo com'è la situazione"

"Fermo, se me lo togli non riuscirei mai più a rimetterlo!" urlò Marton.

Luciano capì che la situazione era seria, ma si rese conto anche che il ragazzo voleva andare avanti a tutti i costi e, anche se molto preoccupato, accettò che rientrasse sul quadrato per il dodicesimo e ultimo round.

Anche Ferenc Pap aveva capito qualcosa, aveva visto il braccio destro di Marton penzolare in posizione innaturale e gli si buttò addosso con l'intenzione di chiudere al più presto la pratica. Márton cambiò guardia, cercando in questo modo di proteggere la mano destra, ma la menomazione era troppo grave per poter sperare di uscire indenne da quella situazione, soprattutto con un avversario come quello. Cercava di boxare soprattutto con la mano sinistra, ma era solo un modo per tentare di arrivare alla fine della ripresa. Il dolore era tremendo, ma riuscì ugualmente a sparare due jab di sinistro al mento di Pap, vide aprirsi uno spiraglio nella guardia dell'avversario e senza pensarci due volte, partì con un terrificante gancio destro al mento. Ebbe la sensazione che la mano gli si fosse disintegrata in mille pezzi, per un attimo tutto diventò buio ed ebbe il terrore che Pap ne potesse approfittare. Quando si riebbe Feren Pap era steso al tappeto e l'arbitro stava iniziando il conteggio. Quei dieci secondi durarono come dieci anni, poi l'arbitro dichiarò l'incontro finito e lui svenne tra le braccia di Luciano.

Il pubblico ammutolì, mentre i duecento sostenitori di Marton esplosero in un festeggiamento frenetico. Dopo qualche attimo di scoramento, anche il resto del pubblico si unì a loro e tutti applaudirono convinti, per quello stupendo spettacolo di grande sport che era stato loro offerto. Ferenc Pap, che nel frattempo si era rialzato, andò a complimentarsi con Marton, che si era leggermente riavuto e gli disse in un orecchio:

"Tu dovresti combattere per il campionato d'Europa, sei veramente molto forte"

"Troppo buono" rispose il ragazzo "è stato un match bellissimo"

"Sì, peccato solo che lo abbia vinto tu" rispose il campione con un sorriso.

Eva aveva guardato tutta la ripresa in piedi sul suo seggiolino, urlando a gran voce incitamenti a Marton, ormai senza più nessuna remora. Era davvero bello lo spettacolo della boxe, soprattutto quando a vincere era il tuo uomo.

Luciano era saltato sul ring ed aveva abbracciato Marton, ancora quasi incosciente, come fosse stato suo figlio e piangendo senza ritegno. Non avrebbe mai immaginato che nella sua vita lui, piccolo mafioso di Ragusa, avrebbe potuto provare un'emozione del genere, addirittura per un ragazzo ungherese.

Tolse i guantoni al suo ragazzo e impallidì: la mano destra sembrava un grosso melone maturo, era sicuramente rotta in più punti.

Márton, prima di perdere i sensi, aveva fatto in tempo a vedere la reazione di Eva e quella era forse la cosa che lo rendeva più felice. Ormai era sicuro che lei era e sarebbe restata per sempre la donna della sua vita. Lei, che odiava la boxe, era diventata, almeno per quella sera, la sua più grande tifosa e questo la diceva lunga sull'amore che provava per lui. Adesso era addirittura salita sul ring, per sincerarsi delle sue condizioni e gli stava accarezzando la meno ferita con infinita dolcezza.

Quella sera, mentre davanti a un pubblico comunque festante, alzava al cielo la corona di campione d'Ungheria, capì che cosa avrebbe dovuto fare, non appena fosse stato possibile.

17

Victor Horbat era appena rientrato da una lunga vacanza in Italia; aveva visitato, insieme a sua moglie, alcune delle città più belle di quello stupendo paese ed era rimasto veramente incantato, in particolare da Venezia, Firenze, Roma e soprattutto Napoli, che lui conosceva solo per la fama di una città violenta e molto pericolosa. Aveva invece scoperto un luogo incantevole, pieno di bellezze e soprattutto di gente semplicemente meravigliosa. Lo avevano trattato come un figlio e nonostante le difficoltà ad esprimersi, aveva trovato sempre qualcuno pronto ad aiutarlo; e poi il cibo! In quindici giorni aveva messo su tre chili, ma la pizza, gli spaghetti allo scoglio e le cozze alla marinara, non si potevano assolutamente rifiutare.

Aveva voluto visitare la Costiera Amalfitana, Ischia, Capri, posti di cui non aveva mai nemmeno immaginato l'esistenza, che gli avevano rapito il cuore, come non gli era mai successo nella sua esistenza. Sua moglie gli domandò:

"Victor, potremo mai sperare di venire un giorno a vivere in questo paradiso?"

"Magari un po' più in là Olga, quando saremo in pensione, ma ho paura che qui la vita sia un pò cara" disse lui.

"Farei qualunque tipo di sacrificio per poter vivere in questo posto, in mezzo a questa gente" disse la moglie, sospirando.

"Beh, vedremo quando sarà il momento, certo piacerebbe molto anche a me"

Ora era tornato in ufficio, ad affrontare i problemi di sempre; sapeva chi la criminalità era sempre vitale e non ci avrebbe messo molto a riorganizzarsi, il suo lavoro consisteva proprio nell'impedire che questo accadesse.

Qualche giorno dopo venne chiamato dal direttore del carcere, che lo informò che la vedova di Istvan Nemeth chiedeva di parlare con lui. La cosa era quantomeno stravagante perché, a tre mesi dal suo arresto, la donna non aveva mai voluto aprire bocca, specialmente riguardo agli affari del marito e dei suoi uomini.

Lui aveva mantenuto una grande ammirazione nei confronti di Clara, soprattutto per quello che era stata capace di fare quel giorno a Sarolpuszta. Lei era stata già processata in primo grado e, anche per effetto della testimonianza di Horbat, aveva avuto una condanna molto lieve e di lì a un anno, massimo un anno e mezzo, sarebbe uscita dal carcere. Non aveva nemmeno proposto appello a quella condanna che, tutto sommato, le sembrava anche mite. Le avevano assegnato una bella cella singola, con un bagno pulito, un piccolo televisore e lei passava le giornate leggendo libri o guardando serie televisive.

Le era rimasto però un tarlo nel cuore ed era per questo che aveva deciso di parlare con il commissario.

Clara Nemeth e Victor Horbat si incontrarono in un caldissimo giorno di giugno, nella sala colloqui del carcere di Budapest.

" Buongiorno ispettore, oh mi scusi, commissario, la trovo un po' ingrassato" esordì la signora Nemeth, con la consueta eleganza.

"Sono gli effetti di una vacanza in Italia, signora Clara, non può immaginare che cosa riescono a darti da mangiare" Il commissario sentiva di poter usare un tono confidenziale con lei.

"l'Italia! Non ci sono mai potuta andare, deve essere un paese meraviglioso"

"Dice bene signora, proprio un paese meraviglioso. Quando, molto presto, uscirà da qui, le consiglio di andarci a fare un viaggio"

"Seguirò senz'altro il suo consiglio, commissario"disse la donna, ponendo fine ai convenevoli.

"Allora, vuol dirmi perché mi ha fatto chiamare?" chiese lui, entrando nel vivo del discorso.

"Prima di tutto per il piacere di rivederla e poi perché, ecco, avrei una cosa molto importante da raccontarle, una cosa che mi pesa sul cuore"

"L'ascolto signora Clara" disse Horbat, con una certa curiosità.

"Bene commissario, lei sa che io non ho mai voluto parlare delle questioni di mio marito, perché penso che sia giusto così, visto che lui non c'è più e che non mi è sembrato opportuno parlare delle sue attività o dei suoi uomini"

"Sì signora, lo so e anche se dal mio punto di vista non condivido molto la sua scelta, la rispetto"

"La ringrazio, ma c'è una cosa che riguarda la morte di Istvan di cui voglio parlarle" disse la signora Clara, con una certa solennità.

"Sono tutto orecchi" rispose Il commissario, che cominciava ad essere molto interessato.

"La verità è che io so chi è l'uomo che ha ucciso Istvan" disse lei con una smorfia "è stato Luciano lo Giudice, quel maledetto siciliano, che noi avevamo accolto nella nostra casa come un fratello"

"Quello che mi dice è molto grave signora; lo può provare? E soprattutto è disposta a testimoniarlo in tribunale?"

"Tutti i miei uomini hanno potuto vedere che cosa è accaduto e sicuramente non avranno problemi a testimoniarlo e naturalmente anch'io lo farò con molto piacere" lo rassicurò la signora Nemeth.

"La ringrazio signora, mi è stata molto utile, come sempre" disse Il commissario.

"Di nulla. Spero solo che quel mascalzone possa marcire in carcere per molto tempo" disse Clara, che comnciava ad emozionarsi.

"Le garantisco che a questo penserò io" la tranquillizzò il commissario, fregandosi Idealmente le mani. Ora avrebbe potuto chiudere il cerchio incastrando Luciano e in questo modo tutti i principali responsabili di quella guerra, sarebbero finalmente stati chiusi dietro le sbarre e soprattutto nessuno sarebbe più stato in grado di riorganizzare un branco di quell'entità.

Il commissario salutò la signora Clara, rinnovandole I suoi auguri per una rapida scarcarazione e tornò alla centrale, per studiare il da farsi. Sapeva che Luciano viveva nella villa che era stata di Hector Molnar e sapeva anche che fare irruzione in quel luogo poteva essere molto pericoloso, ma era nulla in confronto a Sarolpuszta e decise che valeva la pena correre il rischio.

Ottenne facilmente un mandato d'arresto dal giudice e poco dopo sei auto partirono dalla stazione di polizia, in direzione di Budakeszi.

Luciano era tornato alle sue solite occupazioni, dopo la meravigliosa vittoria di Marton, nell'incontro di Gyor. Anche se il suo lavoro di contabile lo teneva impegnato per tutto il giorno, non rinunciava a sognare un incontro per il campionato d'Europa, ma non sapeva sinceramente da dove cominciare. Non aveva amici nell'ambiente; in Ungheria era stato facile, anche per la sua posizione, ma in campo internazionale i suoi "meriti" non contavano nulla, non aveva nessuno a cui appoggiarsi e quindi le probabilità erano molto scarse. Non ne aveva nemmeno parlato con il ragazzo, perché gli avrebbe solo creato delle false illusioni.

Sentì suonare il campanello del cancello di ingresso ed ebbe un presentimento, uscì fuori a vedere chi fosse e trovò schierati davanti al cancello sei mezzi della polizia. Fece cenno agli uomini di lasciarli entrare e di non muoversi; gli agenti disposero le auto a semicerchio sul piazzale antistante la villa.

Il commissario Horbat scese da una delle auto, si piazzò davanti a Luciano e disse:

"Ho un mandato d'arresto a carico di Luciano Lo Giudice, per l'omicidio di Istvan Nemeth"

Luciano non bettè ciglio e con grande tranquillità chiese solo al commissario il permesso di poter prendere qualche abito e di salutare sua moglie. Aveva messo in preventivo quella eventualità. Il commissario e tre agenti, lo accompagnarono in casa, lui riempì a caso un borsone da viaggio, abbracciò strettamente sua moglie che, come al solito, non disse una parola e senza aggiungere altro, si consegnò tranquillamente agli agenti.

18

Márton ebbe la notizia mentre era in un pub della città, insieme a Eva e ad alcuni amici a festeggiare, per l'ennesima volta, il titolo di campione d'Ungheria, con la sua preziosa mano destra debitamente ingessata.

Gli avevano diagnosticato ben quattro fratture e nemmeno lui riusciva a capire come avesse potuto, in quelle condizioni, sparare quel gancio che aveva messo fine alla sfida con Ferenc Pap.

Quella era una serata molto speciale per lui, aveva in tasca un anello con un diamante di buona caratura, che gli era costato un terzo della borsa guadagnata nell'incontro per il titolo ed aveva organizzato quella festa appositamente per fare a Eva la sua proposta di matrimonio.

Lo aveva deciso quella sera, sul ring di Gyor, quando aveva visto quell'angelo caduto dal cielo in piedi sullo sgabello, con il viso paonazzo, urlare il suo nome a squarciagola. Aveva capito che una donna così non si poteva lasciar scappare e che, molto più del titolo di campione d'Ungheria, questa era la cosa più importante che gli fosse accaduta nella sua vita e doveva fare le cose in fretta.

Improvvisamente entrò nel locale, eccitatissimo, un giovane della banda di Hector, si avvicinò a Marton, lo prese da parte e gli disse:

"Hanno arrestato Luciano"

Marton, pur sapendo che la cosa poteva succedere benissimo in ogni momento, ci rimase davvero male. "E quando è successo?"

"Oggi pomeriggio, verso le sei"

"Sai qual è il motivo?" chiese Marton.

"Dicono che abbia ucciso Istvan Nemeth" rispose il ragazzo, ansimando.

"E chi lo accusa?" domandò ancora Marton.

"Non c'è niente di certo, ma sembra che la vedova Nemeth abbia parlato"

Già, la vedova Nemeth. C'era da aspettarselo che in qualche modo avrebbe voluto vendicare il marito. Aveva taciuto su tutto, sugli affari di Istvan, sulle sue complicità, sui suoi uomini, ma con Luciano aveva sicuramente il dente avvelenato e non aveva trovato di meglio che denunciarlo.

Offri una birra ragazzo, lo ringraziò per averlo avvisato e tornò dai suoi amici.

"Cos'è accaduto?" gli chiese Eva.

"Hanno messo dentro Luciano" rispose lui, con aria rassegnata.

"Perché, cosa ha fatto? Lui era solo un contabile. Mi dispiace tanto. È un uomo così in gamba e simpatico" disse Eva molto dispiaciuta; ormai si era affezionata a quel piccolo siciliano come a un secondo padre.

"Beh, sai com'è, in queste situazioni si fa di tutta un'erba un fascio, ma sono sicuro che si tratta di un equivoco" disse lui, ripensando a come Luciano avesse freddamente piantato un cacciavite nella nuca di Nemeth.

"Vedrai che se la caverà, ne sono sicura, lui non può aver fatto nulla" disse Eva convinta.

Tornarono un po abbacchiati alla loro piccola festa, ma verso mezzanotte Marton chiese l'attenzione di tutti i presenti .

"Volevo comunicarvi che il mese prossimo faremo una grande festa al ristorante Remiz, il mio posto preferito, per celebrare degnamente la mia vittoria;

ci sarà moltissima gente e voi ovviamente siete tutti invitati"

Eva lo guardò stupita e anche un po' contrariata; non gli aveva detto nulla di questa festa e la cosa la sorprendeva, perché ormai parlavano sempre di tutto.

Lui aveva uno strano sorriso, come se le sorprese non fossero finite. Gli altri non se ne accorsero nemmeno ma Eva, che lo osservava molto attentamente, stava cercando di capire dove volesse arrivare.

Márton chiese a un cameriere di trovargli un cuscino e quando glielo portarono, lo gettò a terra platealmente in mezzo al locale, ci s'inginocchiò sopra, tirò fuori l'anello dalla tasca e rivolgendosi a Eva, disse con enfasi:

"Signorina Farkas, le dispiacerebbe farmi il grandissimo, incommensurabile onore dl accettarmi quale suo sposo?"

Eva lo guardò con la bocca spalancata, deglutì a fatica e poi, per la prima volta da quando lui la conosceva, scoppiò in un pianto irrefrenabile.

Gli ci volle qualche minuto per calmarsi e quando alla fine ci riuscì, disse:

"Alzati scemo, non riesco a guardare un omaccione come te in ginocchio. Ti sposo? Forse, non ne sono tanto sicura, ci devo pensare un pò. Ecco, ci ho già pensato. Ti sposo anche subito brutto bestione!" Così dicendo gli buttò le braccia al collo e lo abbracciò con una forza insospettabile, che riuscì per un attimo a togliergli il respiro. Gli amici applaudirono e le ragazze vollero abbracciare Eva, commosse.

"Mamma mia, che forza che hai! Sei la degna moglie di un grandissimo pugile" disse Marton, ridendo.

"Adesso non ti dare troppe arie" disse lei, prendendolo in giro "Con quel malandato mollaccione di Gyor avrei potuto vincere anch'io!"

Marton e tutti gli amici presenti risero di gusto e la festa andò avanti fino alle tre di mattina.

I due piccioncini tornarono a casa teneramente abbracciati, si sentivano davvero felici; tutti i timori, le paure e le ansie dei mesi precedenti, si erano completamente dissolti e potevano guardare alla loro vita con ottimismo.

Quella notte fu lei a prendere l'iniziativa, lo rovescio sul letto, lo spogliò completamente e lo baciò in tutto il corpo per oltre mezz'ora. Lui se ne stava con gli occhi chiusi, incantato, a godersi quella beatitudine e sperava davvero che non dovesse finire mai.

Ad un certo punto lei disse:

"Pensi di restare così ancora per molto?"

Lui capì che era giunto il momento di prendere in mano la situazione, la rovesciò sotto di lui e quel che accade dopo, fece arrossire persino l'orsacchiotto di peluche preferito da Eva.

San Mattia e il Bastione dei Pescatori

19

La chiesa di San Mattia a luglio è uno degli spettacoli più belli che si possa vedere al mondo. Dal Bastione dei Pescatori è possibile ammirare quasi tutta la città e chi non è mai stato a Budapest, rimane letteralmente a bocca aperta di fronte a quello spettacolo. Il Danubio, i suoi ponti, il Parlamento e tante altre meraviglie, si stendono al di sotto del Castello, creando un effetto di grandezza e di maestosità unici al mondo.

Eva e Marton vi arrivarono, seguiti da più di cento invitati, oltre ad un codazzo di curiosi, che erano venuti a conoscenza dell'evento e volevano vedere le nozze del campione ungherese.

Quando la sposa giunse sul sagrato della chiesa, ci fu un lungo mormorio di ammirazione. Eva era semplicemente bellissima. Quel vestito bianco, che lasciava le sue splendide spalle totalmente scoperte e metteva in risalto il suo meraviglioso seno, qui capelli nerissimi acconciati ad arte e quegli occhi azzurro cielo, quel corpo armonioso, che si poteva immaginare sotto l'abito, creavano nei presenti una sensazione di bellezza estrema e non replicabile.

Se ne accorse anche Marton, quando arrivò sulla Fiat Balilla affittata per l'occasione e guidata dal suo amico fraterno Zoltan Hattyasy.

Cercò di darsi un contegno, ma non ci riuscì più di tanto; l'emozione per lo spettacolo che stava ammirando era veramente troppo forte e cominciarono a sudargli le mani.

Non che lui sfigurasse, anzi tutt'altro; le signore presenti se lo rimiravano compiaciute, facendo pensieri non propriamente puri e casti.

Altro, biondo, con un fisico e dei muscoli che parevano voler strappare quell'elegantissimo tight grigio cenere, ma soprattutto il suo sorriso e i suoi occhi di un blu intenso, solleticano la fantasia di tutte le signore intervenute all'evento.

Si erano mossi, per l'occasione, anche i suoi genitori che arrivarono direttamente da Debrecen e che lui non vedeva da anni. Erano gente molto semplice, di origine contadina e si trovavano a disagio in mezzo a tutto quello sfarzo, ma era talmente grande l'orgoglio e la felicità per quel figliolo che aveva finalmente messo la testa a posto, che tutto il resto passava in secondo piano. Si erano innamorati di Eva al primo sguardo, era troppo evidente che quella ragazza amava Marton nel profondo dell'anima e questo li rendeva oltremodo felici.

I genitori di Eva invece, provenendo dalla media borghesia della città, si trovavano molto a loro agio in quella situazione e stringevano mani a destra e a manca, persino ai turisti in visita al Bastione dei Pescatori, che si erano fermati ad osservare la scena.

Márton entrò in chiesa a passo di carica, come se dovesse salire sul ring; Eva invece, arrivò all'altare con esasperata lentezza, voleva godersi ogni attimo di quella cerimonia. Quando finalmente fu davanti a lui alzo il velo e quei meravigliosi occhi azzurri sembrarono illuminare tutta la Basilica.

La cerimonia si svolgeva con il rito cattolico ordinario e quando giunsero al momento delle promesse di rito, la voce di Eva corse via limpida come acqua fresca ; Marton invece, emozionatissimo, si impappino più volte e dovette ricominciare daccapo. Finalmente riuscì a completare quelle poche frasi ed Eva tirò lungo sospiro di sollievo. Marton sì impappinò altre volte, ma quando il prete disse la canonica frase "…e adesso puoi baciare la sposa", le stampò in bocca un bacio talmente appassionato, da far gridare allo scandalo tutti i presenti.

Gli sposi si girarono verso la gente che applaudiva felice e strabuzzarono entrambi gli occhi per lo stupore; laggiù, vicino a una colonna, con Il commissario Horbat e un altro poliziotto al fianco, le manette d'ordinanza ai polsi, c'era Luciano, con l'immancabile Teresa.

I due ragazzi corsero immediatamente verso di loro, abbracciandoli. Il siciliano cercò di rimanere imperturbabile, ma due grosse lacrime corsero sulle sue guance ruvide, scavate dal sole della sua terra.

"Ho detto al giudice di sorveglianza che sarei stato disposto a fare un anno di galera in più, pur di essere qui oggi" disse, non riuscendo più a fermare le lacrime. Guardava ammirato ora Marton ora Eva: quei due ragazzi erano i figli che non avevano potuto avere e che forse lo avrebbero condotto verso una vita diversa.

"Luciano tu sei stato come un padre per noi e quando uscirai la porta della nostra casa sarà sempre aperta per te" disse Marton, anche lui commosso.

Il commissario Horbat osservava la scena con un misto di rabbia e incredulità; non riusciva a capire come quell'uomo che appariva così ordinario, potesse essere così amato da quei due giovani bellissimi.

Nel frattempo quasi tutti gli invitati, esclusi i ragazzi di Hector presenti alla cerimonia, si domandavano chi fosse quell'uomo coi baffetti e in manette che i ragazzi avevano festeggiato con tanto calore; non lo seppero mai e dopo un po' tutti se ne dimenticarono.

Luciano e la sua scorta parteciparono anche al ricevimento che i ragazzi offrirono agli invitati, al ristorante Remiz. Il proprietario aveva riservato in locale solo a loro, ma il Remiz è un ristorantino un po' piccolo e faticarono non poco a trovare una sistemazione adeguata per tutta quella gente. Alla fine in qualche modo ci riuscirono e fu un pranzo indimenticabile, durato fino a sera inoltrata. Luciano e sua moglie sedevano al tavolo degli sposi ed erano felici come bambini; i tanti anni di galera che probabilmente lui avrebbe dovuto fare, non sembravano pesargli per nulla.

Gli avevano anche tolto le manette, sempre continuando a guardarlo a vista e in questo modo sembrava un invitato come tanti; anche i due poliziotti furono invitati a festeggiare e, pur essendo di servizio, non si fecero pregare e mangiarono a crepapelle.

Come tutte le favole anche quella giornata era destinata a finire; Marton e Eva salutarono uno ad uno tutti gli invitati e si ritrovarono finalmente soli, nella villetta di lui a smaltire le emozioni.

Dopo una mezz'ora passata a parlare della festa appena terminata, decisero di andare a letto, con intenzioni bellicose. Eva appoggiò la sua massa di capelli neri sul suo petto muscoloso e pochi secondi dopo, dormivano come bambini.

Così trascorse la loro prima notte di nozze e, tutto sommato, non avrebbe potuto essere più bella.

Hector Molnar era già andato a processo e si era beccato dieci anni e sei mesi, tutto sommato molto pochi rispetto ai suoi crimini, ma gli investigatori avevano solo potuto provare l'enorme evasione fiscale di cui si era reso protagonista e nient'altro.

Il commissario Horbat era comunque soddisfatto, l'era di Hector era praticamente finita; sarebbe uscito di galera a quasi settant'anni e non avrebbe più potuto nuocere a nessuno.

Anche Hector aveva preso coscienza di questa realtà, sua moglie non si era mai occupata dei suoi affari e quindi non avrebbe potuto, in alcun modo, portare avanti le sue attività. Luciano, che era l'unico uomo su cui forse avrebbe potuto fare affidamento, era finito anche lui in carcere e il suo impero si sarebbe sgretolato di lì a poco.

Aveva ancora molti uomini fidati, ma in quelle condizioni aveva preferito dare loro il rompete le righe e li aveva paternamente consigliati di farsi una famiglia e di trovare un lavoro onesto. Aveva comunque salvato un discreto gruzzolo di denaro, distribuito in alcune banche estere, che gli sarebbe servito da pensione una volta uscito di galera.

Il processo a Luciano andava invece avanti a forza di colpi di scena. C'era l'accusa di Clara, suffragata dalle testimonianze di alcuni uomini di Nemeth, che avevano deciso di parlare in cambio di uno sconto di pena.

Tutti avevano detto più o meno le stesse cose, che Luciano era rimasto per qualche minuto da solo con Istvan, che lo avevano visto saltare dal terrazzo e mettersi a correre come un pazzo sul prato di Sarlospuszta e quando erano entrati nello studio, avevano trovato Nemeth morto, con un cacciavite piantato nella nuca.

Di fronte all'evidenza dei fatti e delle testimonianze Luciano, di concerto con il suo avvocato, aveva adottato una strategia difensiva molto particolare.

Si era dichiarato colpevole, ma solo di omicidio colposo; aveva sostenuto che mentre lavorava come sempre ai suoi conti, Istvan era entrato nello studio urlando come un pazzo, accusandolo di averlo tradito.

Lui era rimasto di stucco, ma Nemeth non gli aveva permesso di difendersi e lo aveva brutalmente aggredito; lui per proteggersi, aveva afferrato un cacciavite che si trovava sulla scrivania e nel tentativo di divincolarsi dalla stretta di Nemeth, lo aveva accidentalmente colpito alla nuca, uccidendolo.

Nessuno credeva a questa storia, ma era plausibile e il tribunale, già piuttosto ben disposto nei confronti di Luciano, doveva tenerne conto.

Le contestazioni del Pubblico Ministero, che riteneva la storia assolutamente fantasiosa e insisteva con l'accusa di omicidio volontario, fecero dilatare di qualche mese la durata del processo, ma alla fine Luciano fu condannato a quattro anni per omicidio preterintenzionale e ne fu ovviamente molto contento.

La notizia fu accolta con molta soddisfazione anche da Eva e Marton i quali sapevano perfettamente che, tra buona condotta e semilibertà, Luciano sarebbe stato fuori al massimo entro due anni; avrebbe dovuto solo stare molto attento, perché qualcuno dei tanti uomini di Nemeth in carcere, avrebbe potuto tentare di vendicarsi.

Proprio per il timore di attentati, Luciano fu messo in una cella singola e aveva tutto il tempo di pensare a come provare ad organizzare un incontro valido per il titolo, tra il suo pupillo e il campione europeo, uno scozzese che rispondeva al nome di Colin Radcliffe.

L'impresa sembrava proprio impossibile, ma Luciano aveva tutto il tempo che voleva e con la complicità ben retribuita di un secondino, poteva avere a disposizione un telefono cellulare per molte ore al giorno.

Cominciò telefonando al manager dell'ex campione ungherese, cercando di capire se lui avesse qualche contatto importante e promettendogli una lauta ricompensa nel caso fosse riuscito ad organizzare l'incontro.

Il manager non disse niente di concreto, ma gli assicurò che avrebbe fatto qualche telefonata per sondare il terreno e poi lo avrebbe richiamato.

Nel frattempo Marton si era trovato un ottimo lavoro come rappresentante di commercio nel settore dell'elettronica; la sua fama di pugile gli apriva molte porte e lui riusciva a fare vendite importanti.

Il suo ottimo stipendio a provvigione, unito a quello di Eva, permetteva loro di vivere tranquillamente e di guardare serenamente al futuro.

Lui non aveva completamente rinunciato alla sua carriera di pugile e sperava almeno di poter presto difendere il titolo di campione d'Ungheria, magari incassando una borsa di qualche milione di Fiorini.

Erano andati a rivedere quel meraviglioso villino sul lago Balaton, nei pressi di Siofok, che piaceva tanto a Marton. Anche Eva se ne era innamorata subito e avrebbero voluto comprarlo, per andarci a vivere nel periodo estivo.

Eva aveva accettato che lui combattesse nuovamente per il campionato d'Ungheria, ma si era fatta promettere solennemente che quella sarebbe stata l'ultima volta; soffriva troppo quando lui era sul ring, anche se si era appassionata al pugilato per amor suo.

Ormai non avevano pià grandi problemi economici e potevano tranquillamente rinunciare alle pur ottime borse che lui guadagnava con la boxe.

Quella sera, mentre erano teneramente abbracciati sul divano di casa, lei disse:

"È proprio carino quel villino al Balaton, ma mi sembra un po' troppo grande.Tre camere da letto, che cosa ci facciamo?"

"Già è vero" annui Marton "a noi ne basta una!"

"Magari una sarebbe un po' poco, meglio due" disse lei con uno strano sorriso.

Lui sul momento non capì e rimase pensieroso.

Lei rincarò la dose:

"In tre in una sola camera, staremmo un po' strettini"

A questo punto lui realizzò e la guardò come incantato.

"Ma vuoi dire che.... Veramente..... non mi prendi in giro! Sei sicura?"

"Sicurissima testone. Tra poco avremo un altro piccolo pugile in casa"

Lui credette di impazzire. Un figlio! Lui Marton Somogy, prima piccolo ladro, poi esattore di tangenti, criminale mancato, pugile per caso, sarebbe diventato padre!

Voleva stringerla forte, ma avevo paura di farle male. Fu lei ad incoraggiarlo.

"Non ti preoccupare, abbracciami pure, non mi succede niente" gli disse con un sorriso e lui l'abbracciò, un abbraccio che durò un tempo interminabile, non voleva staccarsi da lei per non mostrarle le sue lacrime, non voleva farle vedere che un omaccione come lui poteva piangere di felicità come un bambino.

Quella sera, tra mille timori, volle fare l'amore con lei, con una tenerezza nuova, con un'emozione che non conosceva e la delicatezza di chi ha tra le mani un preziosissimo vaso di porcellana.

Lei lo accolse come se fosse stato un dono del cielo e capì che lo avrebbe amato ogni giorno della sua vita.

Epilogo

Il palazzetto dello sport di Budapest era pieno fino all'inverosimile, la gente si era abbarbicata dappertutto, anche suile travi di sostegno della struttura. Erano almeno trent'anni che un pugile ungherese non combatteva per il campionato d'Europa e quello era diventato l'evento sportivo più importante della stagione.

Luciano aveva fatto il miracolo. Chiuso nella sua piccola cella, aveva lavorato per mesi, facendo un migliaia di telefonate, mandando lettere, ricevendo persone, ma alla fine era arrivato il risultato.

Quell'incontro tanto desiderato, si sarebbe fatto e cosa ancora più importante, si sarebbe fatto a Budapest.

Marton lo aveva saputo alla fine di luglio, mentre con la sua Eva, si godeva un periodo di ferie, nella la sua nuova villetta sul Balaton.

La telefonata arrivò mentre stavano facendo una grigliata con gli amici in giardino e fu particolarmente divertente. La voce di uno straniero, che parlava un discreto ungherese, disse senza presentarsi:

"Buongiorno, parlo con il signor Somogy?"

"Sì buongiorno, con chi ho il piacere?" disse Marton, con una punta di curiosità,

"Chi sono io non ha alcuna importanza, volevo solo avvisarla che abbiamo deciso che lei deve riprendere subito il suo vecchio lavoro di esattore"

"Ma cosa dice? Lei scherza? Io non ci penso nemmeno!" protestò il ragazzo.

"Lei sa che a noi non si può dire di no. Ora lei ha famiglia e quindi ci pensi bene" disse lo sconosciuto, con un tono minaccioso.

Márton diventò rosso come un pomodoro, avrebbe voluto avere quell'uomo tra le mani per strangolarlo.

"Mi dica almeno chi è lei!"

"Le ho già detto che chi sono io non conta. Ciò che è invece importante è quello che le ho detto, la chiamerò la prossima settimana per i dettagli, non mi deluda"

Marton era confuso, c'era un elemento in quella voce che non lo convinceva, un tono, un accento particolare, che gli ricordavano qualcosa.

Improvvisamente capì:

"Luciano, maledetto figlio di p......, quando hai imparato l'ungherese?"

Dall'altra parte del telefono partì una risata irrefrenabile, che pareva condivisa anche da altre persone e alla fine il siciliano disse, tornando a parlare in italiano:

"Ti ho messo una bella paura eh?"

"Puoi dirlo forte!" esplose Marton, anche lui ridendo a crepapelle "Mi hai terrorizzato. Ma parli un ottimo ungherese. Come hai fatto?"

"Beh, qui abbiamo tanto tempo, ho conosciuto, tra i miei compagni di avventura, un tipo che ha lavorato per dieci anni per un'azienda ungherese di Import Export, principalmente con l'Italia e che si è fatto mettere dentro per aver rubato cinquanta milioni di Fiorini alla sua azienda. Ha accettato, dietro un piccolo compenso, d'insegnarmi l'ungherese ed eccomi quà"

"Credimi, se non ci fossi bisognerebbe inventarti. E a cosa devo Il piacere della tua chiamata?" Intanto Eva, che aveva capito con chi stesse parlando, faceva larghi gesti di passargli il telefono.

Lui le passo l'apparecchio "Luciano che piacere sentirti. Come stai?"

"Beh non mi posso lamentare, tutto sommato potrebbe andare peggio"

"Tu che sai sempre tutto, sei al corrente della novità?" chiese lei.

"No, in questo caso mi prendi in contropiede. Novità buone mi auguro"

"Buonissime Luciano. Ho un piccolo pugile nella pancia"

"Che meraviglia! Complimenti Eva, sono davvero felicissimo per voi, mi puoi credere"

"Ti credo Luciano so che ci vuoi molto bene. Ti ripasso Marton, stammi bene"

"Allora Luciano" disse Marton, appena si fu reimpossessato del telefono, "tu non fai mai telefonate di cortesia. Che cosa avevi da dirmi di così importante?"

"Sei ingiusto con me" disse il siciliano, cercando di fare la voce offesa "ma in effetti ti dovevo parlare di qualcosa"

"Volevo ben dire!"

"Ti ho già detto che qui in carcere abbiamo molto tempo e io l'ho utilizzato, oltre che per imparare l'ungherese, per fare anche un po' di telefonate ad amici e conoscenti, anche in Italia"

"Vai avanti" disse Marton incuriosito.

"Beh il fatto è che un mio carissimo amico di Palermo, conosceva un signore di Monaco di Baviera, che conosceva un signore di Copenaghen, che conosceva il manager di Colin Radcliffe, il campione d'Europa dei mediomassimi" disse Luciano tutto d'un fiato.

"E allora?" chiese Marton, che a questo punto non stava più nella pelle.

"E allora, molto semplicemente, il 26 ottobre, se lo vuoi, hai la possibilità mi sfidare Radcliffe, al Palasport di Budapest, per il campionato d'Europa"

Marton cercava di metabolizzare la notizia, ma non riusciva più a deglutire.

"Luciano, tu sei un pazzo. Ma come sei riuscito a fare una cosa di questo genere?"

"Beh, ho pregato, ho supplicato, ho unto ruote e anche qualche parafango, ho insomma fatto tutto il possibile, ma alla fine sono giunto al risultato"

"È incredibile, il 26 ottobre hai detto? Ci sono solo due mesi e mezzo!"

"Sì, mi rendo conto, ma quella era l'unica data disponibile, comunque, se non hai messo su troppi chili, questo non dovrebbe essere un problema"

"No no, mi sono mantenuto in forma e anche allenato di tanto in tanto. La mano è quasi completamente guarita. Certo ci sarà da lavorare molto duramente se voglio uscirne vivo"

Eva lo guardava senza capire, si era resa conto solo che la notizia doveva essere di quelle importanti; lui le fece cenno di attendere la fine della chiamata.

"E dove posso prepararmi?"

"Nella solita palestra, solo che stavolta avrai come allenatore l'ex campione del mondo dei pesi massimi Brian Jones e degli sparring partners all'altezza. A proposito, se vinci c'è una borsa di cento milioni di Fiorini, se perdi solo, si fa per dire, di cinquanta"

Lui si sentì girare la testa, al pensiero di quelle somme; avrebbero veramente potuto cambiare completamente la loro vita.

"Hai già pensato a tutto, come al solito"

"Beh, è un'occasione che capita una volta nella vita e me la voglio giocare al massimo"

"Grazie Luciano. Domani torno immediatamente a Budapest, ci sentiamo domani sera"

Chiuse la comunicazione e guardò Eva che aveva ancora quello sguardo interrogativo:

"Il campionato d'Europa Eva, il campionato d'Europa! Luciano ha organizzato tutto. Il 26 ottobre. Combatto al Palasport di Budapest!"

"Tu sei un incosciente, questa volta ti farai uccidere!" urlo lei sconvolta, ma anche tremendamente orgogliosa.

"Non mi uccide nessuno, stai tranquilla. A proposito, se perdo prendo cinquanta milioni di Fiorini, se poi dovessi vincere ne incasso cento"

"Allora buttati a terra alla prima ripresa" disse lei, finalmente con un sorriso.

"Non posso farlo e tu lo sai. Lo devo a Luciano, per tutto quello che ha fatto"

Eva quella volta non riuscì ad obiettare nulla. Capiva che la cosa era troppo importante per entrambi e poi era davvero felice per il tuo uomo che poteva realizzare Il suo sogno di sempre.

La grigliata tra amici prese un'altra piega, diventando una infernale bisboccia, a cui furono invitati tutti coloro che si trovavano a passare da quelle parti; alla fine c'erano più di cento persone a festeggiare l'evento, dovettero correre a comprare provviste per tutti e mangiarono, bevvero e ballarono fino alle tre di mattina. Quella stessa notte prepararono i bagagli e la mattina dopo partirono per Budapest.

Il giorno dopo cominciarono due mesi di fatica e sudore per Marton, l'allenatore pretendeva ritmi infernali, ma lui non se ne curava minimamente, concentrato com'era sull'obiettivo.

Le ore di corsa dopo la palestra erano diventate due e lui aveva studiato un percorso, che gli permettesse perlomeno di vedere le bellezze della sua città. Partiva dalla palestra, che si trovava nel Korut e percorreva nei due sensi tutta l'Andrassy utca, la via dove fino all'anno prima andava a riscuotere le tangenti; i commercianti sembravano essersi dimenticati del suo vecchio lavoro e lo attendevano fuori dai negozi e dai ristoranti per applaudirlo ed incoraggiarlo, insieme ai clienti che volevano vedere da vicino il loro campione. Quando tornava indietro, passando davanti al meraviglioso Teatro dell'Opera, imboccava il Korut e lo percorreva per intero fino al Margit Hid, entrava nell'isola Margherita e la percorreva tre volte nei due sensi, poi usciva sul ponte Arpad e si dirigeva verso Pest. A questo punto correva sul lungo Danubio, fino ad arrivare al ponte delle Catene, dava uno sguardo incantato al Castello completamente illuminato che si stagliava sopra di lui, attraversava il ponte e ritornava in palestra. In tutto un giro di oltre quindici chilometri, che lui riusciva a fare ogni giorno con meno sforzo. In palestra la musica non cambiava. In particolare quando c'era da salire sul ring per provare i colpi, gli sparring partners si alternavano ogni tre minuti, perché lui tirava delle bordate incredibili e faceva veramente male. L'allenatore, seppur bravissimo, aveva il compito principale di guidarne l'energia e la forza, in modo che fossero spese nel modo giusto; per quanto riguardava la volontà e la grinta, poteva tranquillamente starsene seduto sul divano, Marton era una furia scatenata.

I giorni passavano e la data dell'incontro si avvicinava sempre di più. Márton si sentiva quotidianamente al telefono con Luciano a cui raccontava tutto, i suoi allenamenti, i suoi progressi e si lamentava tremendamente per l'obbligo di castità che gli era stato imposto dall'allenatore e che lui rispettava molto malvolentieri. Luciano lo rincuorava dicendogli che, tutto sommato, Eva aveva ormai superato il quinto mese di gravidanza e quindi non era poi un grande sacrificio. Marton non lo stava neanche a sentire: fosse dipeso da lui, avrebbe fatto l'amore con sua moglie anche in sala parto!

L'ultima settimana fu un po' più leggera, molti esercizi di defaticamento e tante lezioni di tattica, di cui Marton aveva molto bisogno dovendo sfidare un uomo tremendamente esperto.

Man mano che si avvicinava la data dell'incontro, lui viveva un senso di inadeguatezza, quella sfida gli sembrava più grande di lui.

Incredibilmente fu proprio Eva a giungere in suo soccorso.

"Hai paura Marton?" gli chiese una sera a casa, mentre lui le massaggiava delicatamente la pancia.

"No, assolutamente no, non si tratta di questo" rispose lui, continuando il massaggio.

"E allora che cosa hai? Ti vedo preoccupato"

"Eva, all'incontro ci sarà tantissimo pubbico e faranno quasi tutti il tifo per me; sono preoccupato all'idea di fare una brutta figura, non importa se perdo, ma voglio comunque rendere orgogliosa quella gente"

"Un pensiero rispettabile, ma Il problema non esiste, mio nobile cavaliere; tu vincerai e farai felice quella gente e, soprattutto, renderai felice me"

"Non è proprio così semplice, Eva" disse lui, ancora un po' abbacchiato.

"Non ho detto che sia semplice, ho detto solo che vincerai" rispose lei con aria convinta.

"Sembri la sorella di Luciano, avete sempre ragione voi" disse lui con un sorriso.

Finalmente il giorno tanto atteso era arrivato, Marton era chiuso nel suo spogliatoio e alternava momenti di riscaldamento ad altri di preghiera.

Aveva incontrato il suo avversario in conferenza stampa e gli era sembrato una montagna; più alto di lui, grosso, una massa di muscoli e una faccia feroce che non lasciavano presagire nulla di buono. Era rosso come solo uno scozzese può essere. Lui aveva cercato di buttarla sullo scherzo, ma era veramente preoccupato.

Quando suonò la campanella che annunciava i dieci minuti all'inizio dell'incontro, intensificò il riscaldamento e cercò di scacciare tutti i brutti pensieri; gli venne in mente Eva, voleva vincere anche e soprattutto per lei.

Entrò per primo nell'impianto il pugile scozzese e fu un uragano di fischi e sberleffi; in realtà, il pubblico aveva una paura matta di quel bestione e si comportava così proprio per questo motivo.

A quel punto toccò a Marton, avvolto nel suo ormai inseparabile accappatoio rosso e venne giù il palazzetto; il rumore fu così assordante, che molti spettatori dovettero portarsi le mani alle orecchie e il clima era proprio quello di una grande festa sportiva. Eva sedeva in primissima fila, con l'ormai inseparabile Teresa ed un gruppo di amici.

Rimase sbalordita quando dieci minuti prima dell'inizio dell'incontro, vide arrivare, ammanettato e in mezzo a tre poliziotti, Hector Molnar che era riuscito ad ottenere, corrompendo tutti, giudice, direttore e guardie carcerarie, il permesso di vedere quello storico incontro. Hector salutò Eva con grande deferenza.

"Buonasera signora Somogy, sono felice di vederla, come stà il nostro campione?" disse l'uomo sorridendo, nonostante le manette ai polsi.

"Molto bene, signor Molnar, è in gran forma"

"Mi fa piacere. Le auguro una piacevole serata" concluse Hector e se ne andò a sedersi al suo posto, seguito dalla sua scorta.

Ma le sorprese non erano ancora finite: dal sottopassaggio dell'ingresso, uscirono fuori gli inconfondibili baffetti di Luciano, accompagnato dall'ormai inseparebile commissario Horbat.

Luciano, in considerazione della sua condanna mite, aveva cominciato a godere di un giorno la settimana di semilibertà e logicamente aveva utilizzato quel giorno per venire a godersi l'incontro. Era libero, non aveva manette e Il commissario era li in qualità di semplice spettatore.

Luciano abbracciò con grande trasporto sia Eva che sua moglie, poi le toccò scaramanticamente la pancia:

"Come sta il nostro campioncino?"

"Benissimo Luciano grazie, ha già cominciato a tirarmi qualche pugno nella pancia" rispose Eva con la consueta prontezza.

Luciano rise divertito, poi si avvicinò al ring.

Appena Marton lo vide, lo invitò con ampi gesti a venire al suo angolo e l'abbracciò; Brian Jones fece una faccia stupita, poi capì la grande amicizia che legava quei due, approvò con un gesto del capo e invitò il siciliano a sedersi vicino a lui.

L'arbitro chiamò i due contendenti al centro del ring, per le solite raccomandazioni, i due non lo ascoltavano, si fissavano negli occhi e nessuno dei due volle abbassare lo sguardo. Si toccarono i guantoni e tornarono al loro angolo, Marton disse ancora una preghiera, poi si voltò a guardare Eva, con un amore infinito.

Tornò al centro del ring e l'incontro ebbe inizio......

Fine

Ringraziamenti

Dedico questo libro a Kristina Markò, mia amica dolcissima e donna di straordinarie doti umane e professionali, che sicuramente mi guarda e mi legge da qualche angolo del paradiso.

Ho ambientato questo libro a Budapest in suo ricordo perenne, per tutto quello che ha saputo darmi in venti anni passati insieme. È stata come una seconda madre per me e questo non lo potrò mai dimenticare.

Ringrazio anche l'amatissima terra d'Ungheria, che mi è stata amica per tanto tempo, è una terra meravigliosa, le sue campagne sono indimenticabili, i piccoli paesi pieni di poesia e gentilezza.

Poi c'è Budapest una città che amerò per sempre, anche se mi ha fatto soffrire tanto. Non ci sono parole per descrivere le sue bellezze, solo visitandola potrete rendervi conto di quale città straordinaria sia.

Ringrazio il mio amico Pietro, che non ha partecipato in nessun modo alla stesura di questo libro, ma mi ha chiamato tutti i giorni, anche due volte al giorno e mi ha dato il coraggio di continuare a raccontare questa storia.

Infine ringrazio Eva e Marton, eroi dei nostri tempi, due ragazzi qualunque, ma legati da un amore cosi grande da renderli immortali.